개정판

다니엘
자녀교육법

고즈원은 좋은책을 읽는 독자를 섬깁니다.
당신을 닮은 좋은책 — 고즈원

개정판
다니엘 자녀교육법

개정판 1쇄 발행 | 2004. 11. 20.
개정판 11쇄 발행 | 2013. 12. 15

발행처 | 고즈원
발행인 | 고세규
신고번호 | 제313-2004-00095호
신고일자 | 2004. 4. 21.
(121-896) 서울특별시 마포구 동교로13길 34(서교동 474-13번지)
전화 02)325-5676 팩시밀리 02)333-5980

값은 표지에 있습니다.
ISBN 978-89-91319-86-8

고즈원은 항상 책을 읽는 독자의 기쁨을 생각합니다.
고즈원은 좋은책이 독자에게 행복을 전한다고 믿습니다.

개정판

'다니엘 학습법' 김동환 목사의 어머니
박삼순 전도사의 하나님 중심 자녀교육법

다니엘
자녀교육법

박삼순 지음

갓스윈
God'sWin

Contents

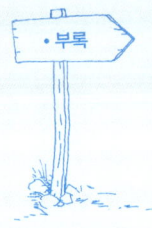

저를 키운 건
어머니의 눈물기도입니다

　　아침이면 저는 어머니의 기도로 눈을 뜹니다. 하루 종일 어머니의 기도 소리를 들으며 공부했고, 저녁이 되면 가정 예배를 드린 후 어머니의 기도 소리를 들으며 잠들곤 했습니다. 매일 아침 새벽기도를 마치고 돌아오신 어머니께서는 제 이마에 가지런히 손을 얹고 이렇게 기도하셨습니다.

　"이 어린 아들이 하나님만 바라보고 일평생 좁은 길 가게 하옵소서. 주의 종으로 쓰임 받도록 준비시켜 주옵소서. 하나님의 마음을 시원케 하는 아들이 되게 하옵소서. 이 아들은 하나님의 것입니다. 저는 아무런 힘도 없고 해줄 것도 없습니다. 하나님께

서 이 아들의 모든 것을 책임져 주시고 그의 일생을 인도해 주옵
소서."

일곱 살 때부터, 스스로 새벽기도에 나가기 시작한 중학교 2학
년 때까지 저는 줄곧 어머니의 기도 소리에 잠을 깼습니다. 지금
생각해 보아도 어머니께서는 저를 위해 기도하면서 좀더 잘 먹
고 좀더 잘살게 해 달라고 기도하신 적이 없는 것 같습니다. 어
머니께서는 늘 하나님 마음에 합한 자, 하나님의 사랑받는 아들,
하나님의 나라와 그 의(儀)를 구하는 아들, 무조건 하나님만 바
라보는 아들이 되게 해 달라고 구하셨지, 좋은 대학 가게 해 달
라거나 돈 많이 벌게 해 달라거나 성공하게 해달라고 구하지 않
으셨습니다.

어머니께서는 유치원에 가는 제 옷 한쪽 주머니에 콩을 한 줌
넣어주시면서 사도신경과 주기도문을 외울 때마다 다른 쪽 주머
니로 콩을 하나씩 옮겨 넣으라고 이르셨습니다. 그렇게 하면 제
가 하루에 몇 번이나 사도신경과 주기도문을 외웠는지 쉽게 확
인할 수 있었기 때문입니다. 초등학교 시절도 마찬가지였습니

다. 등하교길에 저는 그렇게 사도신경과 주기도문을 외웠습니다. 그때에도 제 주머니에는 콩이 들어 있었습니다.

집에 돌아와서 만나게 되는 어머니의 모습은 한결같았습니다. 그 모습을 뵈면 어김없이 어머니께서는 지하실에서 하나님과 대면하여 통곡하며 기도하셨다는 것을 알 수 있었습니다. 어떤 때는 초인종을 눌러도 아무 기척도 없고 문도 열리지 않아 문 앞에 서서 문이 열리기만을 한참 동안 기다리기도 했습니다. 그리고 이때 문을 열어 주시는 어머니의 눈은 충혈되어 있었고 얼굴은 부어 있었습니다. 어머니의 얼굴에는 눈물 콧물 흘린 자국이 남아 있었고, 옷은 땀에 젖어 있었으며, 이런 때는 지하실의 수건도 흥건히 젖어 있었습니다. 그 어머니가 저를 보고 맨 처음 하시는 말씀은 역시나 이런 것이었습니다.

"우리 동환이 왔구나. 그래, 오늘 사도신경 주기도문은 몇 번 외웠니? 백 번씩 다 외웠니?"

이렇게 묻고 대답을 들으신 다음에야 배고프겠다며 점심을 차려 주시는 분이 제 어머니셨습니다. 식사를 마치면 어머니께서는 숙제를 점검해 주십니다. 스스로 할 수 있는 숙제는 스스로 하도록 하고 혼자 할 수 없는 숙제는 저녁에 어머니와 함께 하자고 말씀하셨습니다. 어머니께서 설거지를 마치고 나면 저는 제 방으로 가고, 어머니는 다시 지하실로 내려가셨습니다. 저는 방에서 숙제나 독서를 하고 어머니는 다시금 기도하기 시작하는 것이지요.

숙제를 하면서, 책을 읽으면서, 혹은 성경을 읽으면서 저는 오후 내내 어머니의 기도 소리(통곡, 기쁨에 찬 찬양, 간절한 기도)를 들었습니다. 저는 그렇게 자랐습니다. 어머니께서는 제가 반에서 1등을 했을 때보다 교회에서 성경을 제일 많이 읽어서 받는 성경 다독상을 받았을 때 더 칭찬해 주셨습니다. 공부를 열심히 하는 것은 지극히 당연한 일이라고 말씀하셨습니다. 이 다음에 하나님께 부족함 없이 쓰임 받으려면, 하나님을 위해 지금부터 열심히 공부하고 최선을 다해야 하기 때문입니다. 열심히 공부하는 것은 어머니를 위해서가 아니라고 말씀하셨습니다. 그 누구를 위해서도 아니며 오직 '하나님을 위해서' 라고 말씀하셨습니다.

하나님 마음을 아프게 해서는 안된다

저는 어렸을 때부터 동네를 휘젓고 다니던 골목대장이자 대단한 개구쟁이였습니다. 그 덕에 어머니께 혼도 많이 났습니다. 특별히 어머니께서는 한 달에 한 번 꼴로 정말이지 단단히 혼을 내셨습니다. 어머니께서는 평소에는 화를 내거나 혼내시지 않는 편이십니다. 그러나 제가 잘못을 되풀이하면 그 점을 훈계하신 후 그래도 듣지 않으면 그때는 인정사정없이 회초리를 들어 혼을 내셨습니다. 그래서 초등학교 때에는 종아리에 피멍이 가실 줄 몰랐습니다. 어머니께 심하게 혼나는 날이면 저는 밤에 몰래 혼자 울곤 했습니다. 그러면서 아마 내가 주워온 자식이어서 그런가 보다 하고 생각하기도 했습니다.

어머니는 성경 보는 것과 기도하는 것, 그리고 예배드리는 데 소홀하면 아주 무섭게 혼을 내셨습니다. 그래서 저는 어려서부터 예배시간에 딴짓 하거나 잡담하는 일은 상상도 하지 못했습니다. 지금 생각해 보니 초등학교 때 읽은 성경 지식이 신학대학원을 졸업하고 지금까지 이어졌다고 할 만큼 그 당시 성경을 많이 보았고 특히 잠언은 거의 외우다시피 읽었던 것 같습니다.

고등학교에 진학하면서 가끔 친구 집에 초대받아 갈 경우 저는 엄청난 문화 충격을 받곤 했습니다. 일단 친구 어머니께서 저에게 매우 상냥히 대해 주셨습니다.

"공부를 잘한다면서? 그래, 우리 ○○이도 많이 도와주고, 또 놀러오렴."

그리고 손수 맛있는 간식도 내주십니다. 그러면 저는 친구에게 묻습니다.

"너희 어머니는 평소에도 이렇게 간식을 잘 주시니?"

그러면 친구 녀석은 당연한 것 아니냐는 듯 어깨를 으쓱합니다. 하지만 그때까지 저의 어머니께서는 집에서 간식을 챙겨 주신 적이 없었습니다. 어머니께서는 항상 이렇게 말씀하셨습니다.

"손발 있겠다, 냉장고에 먹을 것 있으니 네 스스로 간식은 가져다 먹어라. 고3이라고 유난 떨지 마라. 공부하기 싫으면 하지 않아도 된다. 그러나 하나님 위해서 하는 공부다. 하나님을 위해

하는 공부니만큼 조금도 소홀함이 없도록 해라."

어머니께서는 부족한 생활비를 절약해 가며 어렵고 가난한 선교사님과 목사님들을 돕곤 하셨습니다. 아들에게 값비싼 옷이나 나이키 운동화를 사주지는 않아도 어려운 사람들을 전도하고 돕는 일에는 물질을 아끼지 않으셨습니다. 저는 어머니께서 어떻게 생활비를 운용하시는지 잘 알고 있었기 때문에 가지고 싶은 것이 있어도 차마 말을 꺼내지 못했던 적이 많습니다. 고등학교 1학년 때 멋진 농구화를 신는 친구들을 보며 그런 신발이 있었으면 좋겠다고 생각했지만 어머니께 말씀드리지 않았습니다. 어머니는 늘 이렇게 말씀하셨습니다.

"우리, 돈 아껴서 하나님 일 많이 하자. 엄마는 하나님께 많이 드리고 싶은데 더 드릴 것이 없어서 늘 죄송하단다."

어머니께서는 자신을 위해 돈을 쓰신 적이 거의 없습니다. 화장품도 제일 싼 것, 옷도 옛날 옷을 그냥 입으십니다. 먹고 싶고 입고 싶은 것이 있어도 아끼고 또 아껴서 이름도 빛도 없이 고스란히 드렸습니다. 그러면서 천국에 저축하는 것이 가장 귀하다고 말씀하셨습니다.

어머니께서는 자녀들이 하나님께 복 받기를 소원하며 하나님과 하나님께서 맡겨 주신 귀한 자식들을 위해 일평생 희생하셨습니다. 그러나 그 희생을 희생으로 여기지 않으실 뿐만 아니라 감사하고 있습니다.

대학교 1학년이 될 때까지 저는 종아리에 피멍이 들도록 맞았습니다. 그런데 고등학교에 진학하면서부터 성경 읽고 기도하는 일이 게을러서 매를 맞을 때에는 어머니의 매가 예전처럼 아프지 않다는 것을 알았습니다. 대학교 1학년이 되자 어머니는 더 이상 매를 때리지 않을 테니 앞으로 하나님 앞에 더욱더 나아가 기도하기를 힘쓰며 하나님 마음을 아프게 하지 말라고 당부하셨습니다.

저는 보통의 제 또래에 비해 수십 배나 더 많이 맞고 자랐습니다. 하지만 그 매가 얼마나 귀한 것인지 잘 알았습니다. 철없던 시절에는 길에서 주워온 자식이라서 때린다는 바보 같은 생각도 했지만 분명한 것은 어머니의 눈물기도로 오늘의 제가 있게 되었다는 사실입니다.

하나님의 사랑과 진리를 전하는 눈물기도

초등학교 시절에 친구들이 집으로 전화하면 이런 얘기를 하곤 했습니다.

"너희 집에 할머니 계시니?"

동네에서도 목소리 곱기로 소문난 어머니지만 하나님께 부르 짖으며 간절히 기도하시다 보면 허스키한 목소리로 변하곤 했던 것입니다. 그뿐만이 아닙니다. 시간이 흐르면서 어머니께서도 곱던 모습은 간데없고 양미간과 이마에 깊은 주름이 잡혔습니다. 이것은 세월의 흔적이기도 하지만, 늘 찡그리고 통곡하며 기도하신 어머니의 훈장이기도 하다고 생각합니다. 하나님을 위해, 그리고 사랑하는 삼남매를 위해 어머니께서는 기도로 물질로 하나님의 나라를 확장해 나가고 계십니다.

어머니의 일생을 돌아보면 저는 저절로 고개가 숙여집니다. 세월이 흘러 어머니께서도 점차 늙으시는 것을 지켜보면서 저는 효도에 대해 깊이 생각하게 되었습니다. "네 부모를 공경하라"는 하나님의 명령에 따라 가슴 깊은 데서부터 순종하고픈 마음이 생깁니다. 그러나 제가 무언가 해 드리려고 해도 어머니께서는 잘 받지 않으십니다. 늘 하나님께 더 하라고 말씀하십니다.

어머니의 마음속은 늘 하나님으로 가득 차 있습니다. 자식을 깊이 사랑하지만 하나님을 가장 사랑하십니다. 어머니께는 하나님이 일순위이십니다. 그런 어머니가 계셨기에 저는 돈이나 권력으로도 살 수 없는 신앙의 유산과 천국의 유산을 물려받을 수 있었습니다. 이에 깊이 감사합니다.

어머니의 헌신적인 사랑과 기도를 지켜보면서 저는 인간이 밥으로만 사는 것이 아니라 사랑으로 살고 사랑으로 자란다는 것을 알았습니다. 나는 어머니의 사랑으로 하나님의 사랑이 얼마나 크고 깊고 넓은지 어렴풋이나마 체득할 수 있었습니다.

중2 때부터는 저도 새벽기도회에 나가게 되었습니다. 그때 제가 본 어머니는 새벽기도회에 나온 다른 분들과 조금 달랐습니다. 다른 분들에 비해 어머니의 기도시간은 배나 길었습니다. 어머니는 열정적으로 통곡하며, 또 찬양으로 기도하셨습니다. 초등학생일 때도 가끔 어머니를 따라 새벽기도회에 가곤 했는데 그때 저는 어머니께서 울면서 기도하시는 것을 보고 우리 집이 가난하고 자식들이 말을 잘 안 들어서 저러신다고 생각한 적이 있었습니다. 그런 어머니께서는 지금도 새벽부터 울며 기도하십니다.

이제는 저도 압니다, 어머니께서 왜 그렇게 울면서 기도하시는지. 우리 집이 가난해서도 아니고 자식들이 속을 썩여서도 아닙니다. 하나님께 받은 은혜가 너무나 크고 감사하기에 늘 울어도 그 눈물로도 다 갚을 수 없기 때문입니다. 죄악과 허물로 죽을 수밖에 없는 자신을 예수 그리스도의 대속으로 구원해 주신 하나님의 사랑에 감사 감격하여, 병든 몸으로 죽어가는 자신을 살려주신 그 하나님의 사랑에 깊이 감사하여 어머니는 새벽마다 우십니다. 사랑하는 자녀들이 일평생 하나님만 바라보고 하나님을 의지하고 하나님을 두려워하며 하나님을 자랑하도록 울며 기도하십니다.

신학대학원에 진학하고 교회사를 공부하면서 저는 놀라운 글을 발견했습니다. 어거스틴이 이런 말을 했습니다.

"나는 하나님의 진리가 어머니의 기도와 성경말씀을 통해 전해진다는 것을 믿습니다."

어거스틴은 어머니의 기도가 얼마나 중요한지 직접 경험했기 때문에 이런 말을 할 수 있었습니다. 어거스틴은 어머니 모니카가 수십 년간 뿌린 눈물의 기도로 방탕과 쾌락과 이단에서 헤어나 다시 하나님의 품으로 돌아올 수 있었고 마침내 최고의 신학자가 될 수 있었습니다.

나 역시 어거스틴처럼 말하고 싶습니다. 어머니의 통곡기도와 성경말씀으로, 이 패역한 21세기, 쾌락과 물질만능의 시대에도 우리가 이 시대의 다니엘을 꿈꾸며 다니엘로 쓰임 받을 수 있다고 말입니다.

하나님 중심의 신본주의 교육을 위하여

이 시대의 학생들은 직접 보지 않고서는 변화되지 않습니다. 자녀들은 어머니의 기도로 기도를 배웁니다. 어머니의 하나님에 대한 사랑을 보고 하나님 섬기는 법을 배웁니다. 어머니의 본을 보고서야 실천합니다.

하나님의 평안과 지혜를 가지고 하나님의 영광을 위하여 공부하는 다니엘 아침형 학습 습관을 제가 몸에 익힐 수 있었던 것도 결국 어렸을 때부터 몸소 보여주신 어머니의 모범과 교육의 영향이었습니다. 제가 직접 보고 체득한 결과 그 교육이 얼마나 탁월한지 확신을 가졌기 때문이지요.

저는 어머니를 따라 수요예배, 금요예배, 주일예배를 드리며 기도하며 자랐습니다. 아버지, 어머니가 자녀를 얼싸안고 일주일에 세 번 이상 기도하는 가정에서 어떻게 대화의 단절이 있을 수 있고 가정이 붕괴될 수 있겠습니까? 아버지가 영적 권위를 회복하고 하나님께서 가장에게 주신 특별한 축복권을 사용하여 일주일에 세 번 이상 사랑하는 자녀들을 위해 손 들고 기도하며 그들을 기도와 사랑으로 감싸주고 그들과 기도로 대화하는데, 그 관계에 세대차이나 대화가 통하지 않는다는 얘기는 있을 수 없습니다. 이것은 모두 제가 어려서부터 어머니와 함께 예배드리며 어머니를 통해 배운 것들입니다.

하나님께서는 박삼순 전도사를 기도로 연단시키시고 자녀를 철저히 하나님 중심으로 교육시키도록, 이 시대의 학부모들을 부르시는 하나님의 전령사로 사용하고 계십니다. 다니엘 자녀 교육 세미나를 통해 영적 둔감함에 빠져 있는 인본주의화된 그리스도인들이 하나님의 강한 임재로 환골탈태(換骨奪胎)하고 있습니다. 이제는 이 시대의 다니엘을 꿈꿀 수 있습니다.

박삼순 전도사의 말씀은 마치 시골 된장 같습니다. 그런데도 세상에서 가장 뛰어나다는 엘리트들이 그가 인도하는 찬양 기도회에서, 그의 다니엘 자녀 교육 세미나에서 완전히 새롭게 눈을 뜹니다. 열정과 통곡과 감사로 드리는 기도와 찬양을 통해 이들은 하나님께서 정말 살아계시고 자신을 사랑하신다는 사실을 깨닫고 간절히 기도하게 됩니다. 연약한 한 여인을 통해 일어난 놀라운 성령의 역사가 이 시대를 깨우고 있습니다.

저는 어머니에 비해 성경 원어도 더 많이 압니다. 나름대로 성경도 깊이 있게 연구해 왔습니다. 기독교 상담학도 공부했습니다. 그런데 어머니가 상담하시는 모습을 지켜보면서 놀라운 점을 발견했습니다. 어머니는 제가 배운 모든 이론의 가장 우수한 점만을 이상적으로 취합하여 개개인에 맞게 상담하고 계셨습니다. 제가 배운 이론은 머릿속에만 들어 있을 뿐 실재하지 못하는데 반해 어머니께서는 그런 체계적인 지식이 없어도 성령의 인도하심에 순종하며 훌륭하게 상담하고 계셨습니다. 저는 사람들이 어머니를 만나 변화되고 진정한 그리스도인이 되는 모습을 옆에서 많이 지켜보았습니다.

성경 원어에 대한 전문 지식이 없는 어머니시지만 성경에 대한 통찰력도 어느 누구보다 뛰어나십니다. 제가 수많은 성경학자들의 이론을 비교 분석하고 원문 대조한 내용을 바탕으로 얻은 것보다 더 깊은 통찰력을 가지고 말씀해 주실 때가 많습니다.

그럴 때마다 저는 어머니 앞에 다시금 고개를 숙입니다. 역시 신학은 머리로 하는 것이 아니라 기도로 한다는 사실을 뼈저리게 느끼게 됩니다.

어머니께서는 제가 조금만 우쭐하거나 교만해지는 기미만 보여도 맹렬한 질타를 멈추지 않으며 엄하게 훈계하십니다. 새벽기도 시간에 기도의 톤이 높아지고 눈물의 통곡 소리 또한 더욱 커집니다. 옆에서 기도하는 저는 그 기도 소리를 들으면서 저 자신의 어리석음과 교만을 뼛속 깊이 회개하고 하나님께 용서를 구하며 다시금 뜻을 새롭게 합니다.

저는 고등학교를 졸업하기 전까지 나이키 신발을 신어 보지 못했습니다. 고1 때 너무 갖고 싶어서 남대문시장에서 1만 원을 주고 산 농구화가 지금도 있습니다. 저는 어머니에게서 근면 정신과 절약, 성실과 정직을 배웠습니다. 그러나 무엇보다 하나님께 드리는 데 인색하지 않아야 한다고 배웠습니다.

저는 하나님께 무언가를 드릴 때가 가장 좋습니다. 십일조를 드릴 때 감사헌금을 낼 때 얼마나 기분이 좋은지 모릅니다. 용돈을 받으면 항상 십일조부터 떼어 놓습니다. 어머니는 십일조를 드릴 때는 십일조만 내지 말고 십일조를 드릴 수 있도록 해주신 하나님께 감사드리는 감사헌금을 꼭 같이 드리라고 가르쳐 주셨습니다. 제가 처음 봉급을 받던 날, 어머니는 첫 열매이므로 봉급을 하나님께 모두 다 드리라고 말씀하셨습니다. 부모님 선물은 다음 문제라고 하시면서 말입니다.

그밖에 어머니에 대한 일화는 일일이 다 기록할 수 없을 정도로 많습니다. 어머니께서 전도하신 분들도 셀 수 없이 많습니다. 그중에는 목사님 되신 분, 장로님 되신 분, 권사님, 집사님이 되신 분들도 셀 수 없이 많습니다. 저는 장차 천국에서 어머니께서 큰 상을 받게 되시리라 기대합니다.

요즘 어머니께서는 기도하고 성경 보는 시간을 제외한 나머지 시간에 찬양과 기도사역과 전도와 세미나에 최선을 다하고 계십니다. 이제 수많은 주님의 백성들이 다니엘 자녀 교육 세미나를 통해 새롭게 뜻을 정하고 있습니다. 특별히 인본주의 교육으로 자녀들을 양육하다 실패한 학부모님들이 새롭게 은혜 받고 철저히 하나님 중심으로 자녀들을 양육하겠다고 결심하는 모습을 지켜볼 때는 하나님의 살아 계심과 그분의 놀라운 섭리를 찬양하고 감사하지 않을 수 없습니다.

　이번에 어머니께서 어떻게 자녀를 하나님 중심으로 양육했는지 정리하여 한 권의 책으로 다시 엮으셨습니다. 모쪼록 이 책이 인본주의 정신에 찌든 이 땅의 학부모님들께 신본주의 자녀교육의 지침서로 활용되기를 바랍니다.

　　　　　　　　　　　　　　　　　　　　　　김 동 환

하나님의 소중한 자녀를 위해
기도하시는 부모님들께

사도 바울은 "나의 나 된 것은 하나님의 은혜"라고 말했습니다. 사도 바울의 이 말씀이 바로 저의 신앙고백이기도 합니다. 저는 이 말씀을 굉장히 좋아하고 또 자주 묵상하곤 합니다.

그 말씀 그대로, 지금 이 책을 쓰게 하신 분도 하나님이시며, 제 아들 김동환 목사가 서울대학교를 수석으로 졸업할 수 있었던 것 역시 하나님의 은혜라고 생각합니다. 정말이지 하나님께서 은혜를 베풀어 주지 않으셨다면 이 모든 일은 불가능했을 것입니다. 제 아들 동환에게 건강과 생명과 그 모든 지혜와 지식과 암기력과 여러 가지 필요한 학습 능력을 주신 분도 하나님이십니다.

특별히 「다니엘 학습법」이 나온 뒤 이 책을 읽은 많은 학생들이 은혜 받고 도전 받아, 다니엘처럼 뜻을 정하는 신본주의 학습법을 실천하게 되었다는 말을 많이 들었습니다. 제 아들의 소박한 간증이 이 땅의 수많은 크리스천 학생들에게 조금이나마 도움이 되었다니, 무척 놀랍고 그저 감사할 뿐입니다.

그런데 날이 가면서 많은 학부모님들이 신본주의 학습법과 더불어 그렇게 자녀를 양육할 수 있게 하는 자녀교육법을 필요로 하신다는 것을 알게 되었습니다. 심지어 저를 찾아와 자녀교육에 관한 이런 저런 문제를 의논하고 싶다는 분들도 많아졌습니다. 그분들은 어떻게 하면 자녀를 신본주의 원리에 따라 제대로 교육할 수 있을까 고민하신다고 했습니다. 하루에도 수십 통씩 전화가 걸려오는가 하면 아예 직접 찾아오셔서 자녀교육에 대한 각종 문제를 상담하는 분들까지 생겨났습니다. 들어 보면 한결같이 속상하고 답답한 현실 가운데서 자녀의 장래를 놓고 어찌

하지 못해 울며 기도하는 사연들뿐이었습니다. 참으로 안타깝기 그지없었습니다.

그 부모님들에게 가장 중요한 문제는 역시나 자녀들의 장래와 학업 문제였습니다. 제가 부모님들의 사연을 듣고 나서 똑같이 해드린 말이 있습니다. 먼저 부모님의 신앙은 어떠신지 물었습니다. 부모가 제대로 예수 믿지 않고 올바로 신앙생활 하지 않으면서 어떻게 자식들더러 신앙생활 잘하라고 가르칠 수 있겠으며, 더욱이 공부 잘하라고 잔소리만 할 수 있겠느냐는 말이었습니다.

감히 확신하건대, 먼저 부모님이 거듭나지 않고서는, 부모님이 신앙의 본을 보이지 않고서는, 자식들이 다니엘과 같이 변화되기를 바라는 것은 불가능합니다. 그러나 안타깝게도 많은 크리스천 부모님들이 이토록 중요한 영적 원리를 잊은 채 살아가고 계십니다.

자녀 문제로 고민하는 많은 부모님을 만나면서 저는 이 사실을 깨달았습니다. 저로서는 그저 당연한 일이라고 여기며 실천해 왔던 기도와 말씀과 예배 중심의 신앙교육에 대해, 뜻밖에도 많은 분들이 도전받고 계시다는 사실을 알았습니다. 한편으로는 놀랍고, 다른 한편으로는 안타까운 현실입니다.

믿는 자들이라면 당연히 최우선순위에 두었어야 할 신앙교육이 세상교육 뒷전으로 밀려난 현실, 크리스천이라면 당연하다고 여겼어야 할 신본주의 자녀교육법을 뒤늦게야 듣고 깨달으셨다는 것은 놀라운 일입니다. 동시에 이 땅의 크리스천 부모들이 하나님 중심으로 자녀를 교육하기에 너무나도 힘든 현실이 안타까울 따름입니다.

오직 기도와 말씀의 신앙훈련으로

저의 자녀교육은 오로지 제가 하나님의 은혜로 구원받고 나서 그 은혜가 사무치게 감사하여 말씀을 보고 깨달은 것을 실천한 것뿐입니다. 처음에는 크게 자랑할 일이 못 된다고 생각했습니다. 하지만 저를 붙잡고 눈물 흘리며 자녀를 위해 애통해 하는 부모님들을 직접 만나 많은 이야기를 나누게 되면서부터 생각이 조금씩 달라졌습니다.

　그러다가 기도하던 중에, 제 이야기를 하는 것이 목적이 아니라 하나님께서 하신 일을 증거하는 것이 목적이라면, 부족하나마 제게 베풀어 주신 하나님의 은혜를 나누는 것이 좋겠다는 생각을 했습니다.

　제가 기도하며 실천해 온 자녀교육법은 사람의 욕심이나 생각이 중심인 인본주의 교육법이 아니라 말씀과 기도를 원칙으로 하는 하나님 중심의 신본주의 교육법이기 때문입니다. 만일 인간 중심의 이야기를 하려는 것이라면 할 이야기가 별로 없습니다. 저는 이 책에서 제 이야기를 하려는 것이 아니라 저를 통해 역사하신 하나님을 증거하려고 합니다.

　「다니엘 학습법」을 보신 분들이라면 잘 아시겠지만, 저는 오로지 기도와 말씀의 신앙훈련으로 자녀를 교육했습니다. 그런데 하나님께서 부족한 저의 기도에 응답하시고 제 자식들에게 은혜를 베풀어 주셨습니다. 큰아들 동환이는 서울대학교를 수석으로 졸업하고 목회자의 길을 걷고 있으며, 막내 경한이는 고려대학교 의대에 들어가 장차 의사 누가처럼 하나님께 쓰임 받는 의사가 될 것을 희망하고 있습니다.

어떤 분들은 이런 자식들을 둔 저를 부러워하실지 모르겠습니다. 하지만 저는 제 자식들이 겉보기에 잘되었다고 자랑하기 위해 이 책을 쓰는 것이 아닙니다. 그들 모두 기도하고 말씀 보며 찬송하고 예배하는 하나님 중심의 사람들이 되었다는 것을 힘주어 말하고 싶기 때문에 이 책을 쓰는 것입니다.

그들이 공부를 잘하고 세상의 기준으로 볼 때에도 잘된 이유를 굳이 들라면 오직 하나, 자식들에게 하나님 중심의 신앙생활 훈련을 강조한 것밖에 별다른 비결이 없습니다. 그럼에도 불구하고 "어떻게 자녀들을 이렇게 교육할 수 있었습니까?"라고 구체적으로 질문하신다면 이 책에서 다시금 신본주의 자녀교육법의 핵심을 찾아보시기를 간절히 부탁드립니다.

진정한 하나님의 자녀로 거듭남을 위해

김동환 목사가 「다니엘 학습법」에서 강조한 신본주의 학습법이란, 부족한 이 어미가 자녀교육의 원칙으로 삼아온 신본주의 자녀교육법에서 유래한 것입니다. 저는 이 책에서 오직 신본주의 「다니엘 학습법」의 배경이 된 신본주의 자녀교육법에 대해서 밝히려고 합니다. 모쪼록 이 책을 읽는 부모님들이 자녀를 다니엘처럼 교육하는 영적인 비밀을 발견하실 수 있기를 바랍니다.

자녀의 성적이 얼마나 오르느냐가 중요한 게 아닙니다! 정말 중요한 것은 자식들이 하나님을 먼저 예배하고 그 무엇보다 하나님을 중요하게 생각하며, 웨스트민스터 소요리문답 제1문항에 나오는 것처럼 "하나님의 영광을 위해 사는" 자녀들이 되는 것입니다. 이 점을 믿으시고 부모님이 먼저 변화하시기를 간절히 기원합니다.

하나님께서 주신 자녀를 말씀으로 양육하고, 자녀들 스스로 하나님 안에서 뜻을 정하며, 열심과 최선을 다해 공부 잘하도록 키우고 싶은 부모님들에게 제 이야기가 조금이나마 도움이 되었으면 합니다. 예수님을 믿는 부모들이 각성하여 이 땅에서 인본주의 교육의 독소가 사라지고 신본주의 자녀교육이 왕성하게 꽃피기를 기도드릴 뿐입니다.

하나님께서 맡겨 주신 자녀를 어떻게 하면 더 잘 키울 수 있을지 근심하며 오늘도 눈물로 새벽을 깨우는 수많은 크리스천 부모님들께 이 작은 책을 바칩니다. 하나님께 모든 영광을 돌립니다. 할렐루야!

박 삼 순

• • • 제 아이들은 말씀과 기도로 자라났습니다. 잘못하면 엄한 훈계를 하고 매를 들어 철저히 하나님 중심으로 교육시켰습니다. 저는 제가 은혜 받고 그대로 믿은 하나님의 말씀을 따라 내 자녀들을 사람 중심이 아닌 하나님 중심으로, 즉 인본주의가 아닌 신본주의 정신을 따라 가르쳤습니다.

I부

하나님 만난
부모가 되어

01

캄캄한 밤길에 좇은 희미한 등불

막다른 길에 부닥친 제 인생에 하나님은 찾아오셨습니다. 찾아
오셔서 어루만져 주시어 최고의 의사도 못 고치고 용하다는 무
당도 못 고치던 병을 고쳐 주시는 역사가 일어났습니다. 저의
병든 몸과 영혼까지 한꺼번에 구원해 주셨습니다.

하나님의 자녀로 자라나는 축복

저는 예수님의 복음을 전하고 심방을 통해 믿음이 연약한 성도를 세우는 전도사입니다. 그리고 한 남자의 아내이자 출가한 딸과 장성한 아들 둘을 둔 어머니이기도 합니다.

저는 제 아이들이 초등학교와 유치원에 다닐 때부터, 새벽기도를 마치고 돌아와 아이들 머리에 손을 얹고서 이렇게 기도했습니다.

"하나님, 장남 동환이는 주님의 말씀을 전하는 목사가 되게 해주시고, 막내 경한이는 인간의 질병을 고치는 의사가 되게 해주시옵소서. 그러나 이 모든 일이 인간의 욕심을 위한 것이 아니라 하나님의 영광을 위해서 쓰임 받도록 해주시옵소서!"

저는 다만 혼자서 기도했을 뿐, 아이들이 자라는 동안 한 번도 공부해라, 뭐가 되라고 잔소리를 해 본 적이 없었습니다. 단지 혼자 기도할 때마다 자식들을 위해 이렇게 기도했을 뿐입니다. 그러나 아이들의 신앙생활이 나태해지면 곧바로 회초리를 들고 믿음이 바로 심기도록 가르쳤습니다. 하나님께서는 제 아이들에게 스스로 뜻을 정하고 기도하며 각자 최선을 다해 자기 할 일을 감당해 내는 지혜와 총명과 믿음을 주셨습니다.

큰 아들이 바로 「다니엘 학습법」으로 널리 알려진 김동환 목사입니다. 서울대학 재학 중에도 줄곧 상위 성적을 유지하던 동환이는 졸업하면서 수석을 차지했습니다. 많은 사람들이 대한민국의 수재들이 다 모인 대학을 나온 것도 대단한데 거기서 수석을 하다니 놀랍다고 말합니다.

그러나 동환이나 저희 가족은 이 영광을 우리가 누릴 것이 아니라 하나님께 온전히 돌려 드려야 한다고 믿습니다. 동환이는 초등학교에 들어가기 전 저를 통해 예수님을 알게 되고 나서, 공부를 열심히 잘해야 하는 이유가 자기 자신이나 부모님의 영광을 위해서가 아니라, 이 세상을 창조하시고 우리를 지으신 하나님께 영광을 돌리기 위해서라고 배웠기 때문입니다.

더욱이 동환이는 그 아이 자신의 두뇌나 능력으로 그 힘든 공부를 감당했던 것도 아닙니다. 공부를 잘할 수 있도록 힘과 지혜를 달라고 믿음으로 간구하자 하나님은 동환이에게 기도한 것 이상으로 응답해 주셨지요. 지금도 동환이는 거의 매일 운동치료를 받아야 할 정도로 육신에 연약한 부분이 있습니다. 고등학교 때 너무 한자리에 오래 앉아 공부하는 바람에 몸을 상한 것이 아직 완전히 낫지 않았습니다. 그렇게 아픈 몸으로 학교를 다니면서 그런 성적을 얻었다는 것은 결코 사람의 능력이 아니었다고 생각합니다.

　그것은 바로, "여호와를 경외하는 것이 지식의 근본"임을 믿으며 "지혜가 부족하거든 후히 주시고 꾸짖지 아니하시는" 하나님을 의지하여 지혜를 달라고 기도한 결과입니다. 하나님은 하나님의 자녀가 구하는 것을 외면하지 않으십니다. 특별히 하나님께 영광을 돌릴 목적으로 지혜와 지식을 간구하는 눈물의 기도

에 응답하시며 또한 차고 넘치도록 부어 주십니다.

동환이는 초등학생일 때 이미 다니엘처럼 뜻을 정하고 하나님의 말씀을 따라 공부하며 하나님의 종이 되기로 결심했습니다. 그래서 중학생일 때나 고등학생일 때에도 선생님이 장래 꿈이 뭐냐고 물으시면 언제나 "목사입니다"라고 대답했습니다. 그렇게 뜻을 정한 대로 서울대학교 종교학과를 졸업한 뒤 총신대학원을 졸업하였습니다.*

막내 경한이는 고려대학교 의과대학에 입학하여 지금은 수련의 과정에 있습니다. 장차 의료선교와 봉사에 앞장서는 의사가 될 것으로 기대하고 있습니다. 경한이는 의대생 시절부터 의료봉사활동에 적극 나섰습니다. 성품이 온유하고 조용하여 교회에서 '천사'라는 별명을 얻기도 했습니다.

---

* 김동환 목사는 2004년 목사 안수를 받고 그가 초등학교 3학년 때부터 20년 간 꿈꾸고 준비해온 목사의 꿈을 이루었다. 그는 청소년들을 21세기 다니엘과 같은 믿음의 인재로 양성하는 것을 비전으로 삼고 현재 신반포교회에서 청소년 담당 목사로 사역하고 있다. 또한 중앙아카데미(전화. 02_3394_9133)에 출강하여 신앙과 실력을 겸비한 다니엘과 같은 인재를 양성하기 위해 다니엘 아침형 학습법 리더십 강의도 병행하며 이 땅의 청소년들을 일깨우고 있다.

신본주의 자녀교육의 은혜

동환이를 비롯하여 아이들은 모두 어려서부터 가정예배를 통해 기도하고 말씀 보며 주일예배는 물론 모든 집회에 빠짐없이 참석하도록 신앙훈련을 받았습니다. 또한 공부하기 전에는 반드시 기도하고 말씀을 보도록 배웠습니다.

학교에 다니는 동안에는 줄곧 주기도문과 성경말씀을 암송하도록 했습니다. 그날 읽어야 할 말씀을 보지 않았다면 때론 밥을 굶기도 해야 했습니다. 성적이 떨어졌다고 매를 대지는 않지만 신앙생활이 나태해지거나 하면 어김없이 시퍼렇게 멍이 들도록 회초리를 들었습니다.

하나님의 자녀가 공부하는 목적은 하나님의 영광을 위해서입니다. 기도하고 말씀을 보면서 하나님께서 주시는 지혜와 총명으로 공부해야 하건만, 신앙생활이 나태해진다면 그것은 모든 것을 잃는 일이 됩니다. 그렇기 때문에 다른 것은 차치하고라도 신앙생활에 게을러지는 것만큼은 용서하지 않았습니다.

그렇게 제 아이들은 말씀과 기도로 자라났습니다. 잘못하면 엄한 훈계를 하고 매를 들어 철저히 하나님 중심으로 교육시켰습니다. 저는 제가 은혜 받고 그대로 믿은 하나님의 말씀을 따라 내 자녀들을 사람 중심이 아닌 하나님 중심으로, 즉 인본주의가 아닌 신본주의 정신을 따라 가르쳤습니다.

그러나 저는 원래부터 예수님을 알고 믿었던 사람이 아니었습니다. 절에서 살다시피 한 적도 있었고 장안에서 용하다는 무당과 점쟁이를 수도 없이 만나 보았습니다. 결혼하기 전 저는 이도 저도 믿지 않는 그저 평범한 사람이었습니다.

그런 저는 결혼하자마자 이유도 없이 아파 그 원인을 찾아 헤매느라 무려 12년간 육신과 영혼의 고통에 시달리며 어두운 귀신의 세력에 끌려 다녔습니다. 결국 교회에 나가 예수님을 만나게 되고, 예수님이 제 병을 고쳐 주시자 제 인생은 완전히 달라지는 구원의 복을 누리게 되었습니다.

제 아이들이 하나님의 말씀을 따라 교육받게 된 것도 모두 저를 통해 역사하신 하나님의 은혜였습니다. 지금 제가 찬송과 기도와 말씀으로 살아가면서 자식들이 모두 잘되는 축복을 누리게 된 것 또한 제 능력이 아닙니다. 모두 하나님의 은혜입니다. 배 아파 자식을 낳고 제 몸보다도 더 아끼며 사랑해 온 부모라면 누구나 그 자식이 하나님의 뜻에 따라 올바르게 자라나기를 소원합니다. 그것은 모든 크리스천 부모들의 마음입니다.

지금부터 부모 된 저를 통해 역사하신 하나님의 은혜와 진리의 말씀을 나눠 보도록 하겠습니다.

사탄은 우는 사자와 같이 두루 다니며 우리의 사랑하는 자녀들을 집어삼키려고 온갖 술수와 모략을 부리며 빈틈을 찾고 있습니다. 저는 우리의 가장 큰 틈이 바로 우리가 자녀를 교육할 때 하나님의 말씀과 뜻을 따르는 신본주의로 하지 아니하고 세상의 방법과 유행을 좇는 인본주의를 따르도록 하는 유혹이라고 생각합니다.

하나님을 알고 하나님께 영광을 돌리며 살아가는 인생은 하나님의 말씀에 따라 뜻을 정하고 그 말씀을 준행하며 살아야 합니다. 마찬가지로 예수를 믿는 부모들은 하나님의 뜻을 따라 그 자녀들을 훈계하고 양육해야 합니다. 그러나 안타깝게도 믿는 가정에서조차 가장 중요한 자녀교육에서 하나님의 뜻을 따르지 않으며 세상의 풍조와 유행을 좇는 인본주의 교육을 시키고 있습니다.

저 역시 예수님을 알지 못했다면 세상의 모든 어머니처럼 인본주의 사고(思考)에 물들었을 테고, 인간적인 욕심과 부모의 대리만족감을 충족하기 위해 자식들에게 강요하여 그들을 이기적인 공부벌레로 만들어 놓았을지 모릅니다. 그러니 이 어찌 하나님의 은혜라고 하지 않을 수 있겠습니까?

결혼하자마자 찾아온 고통

저는 원래 예수님을 믿지 않는 가정에서 6남매의 막내로 태어났습니다. 제 고향은 경북 의성입니다. 친정은 예수님은 고사하고 아무 종교도 믿지 않는 가정이었습니다.

막내인 저는 사랑을 많이 받고 자랐습니다. 자랄 때는 별 탈없이 건강하게 성장했습니다. 다만 제가 세 살 때 아버지가 돌아가시고 어머니 혼자서 6남매를 기르셨는데, 다행히 손재주가 좋으셨던 어머니는 시골에서 목화를 따고 길쌈해 가며 6남매 모두 공부시키셨습니다. 그러다가 때가 되자 어른들의 일방적인 주선으로 저는 안동김씨 가문으로 시집을 가게 되었습니다. 결혼하자마자 서울에 살고 있는 남편을 따라 서울로 올라오게 된 저는 어렵다는 시대 분위기도 잘 몰랐습니다. 신혼인데다가 결혼하자자 서울로 올라왔기 때문에 결혼해서 마냥 좋은 줄 알았습니다.

하지만 그게 아니었습니다. 갑자기 원인도 모르게 몸이 아팠기 때문입니다. 결혼하고 나서 사나흘이나 지났을까. 몸이 안 좋다는 느낌이 들었습니다. 이유도 모르는 채 머리가 아프고 정신이 멍해져서 바보처럼 먼 산만 바라보곤 하기 일쑤였습니다. 항상 머리를 들 수가 없고 모든 게 귀찮고 싫어졌습니다. 신혼 기분 같은 것도 전혀 느낄 수가 없었습니다. 그런 증세가 자그마치 12년 동안이나 계속되었습니다.

처음에는 신혼이라 몸도 마음도 긴장하고 피곤해서 그런가 보다 생각했지만 가면 갈수록 증세는 심해져서 유명하다는 종합병원을 죄다 돌아다니며 진찰을 받아 보았습니다. 그러나 의사들도 정확한 병명을 알아내지 못했습니다.

남편이 사업차 외지에 나가 있는 동안 저는 집에서 홀로 고통을 참아야 했고, 그런 생활이 반복되다 보니 음식도 제대로 넘길 수 없는 지경에 이르렀습니다. '내가 왜 이럴까? 시집을 잘못 와서 이러는 건 아닌가?' 하고 나중에는 별의별 생각이 다 들면서 근심이 떠나지 않았습니다.

불행 중 다행스럽게도 항상 그렇게 아프기만 했던 것은 아니었는데, 멀쩡할 때는 가끔 사흘이 넘도록 별 탈 없이 건강하게 집안일도 할 수 있었습니다. 남들처럼 아이도 낳고 정상적인 생활을 하기도 했습니다. 그런데 문제는 그러다가도 한 번씩 통증이 오면 온몸의 힘이 빠지면서 며칠이고 방안에 누워 있어야만 한다는 점이었습니다.

10년이면 강산도 변한다는데, 그렇게 12년을 앓는 동안 저의 모습도 많이 변했습니다. 몰골이 말이 아니게 되었습니다. 그야

말로 뼈와 가죽만 남았습니다. 기운이 없어서 제대로 일어나 앉지도 못하고, 남편이 눕히면 간신히 자리에 눕고, 병원에 갈 때에도 남편에게 업혀 다니는 생활을 계속해야만 했습니다.

시어머니 귀신이 막내며느리를 만져서 아프다?

그렇게 고통스러워도 친정 부모님이나 친정 식구들에게는 제 사정을 입도 뻥긋하지 않았습니다. 그냥 잘 있다고만 했습니다. 왜냐하면 결혼하기 전에 친정어머께 이런 교육을 받았기 때문입니다.

"네가 그 집에 시집 간 이상 너는 그 집에서 죽어 나오면 나왔지 그밖에 다른 이유로 나와서는 안 된다. 어떠한 일이 있어도 친정과는 거리가 멀어야 된다. 시댁에 좋은 일이 있으면 말하되 좋지 않은 일이라면 일절 말하지 말거라."

그런데 정말이지 친정집에 말도 못할 기막힌 일이 일어났습니다. 시어머니는 제가 시집오기 얼마 전에 돌아가셨고 저는 사진으로만 뵈었을 뿐이었습니다. 그런데 옆집 아주머니의 권유로 찾아간 무당과 점쟁이들에게 제가 아픈 것이 바로 그 시어머니의 혼이 제 몸을 만지기 때문이라는 얼토당토않은 소리를 들었습니다. 그것을 물리치려면 굿을 해야 한다고 했습니다.

시댁은 우상을 지성으로 섬기고 있었습니다. 시댁 앞마당에 큰 바위가 하나 있었는데, 생전에 시어머니께서 밤 12시만 되면 줄곧 그 바위 앞에 촛불을 켜놓고 객지에 나가 있는 자식들 잘되라고 치성을 드렸다고 합니다. 시어머니는 유교의 풍습은 물론 각종 우상을 섬기는 데 도통하여 영험하다는 소리까지 들었다고 합니다. 그런데 그런 시어머니가 돌아가시고 나서 저를 매일 만지기 때문에 제가 아프다고 했습니다.

그런데 남편은 삼형제 중 막내입니다. 저는 점쟁이에게 이렇게 따져 물었습니다.

"시어머니가 무엇 때문에 하필 만나본 적도 없는 막내며느리를 괴롭히겠습니까? 윗동서들은 다 괜찮은데 왜 나한테만 그렇게 하겠어요? 나는 이해할 수가 없어요."

한편 몇몇 시댁 친지들은 "윗동서들은 다 괜찮은데 막내며느리만 아픈 걸 보면 원래 처녀 적부터 병이 있었던 것 아니냐"며 오해하기도 했습니다. 이런 저런 이유로 시집살이의 고통은 이루 말할 수가 없었습니다.

설상가상으로 웬만한 점쟁이들은 저를 보자마자 고개를 절레 절레 흔들었습니다. 보자마자 "너는 안 돼!"라고 잘라 말하곤 했습니다. 제가 '너무 세서' 점을 봐 줄 수 없다는 것이었습니다. 맨 처음 찾아간 점집에서 만나 점쟁이는 "나는 도저히 당신에게 눌려서 볼 수가 없으니 내가 소개해 주는 분한테 가 보는 것이 좋겠소"라고 말했습니다. 그러고는 무당 세계에도 영험함에 따라 등급이 있는데 최고로 '높은 분'이라면서 봉천동에 있다는 한 무당을 소개해 주었습니다.

봉천동 무당을 찾아가 만나 보았습니다. 그 무당은 저를 보더니 무조건 들어오라고 했습니다. 그러면서 "참 대단한 사람이다. 그렇지만 일주일만 나한테 와서 정성을 들여 보라"고 말했습니다. 저는 작정하고 무당이 하라는 대로 바닥에 드러누웠습니다. 그랬더니 살아 있는 닭을 한 마리 가져다가 칼과 함께 묶어서 제 배 위에다 얹어 놓는 게 아닙니까? 가만히 기다리라고 해서 한참을 기다렸더니 닭이 죽어 시커멓게 변해 버리고 말았습니다. 설상가상으로 칼까지 못쓰게 변해 버렸습니다. 그런 짓을 일주일이나 계속했지만 조금도 차도가 없었습니다.

결국 그 무당도 두 손 두 발 다 들고 말았습니다. 그 무당도 "야! 너는 정말 안 된다. 내가 여태껏 어머니 대부터 대물림으로 이 짓을 하고 있지만 너 같은 환자는 처음 봤다"고 말했습니다.

그렇게 저는 유명하다는 무당과 점쟁이들을 모조리 찾아 돌아다녔습니다. 그때 이야기를 하자면 밤을 새워도 모자랄 것입니다. 물론 아무도 제 병을 고치지 못했습니다. 이제 더 이상 어느 무당한테도 갈 데가 없다고 생각하자 이번에는 절을 찾게 되었습니다.

당시 가장 유명했던 도선사를 찾아가 한동안 그 절에서 살다시피 했습니다. 절에 무슨 행사가 열린다고 하면 가장 먼저 일어나서 커다란 등을 매달기도 했습니다. 그렇지만 저의 병은 조금도 차도가 없었습니다.

이번에는 절을 내려와 특별히 영험하다는 작두무당을 따라다녔습니다. 작두무당이란 신이 내려 작두 위에서 춤을 춘다는 좀 별난 무당입니다. 그들은 저를 데리고 다니면서 삼각산이며 인왕산에 올라 빌게 했습니다.

집안에서도 초하루며 보름마다 하루가 멀다 하고 무당을 불러다가 굿판을 벌였습니다. 남편도 "하다하다 안 되면 할 수 없지만 하는 데까지는 해 본다"는 각오로 물심양면으로 돕느라 고생을 많이 했습니다.

고통과 질곡의 세월

그렇게 힘들고 마음 아픈 와중에 자녀들이 태어났습니다. 하지만 저는 낳기만 했지 그 아이들이 크는 동안 제대로 보살피지 못했습니다. 의성에 살고 있던 오라버니는 아파서 꼼짝 못하는 저를 위해 조카딸을 보내주셔서 저 대신 아이들을 돌보도록 배려해 주었습니다.

동환이는 제가 그렇게 아파 있는 동안 유치원에 다녔고 밖에 나가 혼자 노는 일이 다반사였습니다. 그래서 더욱 개구쟁이가 되었나 봅니다. 하지만 동환이는 밖에 나가 놀다가 돌아오면 누워 있는 제 머리맡에 앉아 밖에서 한 일이며 일어난 일들을 재미나게 들려주곤 했습니다. 아마 어린 마음에 아파 누워 있기만 한 어미가 안쓰럽기도 하고 엄마 품이 그립기도 했을 겁니다.

하지만 너무나 아픈 저로서는 어린 아들의 마음을 헤아려 줄 만한 여유가 생기지 않았습니다. "엄마는 너무 아파서 혼자 있고 싶으니까 나가 놀아라" 하며 아이를 밖으로 내몰기 일쑤였습니다.

사업을 하는 남편 역시 아내가 아프고 집안도 엉망이니까 거의 매일 술에 취해 들어왔습니다. 한 달이면 20일은 남편과 다투게 되었고 집안에서는 매일 부부싸움 하는 소리가 나든지, 아파서 끙끙대는 신음소리가 났습니다.

집이 아니라 완전히 지옥이었습니다. 한마디로 비참했습니다. 차라리 죽어 버리면 좋겠는데 죽지는 않고 다른 사람들에게까지 피해를 준다고 생각하니 너무 미안했습니다. 결국 남편에게 차라리 이혼하자는 말을 꺼냈습니다.

"혼자 살 아파트나 하나 장만해 주면 나가 살 테니 당신은 아이들을 데리고 새장가 가세요."

정말이지 그때의 솔직한 심정이 그랬습니다. 병원에서도 병명을 모르고 무당이 온갖 짓을 해도 몸이 낫지 않자 차라리 조용히 혼자 살다 죽는 게 다른 가족을 위해서 낫겠다고 생각한 것이지요.

그렇게 막다른 길에 부닥친 제 인생에 하나님은 찾아오셨습니다. 찾아오셔서 어루만져 주시어 최고의 의사도 못 고치고 용하다는 무당도 못 고치던 병을 고쳐 주시는 역사가 일어났습니다. 저의 병든 몸과 영혼까지 한꺼번에 구원해 주셨습니다.

덩달아 예수님을 믿게 된 남편은 애초에 저와 헤어질 마음도 없었고 따로 나가 살 수 있는 아파트 값을 마련해 둔 것도 아니었지만, 결국 아파트 한 채를 살 수 있을 만한 큰돈을 교회에 헌금했습니다. 모든 일은 한 편의 드라마와 같이 내 앞에 펼쳐졌습니다.

02

환난의 터널을 지나 구원의 길로

매일 하나님 앞에서 얼마나 울었는지 모릅니다. 웬일인지 하나님 앞에 가기만 하면 눈물이 비 오듯 쏟아졌습니다. 휴지로 닦을 수 없을 정도여서 교회 갈 때는 아예 수건을 가방에 넣고 다녔습니다.

"너는 교회로 가야 산다"

12년 동안 병원과 무당집과 절을 전전하며 온갖 고생을 다했지만 제 몸에는 아무런 차도가 없었습니다. 그래서 모든 희망을 다 포기하고 방 한구석에 누워 죽기만을 기다리던 어느 날이었습니다. 억지로 몸을 일으켜, 그래도 한 번만 더 매달려 보자는 심정으로 과거 일주일 동안 산 닭과 칼을 올려놓고 굿을 했던 봉천동 무당을 다시 찾아갔습니다. 그런데 이번에는 그 용하다는 무당이 너무나 뜻밖의 말을 하는 것이 아닙니까.

"나는 못한다고 하는데 뭐 하러 다시 왔어? 너는 더 이상 이런 식으로는 안 된다. 교회로 가야 된다."

저는 너무 놀라서 버럭 화를 냈습니다.

"나 같은 사람은 교회 가면 안 된다고 해놓고 이제 와서 무슨 소립니까? 시어머니가 지성으로 귀신을 섬겼기 때문에 우리 집에서 예수를 믿으면 아이들이고 뭐고 온 집안이 다 망한다는데 내가 교회를 나가면 어떡합니까? 차라리 내가 죽으면 죽었지 그렇게는 못하겠네요! 내가 살자고 교회 갔다가 우리 아이들이 다치면 어떻게 해요? 저는 안 가요!"

어떻든 자식이 잘되기를 바라는 것이 부모 마음 아닙니까? 예수를 믿기 전부터 제가 교회에 못 나갔던 이유는 바로 아이들 때문이었습니다. 혹여 아이들에게 해가 되지 않을까 하는 마음이 저를 짓눌렀습니다. 제가 심하게 반발하자 무당은 차근차근 저를 어르기 시작했습니다.

"너는 교회에 가야만 살아. 교회 안 가면 죽어!"

그러면서 달력을 보더니 교회 나가야 할 날짜까지 지정해 주는 게 아닙니까.

"지금부터 한 달 뒤, 1981년 2월 15일이다."

저는 하도 기가 막혀 그 말을 무시한 채 그냥 집으로 돌아왔습니다. 그 당시 집안은 온통 부적투성이였습니다. 12년간 아프면서 점집과 무당을 찾아다니고, 초하루와 보름마다 굿판을 벌인 결과였습니다. 집안 벽과 기둥은 물론 베개와 이불, 심지어 남편의 양복 주머니, 어디든 할 것 없이 부적이 있었습니다.

또 집안으로 아무 사람이나 들이는 법이 없었습니다. 부정한 사람이 왔다 가면 저희 집에 더 큰 환난이 찾아올 거라고 생각했기 때문입니다. 가령 아는 집에 초상이 나서 문상을 다녀오는 날이면 그날 저녁에는 몸이 더 아픈 것 같았습니다. 그랬던 제가 용한 무당이 교회 나갈 날짜까지 받아 주었는데 교회에는 나갈 수 없다고 버티고 있었던 것입니다.

무당이 '점지해 준' 날짜가 한 달이 채 남지 않을 무렵부터 사탄은 무섭게 역사하기 시작했습니다. 정말 어둠의 세계는 무서웠습니다. 밤 12시만 되면 숨을 쉴 수가 없었습니다. 숨을 쉴 수가 없어 죽겠다고 고함을 지르며 마구 고개를 내저으면 옆에 있던 남편이 봉천동 무당에게 전화를 걸었습니다. 그래서 전화로 무당이 한마디 해주면 신기하게도 숨을 쉴 수 있었습니다.

제 머리맡에는 항상 칼이 놓여 있었습니다. 무당이 칼을 머리맡에 두고 자면 괜찮다고 했기 때문입니다. 정말이지 비참한 상황이었지요. 친정식구, 시집식구 할 것 없이 금세 죽을 것만큼 아파하는 제 곁에 모여들어 하염없이 울었습니다.

그때 저희는 퇴계로 5가 대한극장 근처인 필동에 살고 있었는데 동네에서는 제가 죽은 줄로만 알았다고 합니다. 매일 밤 울음소리가 터져 나오고 초상집 분위기를 방불케 했으니 말입니다.

그렇게 닷새가 지나자 도저히 견딜 수가 없었습니다. '이제 귀신이 제아무리 무서워도 교회에 가야 되지 않을까?' 하는 생각이 들기 시작했습니다. 그렇지만 좀처럼 혼자서는 교회에 나갈 엄두가 나지 않았습니다.

제가 아파 있는 동안 저희 집에 전도하러 오는 교인들이 많았습니다. 그러나 우상에 찌들대로 찌들어 있던 제게 전도하는 소리는 들어오지 않았습니다. 무조건 교인들을 쫓아냈고 소금까지 뿌렸습니다. 제가 아파 누워 있을 때는 어린 동환이를 시켜서 마당에 소금을 뿌리게 했을 정도입니다. 그 정도로 기독교인을 멸시했기 때문에 하루아침에 교회 나갈 마음이 생기지 않았던 것입니다.

오나가나 예수 얘기

며칠 후 몸이 하도 무겁고 얼굴도 말이 아닌지라 운동 삼아 집 근처 미장원에 갔습니다. 미장원에 가서 머리라도 매만지고 나면 기분전환이 될까, 그러면 좀 덜 아플까 싶은 마음이 들었기 때문입니다. 보통사람이면 한달음에 갈 거리를 엉금엉금 벽을 짚으며 기다시피 해서 찾아간 미장원에서 저는 동네 아줌마들과 미용사에게 참아 두었던 하소연을 하게 되었습니다.

"난 정말 귀신 때문에 못살겠어요. 요즘에는 잠도 못 자고 숨도 못 쉽니다. 어떻게 할 수 없을까요?"

그러자 기다렸다는 듯이 미용사가 난리법석을 떨며 대놓고 전도하기 시작했습니다.

"어휴! 애기엄마, 내 말 들어! 애기엄마가 예수 믿으면 그 병을 치료받을 수 있어!"

알고 보니 그분은 교회 집사였습니다. 그 전에야 제가 어떤 사람인지 아니까 말도 못 꺼냈던 터였습니다. 어쨌거나 저는 그 소리를 듣고는 화를 냈습니다.

"또 예수 얘기예요? 나는 신 내린 무당이 교회 가라고 해도 안 가고 있어요. 우리 집 망하는 꼴 보고 싶어요? 우리 집 망하면 책임질 거예요?"

그러자 그분이 책임지겠다고 당당하게 대답하는 겁니다. 그분의 믿음도 대단했습니다. 나는 따지듯 물었습니다.

"그러면 어떻게 책임질 건데요?"

"하나님 앞에 나가기만 하세요! 하나님께서 십자가로 지켜 주실 겁니다! 하나님은 자신의 아들인 예수의 십자가로 우리를 죄에서 구원해 주셨습니다. 그 십자가의 권능으로 지금 악한 세력에게 고통 받는 애기엄마를 분명히 구출해 주실 거예요. 하나님보다 더 힘이 센 세력은 그 어디에도 없기 때문이지요!"

그러면서 당장 내일이라도 자기 교회에 가서 목사님께 기도를 받자고 했습니다. 나에게도 탈이 없고 우리 아이들에게도 지장이 없다면 가겠다고 말했더니 그 미용사는 거듭 자기가 책임지겠다고 말했습니다.

저는 "그러면 집에 가서 애기아빠하고 상의해 보겠다"고 말한 뒤 집으로 돌아왔습니다. 남편 역시 정말 아무 지장이 없다면 목사한테 한번 가 보자고 해서 드디어 그 교회를 찾아갔습니다.

그동안 절에 다닐 때도 옷만큼은 깨끗하게 차려입고 다녔기 때문에 교회에 처음 나간 날도 옷을 잘 입고 갔습니다. 그런데 목사님은 저를 보시고는 그냥 말로만 "예수 믿으면 낫습니다"라고 하고 제게 가까이 오지도 않았습니다. 그저 멀찍이 떨어져서 기도만 해주셨습니다.

저는 속으로 '지금 당장 숨도 못 쉬고 죽겠는데 목사님이 나를 어떻게 해줬으면 좋겠다' 하는 기대감을 가지고 있었습니다. 전도하러 나온 교인들로부터 들은 이야기도 있고, 어떤 교회에서는 병이 낫는 기도도 잘해준다는 말이 생각나자 조금 실망이 되기도 했습니다. '이왕 교회를 나갈 바에야 차라리 그렇게 병 낫는 기도 잘해주는 교회에 가 봐야 되겠다'는 생각이 들어서 그 교회는 더 이상 나가지 않았습니다.

그날, 하나님을 만나러 가다

그렇게 교회에 다녀온 지 얼마 되지 않아 큰딸에게 피아노를 가르치는 과외선생님이 제가 교회에 다녀왔다는 소리를 듣고 대뜸 자기가 소개하는 교회에 나가 보지 않겠느냐고 말을 꺼냈습니다.

"수미 어머니! 교회 다녀오셨다면서요? 정말 가실 거예요? 그러면 제가 인도하겠습니다."

음악을 굉장히 좋아하던 저는 아픈 와중이었지만 딸에게 과외선생님까지 초빙하여 피아노를 가르치고 있었습니다. 그 피아노 선생님은 그동안 제가 너무나 절과 우상에 젖어 있으니까 전도를 하고 싶어도 감히 말을 못 꺼냈던 터였습니다. 그러다가 교회에 나가려 한다는 소식을 듣고 적극적으로 인도하겠다고 나선 것입니다.

저는 저희 집 근처에도 유명한 교회가 많은데 그 교회에 간다고 되겠느냐고 했더니 아니라고 펄쩍 뛰었습니다. 물론 어떤 교회에 나가더라도 예수 믿는다면 상관없지만 마침 기도의 능력을 강하게 받은 목사님이 왕십리에 교회를 개척하고 있다고 하니 그 교회에 가 보자고 했습니다.

그런데 들고 보니 놀라운 일이 있었습니다. 그 목사님이 개척을 시작한 시기가 제가 점쟁이를 만난 무렵인 그해 1월이었고, 더욱이 제가 피아노 선생님을 따라 그 교회에 찾아가기로 한 날이 놀랍게도 점쟁이가 말해 주었던 2월 15일이었던 것입니다. 결국 저는 무당이 정해 준 그날, 제대로 하나님을 만나러 가게 된 것이었습니다.

마지막 버티기 한 판과 영적 싸움

교회는 상가 2층에 자리하고 있었습니다. 개척한 지 얼마 되지 않아 교인들도 그다지 많은 것 같지 않았습니다. 그간 다른 교회 앞을 지날 때는 아무 느낌이 없었는데 신기하게도 그 교회에 찾아갔을 때는 입구에서부터 무언가 다른 느낌이 전해졌습니다.

부축을 받아 계단을 오르려고 첫발을 내딛는 순간, 저는 '저기 들어가면 죽을 것 같다'는 느낌을 받았습니다. 저는 안 들어가겠다고 버티기 시작했습니다. 뼈와 가죽만 남은 여자에게서 어디서 갑자기 그런 힘이 나왔는지 몸을 이리저리 뒤틀며 들어가지 않으려고 안간힘을 썼습니다. 그렇게 집에 돌아가겠다고 우기자

나를 부축해 간 피아노 선생님이 소리를 질러 마침 교회에 있던 청년들을 불렀습니다. 청년들은 뛰어내려와 저를 부축하고 올라갔습니다. 아마도 그 피아노 선생님이 제가 간다고 미리 말해 두었던 모양입니다.

그날따라 그 교회에서는 '은사집회'라는 걸 열고 있었습니다. 하지만 저는 아무도 쳐다볼 수 없고 그저 무섭고 두렵기만 했습니다. 기운이 없어서 마룻바닥에 엎드렸는데 목사님께서 집회를 인도하다 말고 내려오셨습니다. 그리고 무서워 떠는 제 곁으로 와서 "당신, 예수 믿겠느냐?"고 소리를 질렀습니다. 저는 무서워서 고개만 끄덕거렸습니다. 그러자 앞으로 나오라고 했습니다. 지금 생각해 보니 강대상 아래였습니다. 목사님은 저를 강대상 아래 눕히고 눈과 머리에 손을 얹고 기도하기 시작했습니다.

"이 딸을 괴롭히는 귀신들아! 왜 괴롭히느냐?"

처음에는 고함소리를 들었던 것 같습니다. 하지만 나중에는 무슨 소리인지 알아들을 수 없는 이상한 말소리가 들렸습니다. 방언기도였던 것입니다. 한참 기도를 받고 나자 머리와 옷이 온통 젖어 있었습니다. 저는 기도를 받은 다음에도 기운이 없어서 한참을 누워 있어야 했습니다. 잠시 후 목사님이 오셔서 이런 말씀을 해주셨습니다.

"오늘부터 하나님의 신(神)이 당신 마음속으로 들어가려면 원래 있던 나쁜 것들이 나가야 합니다. 그러려면 매일 싸움을 해야 합니다."

그러면서 목사님은 제가 집으로 돌아가면 더 아프든지 조금 덜 아프든지, 어떤 차이점이 있을 거라고 말씀하셨습니다. 아니나 다를까, 그날 밤 잠이 들고 새벽에 눈을 뜨려 하자 눈을 뜰 수가 없었습니다. 남편이 제 눈을 보더니 깜짝 놀라 일어나며 말했습니다. 눈병이 나면 생기는 고름 같은 것이 잔뜩 끼어 눈꺼풀을 덮고 있다는 것이었습니다. 물론 눈병 같은 것은 없었으니 이상한 일이었지요.

남편이 물수건으로 눈을 닦아 주면서 어딜 다녀왔느냐고 물었습니다. 저는 전날 있었던 일을 이야기해 주면서, 목사님이 기도해 주실 때 눈과 머리를 마구 누르며 나쁜 것들은 나가라고 소리쳤는데, 아마 이 고름이 그런 나쁜 것인 모양이라고 말했습니다. 목사님이 한밤중이라도 무슨 일이 생기면 당장 전화하라고 했기 때문에 그 새벽에 저는 목사님께 전화를 걸었습니다. 그랬더니 목사님은 "여태까지 찌들어 있던 더러운 것들이 나가는 모양이다. 이제는 됐다"고 하면서 즉시 저희 집을 찾아오셨습니다.

그날부터 일주일간 우리는 매일 가정예배를 드렸습니다. 개척

교회라서 교인도 많지 않았는데 '기도 특공대'라는 교인들이 매일 몇 명씩 찾아와 함께 예배를 드렸습니다. 목사님은 집에 부적과 우상 제물이 많아 찬양이 안 나온다면서 집안의 온갖 부적과 각종 우상을 전부 소제해 주셨습니다.

남편은 날이 갈수록 상태가 좋아지는 저를 보고 좋아하면서 일주일간의 예배가 끝나는 날 목사님과 교인들에게 정성껏 식사 대접까지 했습니다. 예수쟁이라면 질색하면서 소금까지 뿌리던 가정에 불어 닥친 놀라운 변화였습니다.

귀신을 쫓다

일주일 동안 가정예배를 드리고 난 다음 날 새벽, 저는 이런 꿈을 꾸었습니다. 머리를 짧게 깎은 스님처럼 보이는 사람들이 신발도 안 신은 채 하얀 저고리와 까만 치마차림으로 집 현관 유리문을 깨고 들어와서 제 이름을 불러 대는 것이었습니다. 손에는 모두 긴 칼을 하나씩 들고 있었습니다. 그러면서 우리 집을 다 부수겠다는 것입니다. 그중 한 사람이 안방으로 들어오더니 절더러 배신자라고 욕을 해 댔습니다.

"이 배신자야! 네가 가려는 곳이 어디냐?"

그러더니 울고 있는 저를 데려다가 옷을 벗기고 깨진 현관 유리 위에 눕혔습니다. 그리고 그 많은 사람들이 모두 둘러서서 긴 칼로 제 몸을 베는 겁니다. 꿈속이었지만 칼에 베이는 상처가 쓰리고 아파 비명을 지르면서 저는 "주여!"라고 고함을 질렀습니다. 사실 '주여'라는 말이 뭔지 모르는 상태에서 그런 소리를 지른 겁니다. 그러니까 그들의 행동이 주춤해졌습니다. 또 한 번 "주여!"라고 부르자 한층 더 주춤거렸습니다. 저는 또다시 있는 힘껏 "주여!"라고 소리쳤습니다. 그러자 그들이 전부 쓰러져 죽고 말았습니다.

그때 저는 제대로 교회에 다녀본 적도 없고 고작해야 집에서 일주일간 예배를 드렸을 뿐이었습니다. 그런데 그런 꿈을 꾸고 나자 너무 놀라 엉겁결에 소리를 지른 것입니다.

남편이 저를 흔들어 깨웠습니다. 저는 당장 그 자리에 꿇어 앉아 그저 "감사합니다"라고 기도를 드렸습니다. 나를 귀신에게서 건져 주셔서 감사하다는 기도였습니다. 그것이 제가 처음으로 드린 기도였습니다. 저는 정말 감사했습니다. 제가 귀신에 사로잡혀 지낸 12년의 세월은 지옥이나 다름없었기 때문입니다.

아침이 되자 남편이 목사님께 전화를 걸어 이 일을 이야기했습니다.

　"꿈속에서 '주여' 인지 뭔지 하면서 소리를 질렀더니 나쁜 사람들이 다 쓰러져 죽어 버렸다는데, 이게 무슨 조화입니까?"

　"자매님이 '주여!' 라고 부른 것은 예수님을 부른 것입니다. 이제 형제님 집에 나쁜 것들이 다 없어지고 앞으로는 하나님께서 역사해 주실 것입니다."

그 후 저에게는 완전히 다른 인생이 펼쳐졌습니다. 열심히 우상을 섬기던 습관이 뜨겁게 신앙생활을 하는 크리스천의 모습으로 급속히 탈바꿈된 것입니다. 저는 아예 이불 보따리를 싸들고 교회에 가서 살다시피 했습니다. 처음에는 교회에서 먹고 자면서 기도했습니다. 그러다가 그 다음에는 집에서도 하루 종일 지하실에 내려가 성경 읽고 찬송하고 울면서 감사의 기도를 드렸습니다.

매일 하나님 앞에서 얼마나 울었는지 모릅니다. 웬일인지 하나님 앞에 가기만 하면 눈물이 비 오듯 쏟아졌습니다. 휴지로 닦을 수 없을 정도여서 교회 갈 때는 아예 수건을 가방에 넣고 다녔습니다. 그때 습관이 지금도 남아 저는 교회 갈 때 가방 속에 타월을 넣어 가지고 다닙니다.

축복받은 가정으로 다시 태어나

제가 병 고침을 받고 구원을 받은 지 보름 뒤 남편이 교회 예배에 참석했습니다. 경상도 사람이라 성격도 무뚝뚝하고 "예수를 믿을 바에야 차라리 내 주먹을 믿어라"라고 하던 사람이 제가 변한 모습을 보고 교회에 나온 것입니다. 교회에 갔다 오더니 "교회에 가니까 하나님께서 계시더라"고 하더군요.

그해 2월이 몹시 추웠습니다. 그때 남편은 통장 직을 맡고 있어서 교회에 다녀온 다음 동사무소에서 열리는 행사에 참가했다가 맥주를 한 잔 마셨습니다. 그런데 평소 그렇게 술을 잘하던 사람이 그날따라 술이 받지 않고 온몸에 두드러기가 났습니다. 몸에 열이 난다면서 마당에 나가 찬 수돗물을 뒤집어쓸 정도로 상태가 심했습니다.

그날로 남편은 그렇게 즐기던 술을 단번에 끊게 되었습니다. 거의 매일 술에 취해 얼굴도 붉히고 바지도 찢긴 채 들어오던 남편까지 하나님은 한꺼번에 구원해 주셨던 것입니다. 제가 한참 아플 때는 너무 괴로워서 남편에게 헤어지자는 말을 가끔 했습니다. 결혼하지 않았을 때는 건강했는데 당신과 결혼해서 당신 어머니가 나를 괴롭혀서 이렇게 아프다고 하니 이제 그만 살자고 한 것이지요.

그런데 제가 깨끗이 낫자 남편은 하나님께 정말 감사했습니다. 남편은 당장 은행에 있는 돈을 있는 대로 다 털고, 남의 돈까지 빌렸습니다. 모인 돈이 8백만 원이었는데 20년 전 시세로 작은 아파트 하나를 살 수 있을 만한 큰돈이었지요.

남편은 그 돈을 저를 위해 기도해 준 개척교회에 헌금했습니다. 목사님도 감사기도 제목을 적은 헌금봉투를 열어 보시고는 깜짝 놀라셨습니다. 헌금이 맞는지 확인까지 하셨습니다. 남편은 분명히 하나님께 바치는 돈이라고 말했고 목사님은 저희 가정을 위해 간절하게 기도해 주셨습니다.

그런데 하나님은 이미 저희 가정에 복을 주시려고 계획하신 모양입니다. 얼마 지나지 않아 남편은 큰 사업을 할 기회를 얻게 되었습니다. 또 그 사업이 잘되어 1년도 안 돼 헌금했던 돈 이상으로 많은 물질의 복을 받게 되었습니다. 그 후로도 남편은 좋은 사업 기회를 많이 얻게 되었고 또 남은 시간을 활용하여 전국을 순회하는 전도자로 변화되었습니다. 일주일의 반은 사업을 위해 매진했고, 나머지 반은 교회의 전도대원으로서 전국 방방곡곡 미자립 농어촌교회를 순회하며 돕는 사역을 벌여 나갔습니다.

가정주부이던 저는 먼저 운전을 배웠습니다. 아침에는 아이들을 통학시키고 낮에는 목사님을 모시고 다니며 심방하고 전도하며 주의 종을 섬겼습니다. 감사하게도 저희 가정은 가족 모두 예수를 믿는 가정이 되었고 많은 것이 변했습니다. 정말이지 예수 믿는 것이 이렇게 큰 복인 줄, 이렇게 기쁜 일인 줄 왜 진작 모르고 그 고생을 하며 살았을까 하는 안타까운 마음뿐이었습니다.

구제하고 헌금하는 일이 너무나 즐거웠습니다. 이제는 건강이나 물질과도 비교할 수 없는, 세상에서 가장 소중한 하나님을 모시고 사는 천국 가정이 된 것입니다.

머리가 세도록 공부하다

하나님께서는 열심히 신앙생활 하는 저에게 치유와 전도의 은사를 주셨습니다. 이제 저는 저를 구원해 주신 예수님의 복음을 전하지 않고서는 견딜 수가 없었습니다.

저는 계속 전도하러 다녔습니다. 하루는 굿 하는 집을 보고 당장 들어가서 전도하려고 했습니다. 그러자 과거에 제가 그랬던 것처럼 사람들은 저를 쫓아냈습니다. 왜 굿을 하느냐고 묻자 그 집 아저씨가 암에 걸려 죽게 되어서 굿을 한다고 했습니다. 저는 과거에 이것보다 더 심하게 굿도 하고 무당도 따라다녔다고 간증하면서 복음을 전했습니다. 저는 그분을 교회로 인도했고 목사님과 함께 기도하자 고통이 멈추고 병이 낫는 기적도 경험했습니다.

그런 제가 좀 유별나 보였던지 주변에서 제게 신학을 해 보라고 권하는 분들이 많이 생겼습니다. 심지어 어떤 분은 기도하다가 신학교 합격자 명단에 '박삼순' 이라는 이름 석 자가 붙어 있는 것을 환상으로 봤다면서 반드시 신학교에 가라고 말하기도 했습니다. 하지만 저는 '마흔이 넘은 나이에 집사로 섬기면 됐지 무슨 신학이냐?' 면서 머리를 설레설레 흔들었습니다. 그러나 주변에서 하도 권하기에 하나님께 작정기도를 해보기로 결심했습니다. 기도하는 가운데 하나님께서는 제게 십자가를 보여주셨고 저를 사랑한다는 음성을 들려주셨습니다.

드디어 저는 하나님의 뜻이라면 신학교에서 청강이라도 하며 성경을 공부해 보자는 생각으로 3년간 신학을 공부하게 되었습니다. 그러나 역시 젊은 학생들을 따라가기란 무척 힘이 들었습니다. 아침에 학교에 갔다가 오후 5시에 수업을 마치고 돌아와 다시 밤을 새우며 공부하다 보니 머리가 하얗게 세고 사람들이 저를 알아볼 수 없을 지경이 되었습니다.

그런데 신학을 공부하다 보니 오히려 그 전에 가졌던 뜨거운 믿음이 식어 가는 것처럼 느껴졌습니다. 교수님들의 강의를 들으면서 저는 마음속으로 '내가 만약 전도사로 사역한다면 어렵고 힘든 목사님을 도우리라' 고 결심했습니다.

그러나 막상 졸업하고 나자 생각이 달라졌습니다. '실력이 일천한 내가 누구를 어떻게 돕고 지도할 수 있을까?' 하는 생각에 사랑의 교회에서 고등부 교사로 봉사하고 제자훈련을 받으며 신앙생활을 했습니다.

그러던 중 고3 반을 맡아 지도하게 되었습니다. 그런데 아이들이 고3이라고 교회에 나오지 않는 게 아닙니까. 저는 몇 명 나오는 아이들을 끌어안고 간절히 기도해 주었습니다. 아이들은 이내 저를 엄마라고 부르며 따랐습니다. 그 고3 학생들이 친구들을 데리고 나오면서 반이 부흥하기 시작했습니다. 저는 아이들을 데리고 다니면서 좋아하는 피자도 사주고 아이들의 이야기도 다 들어주었습니다. 그 생활이 제게 무척이나 큰 기쁨을 안겨 주었습니다.

고난당한 것이 내게 유익이라

그러던 어느 날 안동에 사시는 시숙님이 돌아가셨다고 전갈이 왔습니다. 저는 남편과 서울에 살던 동서들과 함께 승용차를 타고 급히 내려갔습니다. 그런데 사흘간의 장례식을 치르고 올라오는 도중 충청도 부근에서 교통사고가 났습니다. 저는 운전을 오래 했지만 남편은 운전을 배운 지 얼마 되지 않았는데 그날따라 직접 운전을 하더니, 운전 미숙으로 길을 벗어나 낭떠러지로 차가 굴러 큰 나무 둥치에 부딪친 것입니다.

그 길은 평소 사고가 잦은 곳이었습니다. 저는 그날 밤길을 가자니 피곤할 것 같아 조수석에 앉지 않고 시골집에서 실어 준 사과상자를 밀치고 뒷자리에 앉아 잠을 자고 있었습니다. 그런데 차가 25미터 아래 벼랑으로 굴러 조수석 쪽이 나무에 처박히고 말았습니다. 얼굴은 유리 파편에 찢어지고 다리가 부러졌습니다. 그러나 만일 제가 조수석에 앉았더라면 즉사했을지도 모를 일이었습니다.

한참 정신을 잃었다가 눈을 떠 보니 병원이었습니다. 기자들이 와서 사진도 찍고 다음 날 뉴스에도 나왔다고 합니다. 차가 완전히 망가졌는데도 다치기만 했을 뿐 부부가 살아 있다는 게 기적이라고 했습니다. 남편은 가슴을 핸들에 크게 부딪치면서 심한 상처를 입었습니다. 그래서 살아날 가능성도 반반이라고 했습니다. 중환자실에만 18일 간이나 있었습니다.

교회 목사님도 오셔서 기도해 주셨고 교역자들은 철야기도를 해주셨습니다. 그때 동환이가 고3이었습니다. 부모 모두 다쳐서 몇 달이나 병원에 입원하고 있으니 자신이 밥 해먹고 학교 다니면서 공부하느라 여간 고생스럽지 않았을 것이었습니다. 게다가 몸도 아파서 그해 서울대학교에 응시했다가 그만 떨어지고 말았습니다.

재수하는 동안 동환이는 아픈 아버지의 일까지 도와가면서 열심히 공부했습니다. 그리고 이듬해 서울대학교 종교학과에 합격했습니다. 동환이는 서울대학교 어느 과든지 갈 수 있는 높은 점수를 받았지만 이미 목사가 되겠다고 뜻을 정했기 때문에 친구나 선생님의 반대를 무릅쓰고 종교학과에 간 것입니다.

사실 저는 예수를 믿으면 저에게 더 이상의 불행과 환난과 고통이 없을 줄 알았습니다. 극심한 고통 가운데서 구원받았기 때문에 이제 또다시 그런 어려움은 당하지 않을 줄 알았습니다. 그런데 이게 웬일입니까? 이렇게 사고를 당하고 나니까 주변의 예수 믿는 사람들까지 저희를 손가락질해 댔습니다.

"예수 잘 믿는다고 그렇게 난리법석을 떨더니 저 집 매 맞았어. 이제 끝났어. 망했어."

그러나 어려움을 당한 사람들에게 그런 말을 해서는 안 됩니다. 히브리서 말씀을 보면 "징계는 다 받는 것이거늘 너희에게 없으면 사생자요 참 아들이 아니니라"(히 12:8)라고 하셨습니다. 시편 119편에도 "고난당한 것이 내게 유익이라 이로 인하여 내가 주(主)의 율례를 배우게 되었나이다"(시 119:71)라고 나옵니다. 저는 도리어 그 사고를 통해 하나님께서 저를 사랑하신다는 사실을 확인했습니다.

어디든지 예수 나를 이끌면

저는 3개월 동안 움직이지도 못하고 병원에 있었습니다. 그때 병실 창문으로 멀리 교회 십자가가 보였습니다. 그 십자가를 보면서 얼마나 울었는지 모릅니다. 그때 저는 전도사 사역을 하기로 작정하는 회개기도를 올렸습니다.

"하나님, 신학교에 다니면서 교회 사역의 중요성을 깨닫지 못하고 전도사 안 하겠다고 하다가 이렇게 야단을 맞습니다. 하나님, 이제야 깨닫습니다. 회개합니다. 이제는 어디든지 보내 주시면 가겠습니다."

퇴원하는 길로 목발을 짚은 채 금식기도원을 찾아갔습니다. 저는 사흘간 금식하며 하나님께서 보내시면 어디라도 가서 사역하겠노라고 기도했습니다. 그러자 하나님께서 내가 가야 할 교회를 보여주셨습니다. 물어물어 찾아간 곳은 가난한 산동네인

삼양동의 지하 개척교회였습니다.

사역을 위해 다니던 교회를 떠나온 것입니다. 신학교에 다닐 때 품었던 생각대로 정말 어렵고 도움이 필요한 교회로 파송된 것이지요. 어디라도 하나님께서 보내시는 대로 가겠다고 한 서원대로 말입니다.

교회는 낡은 건물의 깊은 지하실에 위치해 있었습니다. 장의자 두 줄에 잘해야 50명이 앉을 수 있는 예배당만 있을 뿐이었습니다. 그 교회는 오래 장로를 역임하시다가 나이 들어 목사님이 되신 분이 학생들을 전도하여 개척한 교회였습니다. 그래서 학생들을 따라나온 20여 명의 장년을 돌볼 심방 전도사가 꼭 필요한 상황이었습니다. 목사님은 예산이 없어서 그저 기도만 하고 있었는데 하나님께서 저를 보내 주셨다며 감격해 하셨습니다.

저는 그 교회에서 2년간 사역했습니다. 2년 후 교회를 떠날 무렵이 되자 교회는 부흥하여 안정을 찾아갔습니다. 그렇게 지난 8년 간 저는 줄곧 하나님께서 불러 주시는 작은 교회에서 전도사로 사역해 왔습니다.

••• 우선 이 아이들에게 내가 깨달은 대로 그 마음 가운데 신앙을 심어 주고 제대로 신앙훈련을 시켜야 한다고 생각했습니다. 그러면 하나님께서 역사하셔서 아이들에게 지혜와 지식을 더해 주시리라는 믿음이 생겼습니다. 내 욕심이나 내 뜻대로 교육하거나 믿지 않는 사람들이 교육하는 방식으로 해서는 안 되겠다는 확신을 갖게 된 것이었습니다.

II부

뜻을 정한 부모의
신본주의 자녀교육법

03

기도와 말씀과 예배를 통한
영적 스파르타 교육

'이제부터 나는 자식들에게 내 욕심을 부려서는 안 된다. 그들의

마음에 하나님의 말씀만 심어 주면 하나님께서 지혜와 지식을

주시고 잘 키워 주실 것이다. 하나님께 구하기만 하면 하나님께

서 무한한 지혜와 지식을 내 아이들에게 부어 주실 것이다!'

순간 저는 이 생각이 인본주의와 반대되는 신본주의 자녀교육

법임을 깨달았습니다.

새롭게 눈뜬 신본주의 자녀교육법

저는 예수를 믿고 육신의 병을 고침 받고부터 기도훈련과 성경말씀을 보고 예배드리는 일에 온전히 매달렸습니다. 그러다 보니 보통사람보다 훨씬 빨리 성령을 체험하고 방언기도 은사도 받고 성경도 많이 읽게 되었습니다. 새벽기도회에 나가서 기도하고 아이들을 학교에 보내고 난 다음에는 지하실에 내려가 거의 하루 종일 성경을 읽고 찬송하며 기도하는 생활을 했습니다.

난생 처음 보는 성경이지만 그중에서도 특히 제 눈길을 끈 것은 자녀교육에 관한 말씀이었습니다. 예수를 믿기 전에도, 자녀교육에 열심인 수많은 부모님들처럼 저 역시 자녀교육에 대해 남다른 관심을 가지고 있었습니다. 비록 내 몸이 아프고 살아가는 데 부족한 게 많아도 할 수만 있다면 아이들에게 좋은 교육을 받도록 해주고 싶다는 열의를 품고 있었지요. 그런데 예수를 믿고 성경을 읽으면서 자녀교육에 대한 저의 열정은 더욱 불붙기 시작했습니다.

물론 그 전에는 인간적인 욕심에서 비롯된 열의였습니다. 하지만 이제는 다릅니다. 하나님의 자녀를 올바르게 교육하도록 경계하신 하나님의 말씀을 분명히 알게 되었기 때문입니다. 성경 중에서도 잠언과 시편, 전도서에는 자녀교육에 대해 가르쳐 주시는 지혜의 말씀이 무궁무진했습니다. 저는 그 말씀들이 정말 좋았습니다.

예수 믿기 전에야 짧은 소견으로 그저 잘 가르쳐야겠다고 욕심을 부렸을 따름이었습니다. 하지만 이제는 이 아이들이 하나님의 자녀라는 것을 깨달았습니다. 그러자 내 마음대로, 욕심내어 공부하라고 강요할 수 없다는 사실을 깨닫게 되었습니다.

우선 이 아이들에게 내가 깨달은 대로 그 마음 가운데 신앙을 심어 주고 제대로 신앙훈련을 시켜야 한다고 생각했습니다. 그러면 하나님께서 역사하셔서 아이들에게 지혜와 지식을 더해 주시리라는 믿음이 생겼습니다. 내 욕심이나 내 뜻대로 교육하거나 믿지 않는 사람들이 교육하는 방식으로 해서는 안 되겠다는 확신을 갖게 된 것이었습니다. 하나님의 말씀인 성경의 가르침대로 믿음을 가지고 기도와 말씀을 우선하는 교육만 한다면 다른 것은 저절로 되리라고 믿었습니다.

"너희는 먼저 그의 나라와 그의 의를 구하라 그리하면 이 모든 것을 너희에게 더하시리라."(마 6:33)

저는 이 말씀을 그대로 믿었습니다. 잠언과 야고보서의 말씀은 제게 자녀교육에 대한 확신을 심어 주었습니다.

"여호와를 경외하는 것이 지식의 근본이어늘 미련한 자는 지혜와 훈계를 멸시하느니라."(잠 1:7)

"너희 중에 누구든지 지혜가 부족하거든 모든 사람에게 후히 주시고 꾸짖지 아니하시는 하나님께 구하라 그리하면 주시리라."(약1:5)

이 말씀으로 확신을 얻자 저는 이런 마음이 들었습니다.

'이제부터 나는 자식들에게 내 욕심을 부려서는 안 된다. 그들의 마음에 하나님의 말씀만 심어 주면 하나님께서 지혜와 지식을 주시고 잘 키워 주실 것이다. 하나님께 구하기만 하면 하나님께서 무한한 지혜와 지식을 내 아이들에게 부어 주실 것이다!'

순간 저는 이 생각이 인본주의와 반대되는 신본주의 자녀교육법임을 깨달았습니다. 다니엘이 하나님을 위해 뜻을 정하여 우상에게 바쳐진 술과 음식을 거부하고 기도와 말씀을 통해 주시는 하나님의 지혜로 하나님나라를 대변하는 지도자로 우뚝 선 것을 본받는 것이 신본주의 학습법이라고 한다면, 신본주의 자녀교육법이란 그런 다니엘을 교육시킨 다니엘의 부모처럼 부모 역시 뜻을 정하고 기도하면서 이 험악한 세상을 헤쳐 나갈 우리의 자녀를 말씀으로 교육하는 방법입니다.

기도하는 어머니: 먼저 뜻을 정한다

우리가 알거니와 하나님께 사무엘을 바쳤던 믿음의 여인 한나도 사무엘이 아기일 때 품속에서 젖을 먹이며 하나님의 말씀과 기도로 사무엘을 교육했던 것이 분명합니다. 어거스틴 역시 그의 어머니 모니카가 흘린 33년간의 눈물기도가 없었다면 '어거스틴의 회심'도 없었을 것입니다. 참회록에서 그는 자신의 회심에 대해 이렇게 기록하고 있습니다.

"어머니는 눈물을 흘리며 기도로 간절히 구하던 것보다 훨씬 더 많은 것을 주님께서 자기에게 베푸셨다는 것을 알았습니다. 주님께서는 이러한 어머니의 눈물기도로 나를 변화시켜 주님께로 인도하셨습니다."

그밖에 세상에 이름을 남긴 수많은 크리스천 위인들에게는 모두 기도와 말씀으로 자녀를 양육한 믿음의 부모가 있었습니다. 자녀를 하나님의 자녀답게 키우려면 믿음의 부모가 하나님의 뜻에 맞게 키워야 합니다. 그러기 위한 기준은 당연히 성경말씀이며, 교육방법은 기도와 신앙훈련뿐입니다.

하나님께서는 우리 자녀에게 부족한 지혜와 지식을 간구하면 분명히 들어주신다고 하셨습니다. 우리 자녀를 믿음으로 양육하고, 자녀 스스로 그 말씀을 믿고 다니엘처럼 뜻을 정하여 공부한다면 하나님께서 지혜를 주시고 지식도 주셔서 하나님나라를 위해 크게 쓰임 받을 총명한 사람으로 만들어 주실 것입니다. 그래서 이 험한 세상에서 흔들리지 않으며 뜻을 정하고 비전을 품은 자녀가 될 것입니다.

결론은 분명했습니다. 저는 저부터 먼저 기도하고 말씀 보고 찬송하고 하나님 중심의 신앙생활을 하기로 결심했습니다. 그리고 자녀들에게 기도하고 말씀 보고 예배하는 훈련을 시키기로 작정하였습니다.

이제 부모님들부터 뜻을 정하십시오. 특히 저와 같은 어머니부터 자녀를 위해 기도하기로 뜻을 정하십시오. 성경말씀을 따라 교육하기로 결심하십시오. 아이들에게 다른 어떤 교육보다 기도훈련과 예배와 말씀 보는 훈련을 먼저 가르치겠다고 작정하십시오. 이것이 바로 신본주의 교육의 시작입니다.

기도: 성령의 기름 부으심을 받는 통로

자녀를 올바르게 교육할 수 있는 비결이란 다른 것이 아닙니다.

바로 기도와 말씀과 예배를 통해 이루어지는 신앙훈련입니다.

'그래, 내가 아이들에게 해줄 수 있는 것은 오직 기도와 말씀을 가르치는 것뿐이다. 아무리 비싼 과외나 학원도 공부에 대해 제대로 동기부여 되어 있지 않은 아이들에게는 소용없다. 말씀과 기도와 신앙이 올바로 들어가기만 하면 된다. 왜냐하면 성령 하나님께서 아이들 각자에게 그들의 달란트대로 공부에 대한 동기부여를 해주시기 때문이다. 아이들이 주님의 손에 붙들릴 수 있도록 신앙만 바로 세워 주면 더 이상 아이들을 걱정할 일이 없다! 자녀교육을 향한 하나님의 오묘한 섭리와 진리가 바로 여기에 있구나!'

아이들이 스스로 뜻을 세워 기도하고 말씀대로 살려고 한다면, 아이들은 스스로 공부하게 될 것입니다. 다시 말해서 아이들에게 기도의 문이 열리면 공부의 문도 저절로 열리게 되는 것입니다. 그러면 아이들에게 굳이 공부하라고 잔소리할 필요가 없어집니다.

기도하고 말씀을 보면 정신을 집중하게 되고 산만한 생각을 버릴 수 있습니다. 그렇기 때문에 더욱 맑은 정신으로 공부할 수 있습니다. 그런 과정 없이 기계적으로 책상에 앉아 책을 편다고 해서 공부가 잘되는 것이 아닙니다. 공부하기에 앞서 먼저 기도하고 잠시라도 말씀 보는 시간을 가져야 짧은 시간을 공부하더라도 훨씬 집중해서 효과적으로 공부할 수 있습니다. 그 시간에 하나님께서 아이에게 지혜와 총명을 주시고 잡념을 없앨 수 있도록 도와주시기 때문이지요. '공부하라', '집중하라'고 부모가 일일이 지적하지 않아도 하나님에게 동기부여 된 아이 스스로 기도하고 공부하게 되는 비밀이 바로 여기에 숨어 있습니다.

저는 원래부터 아이들에게 '공부하라'고 잔소리하는 편이 아니었습니다. 그런데 예수를 믿고 나자 이제는 그런 말을 전혀 하지 않게 되었습니다. 아이들 스스로 하나님께 예배드리고 기도하고 말씀을 보고 나면 말씀 그대로 하나님께서 아이들에게 지혜와 지식을 주시기 때문입니다.

저는 아이들에게 기도훈련과 예배 참석, 말씀훈련에 집중하도록 가르쳤습니다. 그러자 아이들은 하나님의 자녀로 거듭났고, 기도 중심, 말씀 중심, 예배 중심을 생활화하게 되었습니다. 제가 예수를 믿고 기도를 통해 성령을 체험하고 나자 저는 제 아이들에게도 기도훈련을 시켰습니다. 엄마 따라 갑자기 믿게 된 예수님이었지만 아이들은 곧 제 가르침을 잘 따라주었습니다.

"기도는 하나님과의 대화란다. 네가 엄마한테 '엄마! 나 돈 주세요. 배고파요. 밥 주세요. 나 뭐 갖고 싶어요'라고 얘기하는 것처럼 하나님 앞에서 그렇게 얘기해라. 네가 하고 싶은 말을 하나님 앞에서 하면 하나님께서 들으신단다."

저는 이런 식으로 하나하나씩 신앙교육을 시켜 나갔습니다. 큰딸은 이미 초등학교에 다니고 있었기 때문에 이해가 더 빨랐습니다.

"성경은 하나님의 말씀이다. 이것은 1절이라도 틀림이 없는 말씀이고 그대로 이루어지는 말씀이란다. 정말 꼭 이대로 된단다."

매일매일 일문일답식으로 아이들에게 신앙을 주입해 나가자 아이들은 금세 "우리 가정에서는 반드시 예배드리고 기도하고 성경말씀을 보아야 한다"는 생각을 갖게 되었습니다.

예배: 신앙우선주의 원칙

저는 처음 교회에 나갈 때부터 목사님과 함께 일주일간 가정예배를 드렸기 때문에 예수 믿고 나서부터는 집에서 아이들을 데리고 가정예배를 드리기 시작했습니다. 저는 가정예배를 당연한 것으로 여겼습니다.

남편은 사업 차 바쁘고 또 제가 먼저 예수를 믿고 나서 나중에 교회에 나왔기 때문에 처음부터 열심을 내지는 못했습니다. 그래서 처음 가정예배를 드릴 때는 저와 아이들만 예배를 드렸습니다. 저는 아이들에게 예배드리는 일이 인생에서 가장 중요하고 신나는 일이라고 가르쳤습니다.

만일 목사님이 심방을 오신다고 하면 저희 집에서는 며칠 전부터 대청소를 합니다. 목사님이 심방 오시는 날은 마치 잔칫집 같았습니다. 혼인을 앞둔 처자의 집에서 함진아비를 맞아들일 때처럼 문밖 대문에서부터 집안 주변 안팎을 모두 청소했습니다. 심지어 온 집안의 커튼까지 깨끗이 빨았습니다.

내 집에서 예배드린다는 사실이 그렇게 기쁠 수가 없었습니다. 하나님께서 주의 종과 함께 우리 집에 오신다는 마음으로 준비했습니다. 아이들에게도 오늘 몇 시에 예배를 드릴 테니 밖에 나가 있더라도 그 시간이 되면 무슨 일이 있어도 들어와야 한다고 가르쳤습니다.

심방을 받을 때는 아이들도 모두 참석해서 함께 예배드릴 수 있는 시간을 택했습니다. 또 아이들이 앞자리에 앉아 예배드리고 목사님의 축복기도를 받도록 했습니다.

가족끼리 가정예배를 드릴 때는 아이들 셋이 저와 함께 돌아가면서 성경을 읽습니다. 기도는 날마다 번갈아가며 하게 했습니다. 그러면서 기도하는 방법도 가르쳤습니다.

"오늘은 동환이가 기도해라. 기도할 때는 항상 감사의 말을 먼저 해야 한단다. 내가 건강하게 세상을 살 수 있다는 사실과 예배드릴 수 있는 것, 그리고 하나님을 알고 있다는 사실 자체가 감사하기 때문이다. 사는 것 자체가 감사한 일이란다. 아팠던 엄마를 하나님께서 살려주셔서 이렇게 건강해지지 않았니? 그러니까 기도드릴 때는 가장 먼저 하나님께 감사하는 말을 해야 한단다."

이렇게 몇 마디를 가르쳐 주고 기도하고 찬송하다 보면 아이들이라고 해도 기도하는 시간이 점점 길어집니다. 또 예배드리는 것을 좋아하도록 하나님께서 역사해 주십니다. 제가 집안일이 바빠 혹시 예배시간을 지키지 못하기라도 하면 아이들이 도리어 저에게 예배드릴 시간에 무엇 하느냐고 성화를 부릴 정도가 되었습니다.

그렇게 아이들은 가정예배를 드리면서 하나님께서 어떤 분이신지 알아가기 시작했습니다. 말씀을 읽을 때도 뜻을 설명해 주었습니다. 예를 들어 창세기 1장을 읽을 때에는 창조론에 대해 확신을 심어 줍니다.

"태초에 온 우주만물을 하나님께서 만드셨단다. 창세기 말씀

을 보아라. 그런데 학교에서는 뭐라고 가르치지? 원숭이가 사람의 조상이라고? 하지만 그게 아니란다."

이렇게 말씀에 확신을 갖도록 이끌고 학교에서 배운 인본주의의 독을 빼 줍니다.

말씀을 읽고 나면 저는 제가 아는 대로 아이들에게 말씀을 풀어 주었습니다. 그러면 하나님께서 아이들에게 지혜를 주시기 때문인지, 아이들이 잘 알아듣고 또 쉽게 잊지도 않습니다.

말씀을 풀이하기에 앞서 어제 성경 어디를 읽었는지, 또 그 내용은 어떤 것이었는지 아이들에게 질문하여 아이들이 말씀을 기억하고 있는지 확인하고 복습시키는 것도 잊지 않습니다. 그러면 아이들은 어제 예배드릴 때 읽은 말씀을 되새기며 합창이라도 하듯 대답합니다.

그러니까 가정예배도 형식적으로 드리기만 한 것이 아닙니다. 계속해서 말씀의 내용을 복습하고 기억하는 훈련을 한 셈입니다. 이것으로 아이들은 공부할 때 스스로 생각하는 훈련을 하게 되었습니다. 이런 훈련을 되풀이하다 보니 아이들이 오랜 시간이 지난 후에도 성경의 내용을 기억하고 스스로 설명할 수 있게 되었습니다. 성경을 읽고 암송하며 생각하는 훈련을 하자 공부도 쉽게 앞서가기 시작했습니다.

주일예배에 반드시 참석하는 것은 다시 언급할 필요조차 없이 분명한 원칙입니다. 오히려 더 적극적으로 주중에 열리는 부흥집회에 아이들이 빠지지 않고 참석하도록 지도했습니다. 제가 다니던 교회나 동네 가까운 교회에서 부흥집회가 열린다고 하면 저는 아이들을 전부 데리고 집회에 참석했습니다.

그 당시에 집회가 열렸다 하면 월요일 저녁부터 금요일 아침까지 계속되곤 했습니다. 그럴 때는 아이들이 학교에서 돌아오기를 기다렸다가 돌아오는 즉시 밥을 챙겨 먹이고 나서 부흥집회가 열리는 교회로 데리고 갑니다. 다음 날부터 시험이라고 해도 예외가 없습니다. 그것과 관계없이 반드시 집회에 참석하도록 훈련시켰습니다.

"오늘 교회에서 집회가 있으니까 일찍 와야 돼. 엄마하고 빨리 가서 앞자리에 자리 잡자!"

저는 집회에 가면 반드시 앞자리에 앉으려고 합니다. 아이들도 그렇게 훈련을 시켰습니다. 집안 뒷정리가 늦어질 경우에는 아이들부터 먼저 보내서 엄마 자리까지 잡아 놓으라고 시켰습니다. 집회에서 아이들이 졸거나 하면 저는 몹시 야단을 쳤습니다. 박수를 쳐도 손바닥이 벌겋게 변하도록 힘차게 쳐야 하고 목이 쉴 정도로 큰 소리로 찬송을 해야 한다고 가르쳤습니다. 그렇게 예배드리고 기도하면서 일주일씩 집회에 참석하고 나면 저도 아이들도 은혜를 많이 받았습니다.

하나님께 예배드리기: 때려서라도 가르쳐라

믿음의 부모님들께 간곡히 부탁드립니다. 어릴 때부터 집에서나 교회에서나 예배드리는 습관이 철저히 몸에 배도록 해주십시오. 저희 아이들은 집에서 줄곧 가정예배를 드렸기 때문에 교회에서 어른들과 함께 예배를 드릴 때도 조용하고 얌전히 예배를 잘 드렸습니다. 예배시간에 조용히 하라고 주의를 줄 필요도 없었습니다.

간혹 교회에서 예배드리는 시간에 아이들이 떠들거나 왔다갔다 하는데도 단지 아이들이 어리다는 이유로 그런 행동을 그대로 방치하는 젊은 부모들을 볼 때가 있습니다. 참으로 어이없고 안타까운 일이 아닐 수 없습니다.

절대로 그렇게 놔두어서는 안 됩니다. 아기들이 아장아장 걷기 시작하면, 그때부터 아이들이 반드시 엄마아빠와 함께 예배드릴 수 있도록 훈련시켜야만 합니다. 특히 3~5살 때는 통제하기가 어렵습니다. 그렇더라도 예배시간에 떠들거나 말을 듣지 않을 경우, 예배당 밖으로 데리고 나가 매를 드는 한이 있더라도 예배시간에는 조용히 얌전하게 앉아 있어야 한다는 것을 가르쳐야 합니다.

우리가 하나님 앞에서 예배드릴 때에 경건해야 한다는 정신을 어릴 때부터 심어 주지 않으면 어른이 되어서도 건성으로 예배드리게 됩니다. 아니, 예배 자체를 우습게 여길지도 모릅니다. 그러므로 하나님께 예배드리는 일은 반드시 어릴 때부터 엄격히 훈련해야 합니다. 어릴 때부터 예배를 통해 그 몸으로 하나님 경외하기를 배워야 합니다.

또 예배드리는 시간에 아이를 데리고 왔다갔다 하는 엄마들도 있습니다. 이것은 자녀에게 신앙을 가르치겠다는 생각이 아예 없는 것이나 마찬가지입니다. 왜냐하면 부모로부터 하나님께 예배드리는 자세를 올바로 배우지 못한다면 아무리 많은 돈을 들여서 다른 교육을 한다 해도 아무짝에도 소용이 없기 때문입니다.

예배드리는 일이 인생에서 가장 소중하고 또 가장 신나는 일이라는 것은 어려서부터 가르쳐야 합니다. 그러자면 부모가 붙들고 앉아 모범을 보이는 수밖에 없습니다. 예배드리기는 기독교 신앙 훈련의 기본입니다. 또 마땅히 부모가 가르쳐야 할 일입니다.

04

신본주의 자녀교육의 3가지 핵심효과

자식이 잘 되기 바라십니까? 그럼 먼저 부모님부터 하나님의 말씀을 있는 그대로 믿고 복을 구하십시오. 자녀가 잘되는 복이란 자녀가 지혜롭고 총명하여 많은 사람들에게 도움이 되고 모범이 되는 지도자가 되는 것입니다.

'신본주의 자녀교육' 이야말로 자녀들에게 그런 실제적인 복을 받게 합니다.

신본주의 자녀교육의 유익

하나님을 경외하는 것이 지식의 근본입니다. 그래서 저는 자녀를 주 안에서 교육하면서 모든 가르침의 중심을 성경말씀에 두기로 작정했습니다. 자녀들이 말씀을 보고 하나님을 인격적으로 만나도록 했고, 아이들이 공부할 때 하나님께 모자라고 부족한 부분을 직접 간구하도록 훈련시켰습니다. 집에서는 엄마에게 직접 기도훈련을 받고, 교회에서도 집중적으로 훈련을 받자 아이들은 어느 정도 신앙의 기틀을 마련해 가기 시작했습니다. 비록 아이들이 어리지만 말씀 보는 습관이 들고, 가정예배를 통해 하나님을 만나면서 하나님 중심의 마음가짐, 곧 신본주의가 아이들의 마음 가운데 깊숙이 자리 잡는 것이 느껴졌습니다.

아이들은 점차 홀로 하나님을 만나 일대일로 기도하고, 공부하는 데 부족함을 느낄 때마다 하나님께 지혜를 구하는 기도를 드리게 되었습니다. 기도하며 말씀 보는 것처럼 공부도 스스로 알아서 하게 된 아이들에게 엄마인 저는 더 이상 뭐라고 잔소리할 필요가 없어졌습니다. 엄마들이 흔히 하는 말로 "공부 좀 해라! 오늘 저녁에는 무슨 무슨 공부해라. 낮에 공부 안 하고 뭐했니?" 따위의 말을 전혀 할 필요가 없게 된 것이지요.

그만큼 아이들의 밑바탕에 참 신앙이 자리하게 된 것입니다. 아이들 속에 신앙이 자리 잡게 되면 그때부터 아이들은 자기가 어떻게 살아야 하는지 자연스레 알게 됩니다. 왜냐하면 하나님께서 아이들이 기도하고 성경을 볼 때마다 그들에게 어떻게 살아야 할지 알려주시고 감동을 주시기 때문입니다. 또 매일 예배를 드리며 기도하기 때문에 자기가 잘못한 일이나 잘못한 생각에 대한 분별력도 생겨납니다. 더 나아가 잘못한 것은 용서를 구하고 날마다 반성하며 다시는 그런 일을 하지 않겠다고 다짐하는 생활을 해 나가게 됩니다.

더욱이 하나님의 어린 자녀가 매일 성경을 보며 하나님 앞에 기도하고, 지혜 주시기를 간구하고, 하나님의 준비된 일꾼이 되기 위해 공부 잘하게 도와 달라고 전적으로 매달리는데 하나님께서 그 자녀에게 어떻게 응답하지 않으실 수 있겠습니까? 하나님께서는 그런 아이에게 공부할 수 있는 마음도 주시고 지혜도 주십니다. 성경말씀에 기록된 대로 기도했기 때문에 하나님은 반드시 들어주십니다. 바로 제가 그 말씀을 믿기 때문에 그 말씀 그대로 아이들에게 적용하도록 한 것이지요.

우리는 성경을 읽고 예수를 믿습니다. 그런데 그 하나님의 말씀을 삶에 구체적으로 적용하는 경우가 얼마나 됩니까? 한번 점

검해 보시기 바랍니다. 시편1편 기자는 여호와의 율법을 즐거워
하여 그 율법을 주야로 묵상하는 자가 복이 있다고 했습니다. 그
러니 우리의 자녀가 그 말씀대로 주야로 말씀을 묵상하면 복을
받게 되지 않겠습니까?

아이들에게 주시는 하나님의 복이란 다른 것이 아닙니다. 하

나님의 준비된 일꾼이 되기 위해 지혜 있고 명철해서 공부 잘하고 튼튼하게 자라나는 것이 아닐까요? 바로 이것을 우리 부모님들이 믿고 가르쳐야 합니다.

그 단계까지 저절로 되지 않습니다. 때려서라도 가르쳐야 합니다. 부모님부터 잘 믿고 신앙의 모범을 보여야 가능합니다. 부모가 모범을 보이지 않고 말만 한다고 되지 않습니다. 자식이 잘되기 바라십니까? 그럼 먼저 부모님부터 하나님의 말씀을 있는 그대로 믿고 복을 구하십시오. 자녀가 잘되는 복이란 자녀가 지혜롭고 총명하여 많은 사람들에게 도움이 되고 모범이 되는 지도자가 되는 것입니다.

'신본주의 자녀교육' 이야말로 자녀들에게 그런 실제적인 복을 받게 합니다. 기도와 말씀을 우선하는 신본주의 자녀교육에는 다음과 같은 유익이 있습니다.

첫째, 성경암송이 자녀를 총명하게 만든다

말씀을 암송하고 묵상하는 훈련을 하는 자녀는 지혜롭고 총명해집니다. 저는 아이들에게 성경말씀을 묵상하는 훈련을 많이 시켰습니다. 그 방법으로 성경암송을 시켰습니다. 어머니가 자녀와 함께 하나님의 말씀을 암송하는 것이 가장 좋습니다. 저는 잠언과 시편, 전도서의 말씀으로 많은 은혜를 받았기 때문에 주로 그 말씀들을 암송하도록 했습니다. 학교 갈 때는 미리 암송할 성경말씀을 숙제로 내줍니다. 그렇게 하면 아이들은 등하교 길에 그 말씀을 모두 암송해야 합니다.

또 특별히 주기도문을 많이 암송하도록 했습니다. 그 이유는, 주기도문이 예수님께서 직접 가르쳐 주신 기도문이며, 그 말씀 가운데 우리가 하나님께 기도할 수 있는 방법과 비결이 모두 들어 있기 때문입니다. 주기도문은 공부하느라 지친 아이들이 그냥 암송하기만 해도 얼마든지 쉽게 할 수 있으며 은혜가 됩니다. 그래서 버스를 타거나 걸을 때, 휴식시간 같은 자투리 시간이 나면 무조건 주기도문을 외우게 했습니다.

신앙생활을 시작하면서 저는 저부터 먼저 언제 어디서나 주기도문을 외우는 훈련을 했습니다. 하루에 100회 이상 주기도문을 암송하는 것을 목표로 삼았습니다. 그런데 살림하고 이런 저런 일을 하다 보면 몇 번을 암송했는지 잊어버릴 때가 있습니다. 그래서 저는 이런 방법을 고안해 냈습니다. 먼저 두부콩 100알을 준비해서 왼쪽 주머니에 넣습니다. 그리고 한 번 암송할 때마다 오른쪽 주머니로 콩을 하나씩 옮겨 놓는 것입니다.

특별히 작정기도 제목이 있거나 아이들이 아프거나 간절히 기도할 일이 생기면 꼭 이렇게 하루에 1백 번씩 주기도문을 암송했습니다. 그러다 보니 제 주머니는 항상 불룩했습니다. 주기도문을 외우면서 동시에 마음속으로는 작정한 기도제목을 놓고 기도하는 것입니다. 외울 때마다 주머니의 콩을 옮겨 놓기 때문에 일일이 몇 번째인지 셈할 필요가 없습니다. 이렇게 하다 보면 어느새 왼쪽 주머니의 콩이 다 없어집니다. 그러면 주기도문을 백 번 외운 것이지요. 만일 이백 번이나 그 이상 하고 싶으면 이번에는 오른쪽 주머니의 콩을 다시 왼쪽 주머니로 옮겨 가며 암송하면 됩니다. 저는 그렇게 해서 주기도문을 사백 번 암송한 적도 있습니다.

이번에는 이 방법을 제 아이들에게도 가르쳤습니다. 아이들은 학교 갈 때 한쪽 주머니에 콩 백 개를 넣어가지고 가기 때문에 언제나 한쪽 주머니가 불룩합니다. 아이들이 학교에서 돌아오면 저는 반대쪽 주머니가 얼마나 찼는지부터 확인합니다. 물론 아이들이 그냥 옮겨 놓을 수도 있습니다. 하지만 그건 엄마가 보는 앞에서 주기도문을 한 번 외워 보라고 하면 금세 알 수 있습니다. 정직하게 정말 백 번 암송했다면 주기도문을 줄줄 외울 것이고, 거짓으로 콩만 옮겨 놓았다면 자기 양심에 걸려서 우물쭈물하기 때문입니다. 이 방법은 꼭 주기도문이 아니더라도 다른 말씀을 통째로 암송할 때 활용할 수 있는 좋은 방법이라고 생각합니다.

저는 하나님의 말씀 가운데서도 특별히 "여호와를 경외하는 것이 지식의 근본"이라는 잠언 말씀을 가장 좋아합니다. 바로 이 말씀에서 제가 신본주의 교육의 지혜를 얻었기 때문입니다. 그러므로 지혜의 근본이신 하나님만 믿고 의지하여 그분의 참 사랑을 받으면 됩니다. 하나님을 아는 것이 지혜의 근본이기 때문에 먼저 말씀을 보고 그 뜻을 아는 데 최선을 다하도록 해야 합니다. 그러면 나머지 부수적인 세상 것들은 하나님께서 모두 주신다고 생각합니다.

그러므로 자녀들이 말씀을 암송하도록 훈련시키십시오. 우리 아이들은 시편 말씀을 가장 많이 암송했습니다. 신약성경의 산상수훈 말씀도 찾아서 암송했습니다.

누구에게나 성경암송은 중요합니다. 바빠서 성경을 펼쳐 보지 못한다면 그때 암송한 말씀으로 역사를 일으켜야 합니다. 기도할 때도 암송한 말씀을 붙잡고 기도해야 합니다. 말씀을 붙잡고 기도하면 하나님은 반드시 응답해 주시기 때문입니다. 구하면 주시고 두드리면 열릴 것입니다.

　말씀을 암송하고 있으면 아이들도 믿음을 가지고 기도할 수 있습니다. 저는 암송한 말씀을 기초로 아이들에게 "하나님은 네가 구하면 주신다고 말씀하셨다. 믿고 구하라"고 말합니다. 믿어야 역사가 일어납니다. 믿지 않고 말로만 하면 아무런 일도 일어나지 않습니다. 저는 하나님께서 주신 말씀이니만큼 이 말씀을 믿으면 그대로 이루어질 줄 믿습니다.

　특별히 성경암송과 묵상에는 자녀가 총명해지고 공부 잘하게 되는 비밀이 숨어 있습니다. 실제로 성경을 암송하면 공부 잘할 수 있는 지혜와 총명을 얻는 데 큰 도움이 됩니다.

　하나님의 말씀은 아이들의 생각과 정신을 맑게 해줍니다. 정신이 맑다는 것은 집중을 잘할 수 있다는 말입니다. 머리가 맑아지면 집중이 잘됩니다. 그럼 남들 10시간 공부할 것도 1시간이면 다 할 수 있습니다. 이것이 가장 중요한 핵심입니다.

　반대로 머리가 맑지 않으면 산만해집니다. 아무리 쉽고 단순한 공부라고 해도 머릿속이 복잡하여 집중하지 못하면 10시간을 책상에 앉아 있어도 공부가 머리에 들어오지 않습니다. 그러나 하나님의 말씀이 먼저 들어가면 아이들의 머리가 맑아지고 잡념이 없어져 집중하게 됩니다.

"모든 성경은 하나님의 감동으로 된 것으로 교훈과 책망과 바르게 함과 의로 교육하기에 유익하니"(딤후 3:16)라는 말씀이 있습니다. 신앙이 바로 잡히면 비록 어린아이일지라도 마음의 흔들림이 없어져서 교육하기 좋은 상태가 됩니다. 맑은 정신으로 공부에 집중할 수 있습니다. 이것이 바로 하나님의 말씀을 암송하고 묵상하여 공부를 잘하게 되는 비결입니다.

그래서 저는 아이들에게 공부하기 전에 반드시 말씀 보고 기도한 다음 공부하라고 말합니다. 하나님께 기도해야만 공부가 더 잘되기 때문에 시험 때라면 더더욱 예배와 새벽기도를 빼먹지 말도록 당부하는 것이지요.

부모가 할 일은 하나님의 말씀이 아이들 신앙의 바탕이 되도록 돕는 것뿐입니다. 그것만 갖춰지면 아이들도 스스로 모든 일을 할 수 있습니다. 하나님께 지혜를 구할 수 있기 때문에 공부가 저절로 될 것입니다.

저는 공부 못한다고 매를 댄 적은 없습니다. 하지만 성경 안 보고 기도를 게을리하면 어김없이 혼을 냈습니다. 말씀이 들어가지 않아 신앙이 흔들리는데 공부에 집중할 리 없고 자기 관리가 제대로 될 리 없기 때문입니다. 어떤 크리스천 학생들은 시험이라고 잠시 교회를 빼먹곤 하는데, 이건 완전히 잘못 생각하는 것입니다. 시험 때일수록 철저히 예배드리고 말씀 암송하고 더욱 뜨겁고 간절하게 기도해야 합니다.

그런데 다들 이 비밀을 모르고 있습니다. 크리스천 학생들은 반드시 하나님께 기도하여 지혜와 지식과 총명을 간구해야 합니다. 하나님의 영광을 위해 공부하기로 다짐한 마당에 하나님께서 지혜와 총명을 안 주실 리 없습니다. 하나님께서 어떻게 그 기도를 들어주지 않으시겠습니까?

그러나 안타깝게도 그 원리를 모르는 사람들이 세상적인 근심과 걱정에 휩싸인 채 오히려 기도와 예배를 등한시하고 있습니다. 부모님부터 그 영적인 비밀을 제대로 모르고 있습니다. 그러니 학생들이 그 비밀을 알 리 없습니다.

심지어 부모가 오래 예수를 믿은 직분자라고 해도 시험이 가까워 오면 자녀가 신앙생활을 게을리하는 것을 묵인하곤 합니다. 지혜와 지식의 근본인 하나님을 믿는다고 하면서 정작 자녀들의 공부에서 하나님을 빼놓다니 이것은 보통 모순이 아닙니다.

이 얼마나 어리석은 일입니까? 성경은 영혼을 위한 말씀입니다. 하나님의 말씀은 내 혼과 영과 관절과 골수를 찔러 쪼개기까지 합니다. 하나님의 말씀은 머리를 맑게 하고 집중력이 생기게 하며 산만해지지 않도록 합니다.

그런데도 우리 믿음의 자녀들이 이런 비밀을 모르는 부모들 때문에 영적으로 방치되어 있다고 생각해 보십시오. 부모는 교회에서 봉사한다고 열심이지만 그 자녀의 영혼은 방치된 채 사탄에 눌려 있다고 생각해 보십시오. 자녀가 공부를 안 하고 잘못된 길로 빠지더라도 대책을 찾을 수 없게 됩니다. 자녀에게 무언가 문제가 있고 영적으로 병에 걸린 것도 알겠는데 그게 무슨 병인지도 모르고 엉뚱한 데서 허둥대는 격입니다.

이제라도 늦지 않았습니다. 자녀들이 공부하기 전에 먼저 기도하고 말씀 보고 예배드리는 신앙의 기본기를 갖추도록 훈련시켜야 합니다. 이것이 먼저 구비되지 않으면 아무리 좋은 학원을 알아보고, 아무리 많은 돈을 들여 비싼 과외 선생님을 구해 줘봤자 다 헛일입니다.

둘째, 신앙훈련이 아이들의 성품과 습관을 바꾼다

하나님의 관점으로 생활을 지도하면 그 자녀는 예의가 발라지고 인격적으로도 성장합니다. 부모는 먼저 자녀에게, 하나님께서 자신의 일거수일투족을 보고 계시며 다 알고 계시다는 신본주의 생활관을 각인시켜야 합니다. 저는 아이들에게 하나님께서 너희들을 다 알고 계시니까 각별히 자기 말과 행동을 책임지도록 하라고 가르쳤습니다.

"너는 너무 개구쟁이니까 하나님 앞에 더 이상 말썽 안 부리게 해 달라고 기도해야 한다. 이제 집안 물건 부수지 않고 흐트러뜨리지도 않고 어지르지 않게 해 달라고 기도해야 한다!"

아이들에게 훈계하고 가르칠 때는 어른들이 하는 말처럼 복잡하게 해서는 안 됩니다. 아이들이 가장 잘 알아들을 수 있도록 간단히 말해 주어야 합니다. 어린이라고 해도 기도하면 스스로 그 문제에 대해 심각하게 생각해 볼 수 있기 때문에 자기 스스로 조심합니다.

실제로 그렇게 기도드리면 하나님께서 그 아이의 마음을 어루만져 주셔서 변화할 힘과 용기를 주십니다. 자기 문제와 잘못을 고쳐 달라고 기도하는 아이들은 '아! 이런 것은 나쁜 것이고 저런 것은 좋은 것이로구나!' 하는 선악의 분별을 자연스럽게 깨닫습니다.

그런데 아이들을 훈계하는 부모님들을 보면, 아이 때문에 속이 상한 부모의 마음을 아이들에게 전달하면서 부모의 기준으로 잔소리하듯 야단칠 때가 많습니다. "내가 그러지 말라고 몇 번이나 말했니? 너 때문에 속상해 죽겠다!" 하는 식으로 말입니다.

그러나 아이들의 행실을 교정할 때는 엄마의 기준이 아닌 하나님 중심의 기준으로 바로 잡아 교육해야 합니다. 즉, 사람이나 부모가 보는 관점에서 말하는 대신 "하나님께서 보실 때 어떠하실까?"라는 관점으로 말해 주는 겁니다. 예를 들어 아이가 손을 더럽히고 들어오면 엄마들은 흔히 이렇게 말하기 쉽습니다.

"엄마가 뭐라 그랬어? 그렇게 하지 말랬지?"

그러나 하나님 중심의 언어를 사용해서 타일러 보십시오.

"하나님께서 보실 때 네 손이 이렇게 더러우면 너를 예쁘게 보실까? 네가 하나님께 귀여움을 받고 싶고 하나님께서 너를 예쁘게 생각해 주시길 바란다면 이래서야 되겠니? 하나님만 너를 예뻐해 주신다면 걱정할 게 없단다. 네가 어른이 되면 엄마나 아빠는 더 이상 너와 함께 있어 줄 수 없어. 어느 누구도 항상 너와 함께해 줄 수 없단다. 하지만 하나님은 네가 어디를 가든지 언제나 너와 함께하시고 항상 지켜 주신단다. 그렇기 때문에 너는 어떤 일을 하든지 어디를 가든지 하나님 앞에서 바르고 정직하게 살아야 한단다."

저는 항상 이런 식으로 가르쳤습니다. 아이들도 이런 저의 말을 귀에 못이 박이도록 들었습니다. 그렇게 1년이 지나고 2년이 지나면서 아이들은 점점 영적인 사람이 되어 갔습니다. 기도할 때에도 통성으로 기도하고 회개기도 할 때는 눈물을 흘리기도 했습니다. 저희는 가정예배를 드리면 너나 할 것 없이 눈물을 많이 흘립니다. 지금도 저희 가정예배는 마치 무슨 부흥회 같습니다.

"하나님, 오늘은 이런 일을 잘못했습니다. 어머니 말을 듣지 않았습니다. 용서해 주세요. 엉엉."

몹시 산만하던 아이들도 예배훈련을 통해 점차 차분해졌습니다. 그 전에는 뭘 가져오라고 세 번이나 말을 해도 듣지 않던 아이에게 "하나님께서 보시는데 너 정말 이렇게 할 수 있니?"라고 한마디만 하면 곧바로 "알겠습니다" 하고 순종하는 아이가 되었습니다. 비록 나이 어린 아이들이라고 해도 가르치고 훈련하자 변해 갔습니다. 아이들의 모습이 하나님의 손길로 점차 다듬어져 간다는 것을 느낄 수 있었습니다.

손님들이 와도 아이들은 예의를 차릴 줄 알게 되었습니다. 좋지 못한 버릇이 든 요즘 아이들 중에는 집에 손님이 오셨을 때 부모에게 자기가 갖고 싶은 것을 얻어 내려고 일부러 떼를 쓰는 아이들이 있습니다. 손님 앞에서 일부러 돈을 달라고 하거나 무엇을 갖고 싶다고 말해서 부모를 난처하게 합니다. 그렇게 하면 부모님이 손님 때문에라도 쉽게 들어준다는 것을 알아 버린 것이지요. 어떤 경우에는 그것을 본 손님들이 민망해서 대신 용돈을 줄 때도 있습니다. 그러나 그렇게 하면 아이들 버릇은 계속 나빠집니다. 더욱이 손님은 그 집안에 대해 안 좋은 인상을 갖게 될 수도 있습니다. 평소 계속 기도를 하게 하고, 매일 성경을 읽히고, 예배 때마다 성경 이야기를 들려주면 아이들의 나쁜 버릇을 고치는 데도 무척 효과적입니다.

"손님이 왔을 때 엄마에게 떼를 쓰는 것은 나쁜 애들이나 하는 짓이란다. 어떤 걸 가지고 싶다면 엄마에게 따로 말해야지? 보통 때 같으면 엄마가 안 들어주니까 집에 손님이 왔을 때 사 달라고 한다면 그것은 좋은 행동이겠니? 나쁜 짓이겠니? 그것은 비겁한 행동이란다. 하나님을 믿는 자녀는 그렇게 하면 안 돼! 하나님께서 싫어하시기 때문이야. 꼭 갖고 싶은 게 있다면 너는 먼저 하나님 앞에 기도해야 한단다. 그런 다음 아무도 없을 때 엄마한테 얘기하면 엄마가 생각해 보고 필요하면 사줄 거야. 손님 앞에서 떼를 쓰는 건 창피하고 나쁜 행동이야. 그렇게 하면 절대 하나님께서 좋아하지 않으셔."

이런 식으로 가르치자 아이들은 누가 오더라도 절대 무례히 행동하는 법이 없었습니다.

셋째, 자기 할 일을 스스로 알아서 하게 된다

말씀을 암송하고 묵상하는 훈련을 하는 자녀는 자기 할 일을 스스로 찾아서 하는, 부모의 잔소리가 필요 없는 성숙한 자녀가 됩니다. 저는 아이들이 유치원 다닐 때나 초등학교에 다닐 때에도 준비물이나 숙제를 챙겨 준 적이 없습니다. 알림장도 체크해 본 적이 없습니다.

이유는 이렇습니다. 제가 아이들을 위해서 기도해 주고, 아이들 스스로 자신이 하나님의 자녀라는 것을 인식했다면 다음 일은 어떻게 해야 되는지 스스로 생각하도록 훈련시켰기 때문입니다. 이것은 기도하는 훈련을 통해 가능합니다. 기도하면 자기 자신에 대해, 또 스스로 할 일에 대해 생각하게 되기 때문이지요. 물론 처음에는 스스로 할 때까지 여러 번 훈계해야 합니다.

"네가 할 일은 네가 스스로 할 수 있게끔 미리 생각해야 한다. 누구를 의지하면 안 된다. 동환이 너는 엄마와 아빠가 있다고 해서 엄마나 아빠만 믿고 있으면 큰일 난다. 네가 직접 하지 않고 누구를 의지해서는 안 된다. 너 혼자 스스로 해야 한다. 동환이도 크면 아빠가 될 것이다. 한 가정의 가장으로서 책임을 감당해 나가야 하는데 그때는 누구의 도움도 없이 살아가야 한단다.

지금부터라도 자기 일은 스스로 알아서 하도록 해라. 네가 학교 갈 때 준비물을 챙겨가든 안 가지고 가든 엄마는 상관 안 한다. 네가 준비를 제대로 못했다면 그건 네 잘못이야. 그러니 책임도 네게 있지. 네가 할 일은 네가 해야 하니까. 맨날 엄마가 도와주는 건 아무 의미가 없단다."

동환이가 초등학생일 때 일입니다. 하루는 신발주머니를 안 가져가서 신발을 교실 밖에 두고 하는 수 없이 맨발로 지낸 적이 있습니다. 그날 저에게 무척 혼이 났지요.

"오늘 네가 분명히 잘못해서 야단맞는다. 다음부터는 이런 일이 있어서는 안 돼. 한 번은 실수라고 해도 같은 잘못을 되풀이하는 건 정말 좋지 않은 일이다."

그랬더니 그 다음부터 그런 실수를 하지 않았습니다.

부모는 아이들이 직접 할 수 있는 일이라면 가급적 모든 일을 아이들이 하도록 맡겨야 합니다. 학교 수업 준비물뿐만이 아닙니다. 중요한 시험이 있다면 시험 준비도 스스로 알아서 계획하도록 해야 합니다. 시험 때마다 부모님이 시험이 언제냐, 시험 준비는 잘되어 가느냐고 일일이 묻는다면 그 일 자체가 아이들의 생활 관리를 대신해 주는 셈이 됩니다. 상식적으로 학생이 자기 시험이 언제이고 그걸 위해 언제부터 어떻게 준비해야 할지 스스로 생각하지 못한대서야 어떻게 좋은 점수를 기대할 수 있겠습니까? 따라서 부모가 일일이 시험 일정을 챙겨 주어서는 절대 안 됩니다. 아이들이 직접 하게 하십시오.

저는 아이들이 자라는 동안 언제 중간고사를 치르는지, 기말고사가 언제인지, 시험 준비는 어떻게 하고 있는지, 혹은 시험은 잘 봤는지 전혀 신경 쓰지 않았습니다. 여기서 많은 분들이 댁의 아이들이 똑똑해서 그런 것이 아니겠느냐고 오해하십니다.

그렇지 않습니다. 철저한 신앙교육을 통해 스스로 자기가 할 일을 계획하고, 그 일을 위한 시간관리, 목표관리, 방향관리, 영성관리를 알아서 잘하고 있으니 더 이상 간섭할 필요가 없는 것일 뿐입니다.

그러나 그렇게 되기까지 믿음의 부모는 자녀가 스스로 기도하며 성경을 보고 묵상하도록 훈련시켜야 합니다. 그 다음에는 자녀의 학업이나 학교생활에 대해서는 걱정하지 않아도 됩니다. 이것이 바로 신본주의 학습법의 비밀이자 유익입니다.

05

영적으로 강한 부모가
강한 자녀를 만든다

부모가 할 일이란 그저 성경말씀과 신앙훈련에 기초하여 자녀들에게 삶의 원칙과 기준을 바로 세워 주는 일, 모든 일을 스스로 할 수 있도록 자녀를 강하게 훈련시키는 일이라고 생각합니다. 그렇다면 그 아이를 위해 뒤에서 기도해 주고, 앞에서 축복해 주며 매일매일 꼭꼭 성경을 읽고 묵상하는지, 기도와 예배를 빼먹지 않는지 신앙적인 측면을 점검하는 일이 중요합니다. 공부를 했는지 안 했는지는 아이들이 스스로 책임질 부분입니다.

스스로 책임지는 신앙인으로 키운다

신본주의 자녀교육으로 자녀를 훌륭하게 양육하려는 부모가 할 일은 분명합니다. 먼저 부모는 자녀를 위해 하나님께 기도해야 합니다. 그리고 하나님의 말씀에 기초하여 자녀를 엄하고 강하게 길러야 합니다. 부모가 자녀의 기도생활이나 말씀 보는 습관을 철저히 점검하지 않는다면 그것은 습관화되기 어렵습니다. 스스로 자기 생활을 책임지고 무엇이든지 혼자 해내려고 하는 자녀는 강해질 수밖에 없습니다.

요즘에는 대학에 진학한 자녀들의 강의시간표를 대신 작성해 주느라 학과사무실까지 찾아오는 부모도 있다고 하는데 도대체 무슨 정신으로 그런 짓을 하는지 알 수 없는 노릇입니다. 자식이 대학생이 되었는데도 그렇게 한다면 초등학교야 말할 것도 없고 중학교와 고등학교에 다닐 때에는 또 어떠했겠습니까. 안 봐도 뻔한 일이지요. 도대체 자녀를 그렇게 길러 놓으면 그들이 이 험한 세상을 어떻게 헤쳐 나갈 수 있겠습니까?

우리가 살던 시대와 우리 아이들이 살아갈 시대는 다릅니다. 21세기는 우리 아이들이 세계 속에서 세계인들과 함께 살아가야 하는 시대입니다. 그런데 연약한 화초같이 길러서 어쩌자는 것입니까? 강하게 기르지 않는다면 조금만 바람이 불어도 쓰러질지 모릅니다. 사자는 새끼를 일부러 벼랑에서 떨어뜨려 스스로 기어 올라온 놈만 기른다고 합니다. 사람을 그렇게까지 할 수는 없지만, 그 정도로 강하게 자녀를 길러야 한다는 데는 공감합니다.

저는 정말 아이들에게 부모가 할 일이란 그 어떤 것보다도 성경말씀과 신앙훈련에 기초하여 자녀들에게 삶의 원칙과 기준을 바로 세워 주는 일, 모든 일을 스스로 할 수 있도록 가르치는 것이 가장 중요하다고 생각합니다. 그것을 위해 부모는 아이를 위해 뒤에서 기도해 주고, 앞에서 축복해 주며 매일매일 꼭꼭 성경을 읽고 묵상하는지, 기도와 예배를 빼먹지 않는지 신앙적인 측면을 점검하는 일이 중요합니다. 공부를 했는지 안 했는지는 아이들이 스스로 책임질 부분입니다.

아무리 아이가 어리더라도 일일이 간섭하는 것은 옳지 않습니다. 나이 어린 초등학생의 경우라면 맨 처음 시간활용과 공부해야 할 과목과 문제집 정도만 지정해 주면 됩니다. 나머지는 가급적 모두 혼자 하도록 하는 것이 좋습니다. 이런 훈련에서 낙오되어 혼자 해내지 못하면 야단을 쳐서라도 바로잡아야 합니다.

요즘은 자녀를 많이 두지 않습니다. 보통 한 명 아니면 두 명입니다. 그런데 대개의 가정에서 아이들은 부모에게 우상이나 마찬가지입니다. 그런 모습을 보면 저렇게 키워도 되나 하는 회의가 들곤 합니다. 길거리나 지하철에서, 또 식당에서 사람이 있든 없든, 다른 손님이 있든 없든 상관없이 마냥 떠들고 장난쳐도 엄마는 아이들을 가만히 놔둡니다. 뭐라고 하면 기가 죽는다고 그대로 방치합니다. 하지만 저는 그렇게 해서는 안 된다고 분명히 말할 수 있습니다.

엄하고 강하게 키운다

아이들은 어릴 때부터 붙들고 제대로 교육시켜도 될까 말까 합니다. 그렇지 않으면 나중에는 정말 고치기 어렵습니다. 잘못하면 엄하게 야단도 쳐야 합니다. 매도 들어야 합니다. 대신 평소에는 아이를 끌어안고 기도해 주어야 합니다. 어릴 때부터 하나님께 기도하게 하고, 말씀을 읽게 하여 신본주의 사고에 완전히 젖어들도록 양육해야 합니다. 그렇게만 된다면 아이들을 어디에 내놓아도 상관없습니다. 나쁜 짓 하라고 떠밀어도 절대 하지 않습니다. 그러므로 신본주의 교육이란 말씀과 기도훈련의

기본기 위에 자녀가 잘못할 때는 부모님이 엄히 훈계하는 스파르타식 교육이 병행되는 것입니다.

저는 전도사로 사역하며 교인들을 심방할 때도 이렇게 권면했고, 어머니들에게도 전도하면서 이렇게 말해 주곤 했습니다.

"아이를 안고 간절히 기도해 주십시오. 그러나 잘못했을 때는 따끔하게 매를 들어야 합니다. 저는 그렇게 실천했습니다. 그렇게 해야 아이들은 어쩌다가 잘못해서 매를 맞게 되더라도 매를 드는 엄마를 원망하는 법이 없습니다. 평소 엄마가 얼마나 진실하게 사랑의 눈물을 흘리며 부둥켜안고 기도해 주는지 알기 때문입니다."

성경에도 "초달을 차마 못하는 자는 그 자식을 미워함이라 자식을 사랑하는 자는 근실히 징계하느니라"(잠 13:24)라고 했습니다. 매를 대지 않는 것은 그 자식을 미워하는 것, 사랑하지 않는 것이라고 했습니다. 동환이는 고3 때에 공부하기 바쁘다고 며칠 동안 성경을 안 보았다가 들켜 다리에 피멍이 들도록 맞은 적이 있습니다. 그 종아리를 본 친구가 "네 엄마 혹시 계모 아니냐?"라고 묻더랍니다. 그러나 동환이는 예나 지금이나 그런 엄마에게 감사하다고 말합니다.

제가 먼저 은혜 받고 하나님 앞에서 성경을 읽어 보니 자녀는 정말 엄하게 길러야 된다는 것을 명확히 깨닫게 됩니다. 하나님께서는 사랑하는 자녀에게 매를 들라고 말씀하셨습니다. 징계와 처벌을 아끼지 말라고 말씀하셨습니다. 그래야 미련한 것이 떠나간다고 분명히 말씀하셨습니다.

"거만한 자를 때리라 그리하면 어리석은 자도 경성하리라 명철한 자를 견책하라 그리하면 그가 지식을 얻으리라."(잠 19:25)

"상하게 때리는 것이 악을 없이 하나니 매는 사람의 속에 깊이 들어가느니라."(잠 20:30)

"아이를 훈계하지 아니치 말라 채찍으로 그를 때릴지라도 죽지 아니하리라 그를 채찍으로 때리면 그 영혼을 음부에서 구원하리라."(잠 23:13, 14)

"주께서 그 사랑하시는 자를 징계하시고 그의 받으시는 아들마다 채찍질하심이니라."(히 12:6)

그러므로 자녀를 위해 기도하지 않으면서 과잉보호만 한다면 그것은 진정으로 그 아이를 사랑하는 것이 아닙니다. 자녀를 강하게 기르십시오. 먼저 그 아이를 위해 기도하고, 말씀을 읽어 주고, 찬양을 틀어 주십시오. 신앙교육을 해보십시오. 그러면 하나님께서 기뻐하시며 우리 자녀에게 우리가 감당하지 못할 복을 내려 주실 것입니다.

징계와 훈계 없이 모든 것을 돌봐 준다고 아이들이 잘되는 것이 결코 아닙니다. 자녀가 혼자 해야 할 일이 있습니다. 학교 과제물 준비하기, 공부와 시험 준비, 책 읽기, 운동하기 등 이런 일을 부모가 일일이 봐줄 필요는 없습니다. 단 기본적으로 성경을 읽지 않거나 자기가 책임지고 할 수 있는 일을 게을리 할 때는 혼을 내서라도 바로잡아야 합니다.

아이들은 반드시 초달을 해야 합니다. 실제로 제 아이들 중에서 동환이가 제일 많이 맞고 컸습니다. 딸이라고 예외가 아니지요. 그러나 남의 자식이라면 그렇게 때릴 수 있을까요? 그럴 수 없습니다. 제가 제 뱃속에 열 달간 품고 길러 낳은 내 아이들이기 때문에 잘되라고 때리는 것입니다. 하나님께서 우리를 징계하시는 것도 우리가 하나님의 자녀이기 때문입니다. 마찬가지로 세상의 부모도 자기 자식에게 매를 대야 할 때가 있습니다. 하나님의 징계가 우리의 잘못 때문이듯이, 우리 아이가 어긋난 길로 나간다면 매를 대서라도 바른 길을 가게 해야 합니다.

영적 상태를 수시로 점검한다

저는 아이들이 공부를 어떻게 하는지 시험 점수가 어떻게 나왔는지 거의 관심을 갖지 않았습니다. 강조하건대, 아이에게 올바른 말씀훈련과 기도로 신앙의 기초를 세워 준다면 나머지는 하나님께서 책임져 주신다고 믿기 때문입니다.

인격적인 하나님을 만나고 하나님의 사람이 되기만 하면 공부하지 말라고 해도 공부하고, 책을 보지 말라고 해도 책을 보고, 기도하지 말라고 해도 스스로 기도합니다. 하나님께서 끊임없이 동기부여 해주시며 달란트대로 준비된 일꾼을 만들어 가시기 때문입니다.

다만 부모는 아이들의 영적인 상태를 수시로 점검해 주어야 합니다. 새벽기도회에 나간다고 하는데 밤에 일찍 잠자리에 들었는지, 학교 공부에 치중하느라 신앙생활이 해이해지지는 않았는지, 기도가 줄어들지 않았는지, 성경은 몇 장까지 봤는지 등 영적 생활을 점검하는 것입니다.

예를 들어 가정예배 때에 잠언 1장의 내용을 얼마나 파악했는지 묻습니다. 건성으로 묵상했다면 제대로 대답할 수 없지요. 그러면 이때 긴장의 끈을 바짝 쥘 수 있도록 비상을 거는 겁니다.

이 경우에는 정말 엄하게 매를 맞습니다. 공부 안 하는 것보다 더 심하게 혼이 납니다.

"너 요즘에 기도시간이 몇 분이냐? 그러고도 네가 하나님의 자녀라고 말할 수 있겠니? 네가 말로는 하나님의 영광을 위해 살겠다고 해놓고 이게 뭐니? 어릴 때부터 이런 식으로 대충 하면 습관이 잘못 들어서 안 된다. 잘못하면 바리새인과 똑같이 되어 버린다고! 너는 오늘 좀 맞아야겠다. 방으로 들어와!"

저는 아이들을 때릴 때 주로 대나무 몽둥이를 사용했습니다. 옛날에는 대나무로 만든 일회용 비닐우산이 있었습니다. 일회용인지라 몇 번 쓰다 보면 곧 망가집니다. 그러면 비닐과 살을 떼어버리고 기둥만 남긴 다음 그것으로 때립니다. 길이가 1미터쯤 되고 굵기가 2센티미터쯤 되는데다가 탄력도 있어서 잘 부러지지 않아 매로 쓰기에 알맞습니다. 아이들에게는 손을 들어 벌을 세울 때도 있고 회초리로 때릴 때도 있습니다. 동환이는 종아리를 맞을 때가 더 많았습니다. 때리기 전에는 훈계도 빼놓지 않습니다.

"네가 어떻게 하나님의 자녀라고 할 수 있니? 육의 양식은 거르지 않고 먹으면서 영의 양식은 거르다니? 하나님의 자녀인 우리는 어떻게 살아야 된다고 했지? 하나님의 자녀는 마땅히 이렇게 살아야 해. 그렇지 않으면 안 믿는 사람과 다를 바가 없어. 말로만 예수 믿는다고 하고 실제로 실천하지 않으면 아무런 소용이 없단다. 네가 세상 지식으로 잘될 줄 아니? 반드시 하나님께서 도와주셔야 한단다. 그런데 말씀을 빼먹어? 세상에서 우리의 방패와 산성이 되시고 구원의 요새가 되시는 하나님께서 너를 도와주셔야 한단다. 인간에게는 한계가 있어. 네가 아무리 똑똑해도 믿는 자라면 하나님을 절대적으로 의지해야 한다."

그런 다음 몇 대 맞을지 정하도록 합니다. 조금 잘못했다고 생각하면 다섯 대, 많이 잘못했다고 생각하면 열 대까지 맞습니다. 저는 한 대만 맞아도 눈물이 핑 돌고 그 자리에 주저앉을 만큼 세게 때립니다.

상대적으로 막내 경한이는 누나와 형처럼 많이 맞지 않았습니다. 누나나 형을 보면서 맞을 만한 짓을 하지 않으려고 노력했기 때문입니다. 하지만 경한이 역시 군의관으로 복무 중일 때조차도 저의 신앙 점검을 피해갈 수는 없었습니다. 제가 수시로 전화해서 "오늘 부대에서 몇 명에게 전도했느냐? 기도는 어떻게 하고 있느냐?" 하고 물었기 때문입니다. 요즘은 수련의 과정에 있기에 전화해서 "오늘은 병원에서 몇 명에게 전도했느냐? 기도는 어떻게 하고 있느냐?" 하고 확인하고 있습니다.

절대훈련의 원칙을 예외 없이 지킨다

동환이 방에는 이런 문구가 붙어 있습니다.

"No 기도 No 공부, No 성경 No 음식!"

저는 신앙생활이나 신앙의 문제만큼은 한 치의 양보도 없습니다. 저는 이 원칙을 지켰습니다. 'No 기도 No 공부'란, 기도 안 하면 공부를 하지 않는다는 말입니다. 'No 성경 No 음식'이란 성경말씀을 안 보면 밥도 못 먹는다는 말입니다. 저는 아이들이 말씀을 안 보았다면 야단치고 밥을 한 끼 굶겼습니다.

"굶어라! 영적으로 굶었는데 육의 양식인들 먹어서 무엇하겠니?"

그러면서 정한 양만큼 말씀을 다 보기 전에는 절대 밥을 주지 않았습니다. 그러니 아이들이 말씀을 안 볼 수가 없었지요. 그렇게 저는 아이들에게 매우 엄한 엄마였습니다. 살림을 도와주던 조카 역시 이 원칙에서 예외가 아니었습니다. 원칙대로 엄하게 대했지요. 부모의 역할을 대신한다는 책임감으로 조카를 대했습니다. 결국 예수 믿고 단단히 교육받아 지금은 목사 사모가 됐습니다.

조카는 안동에 살다가 중학교를 졸업한 뒤 제가 몸이 아팠을 때 저희 집 살림을 도와주기 위해 올라왔습니다. 귀한 딸을 올려 보낸 오라버니의 마음이며 부모와 헤어져 서울로 온 조카를 생각하니 행여 잘못될까 자못 걱정스러웠습니다. 그래서 조카를 야간고등학교에 보내고 내 아이들과 마찬가지로 철저히 신앙으로 교육했습니다. 무엇보다 먼저 조카아이에게 매일 일기를 쓰게 하고 점검했습니다. 항상 잘 대해주다가도 잘못하는 일이 있으면 부모처럼 무섭게 야단도 쳤습니다. 하루는 일기장에서 이런 구절을 읽게 되었습니다.

"고모는 어떤 때는 엄마보다 더 좋다가도 어떤 때는 엄마보다 몇 배로 무섭다."

그만큼 저는 조카의 교육에 각별히 신경을 썼습니다. 조카는 제가 아팠을 때는 저를 도와 아이들을 돌보느라 많이 힘이 들었을 것입니다. 제가 나으면서 예수를 믿게 되자 철저한 신앙훈련과 생활훈련을 받느라 고생스러웠을 것입니다. 하지만 그 덕분인지 이제는 올케에게서 딸 교육을 잘 시켜 주어서 고맙다는 인사를 종종 받곤 합니다. 지금도 저는 그렇게 하기를 잘했다고 생각합니다. 저와 함께 지내면서 예수를 믿게 되고 신학대학교를 졸업한 조카는 현재 사모로서 교회와 성도들을 열심히 섬기고 있습니다.

딸 역시 엄하게 교육시켰습니다. 아이들에게 매를 들면 주로 큰딸부터 때렸습니다. 왜냐하면 딸은 키워서 남의 집으로 시집 보내야 하는데 잘못 길러놓으면 부모도 욕먹고 자신도 고생할 게 아니겠습니까? 아무리 귀하고 예쁜 딸이라도 공주처럼 길러서는 안 됩니다. 상황에 따라서 동생 기저귀도 빨 줄 알고 청소도 할 줄 알도록 교육해야 합니다. 큰딸은 웬만한 집안 살림을 다 할 수 있도록 가르쳤습니다.

요즘 귀하게 자랐답시고 결혼하여 남편 밥도 제대로 못 해 주는 젊은 여자가 흔합니다. 하지만 그래서는 안 됩니다. 제 딸은 피아노 전공자이기는 해도 일반적으로 예술가입네 하는 다른 피아니스트들과 달리 완전한 살림꾼입니다. 피아노 치는 딸을 그렇게 험하게 길렀다고 하면 남들이 안 믿을 정도입니다. 그러나 그렇게 가르쳐서 출가시키고 나니 여간 야물게 살림을 하는 게 아닙니다.

저는 딸이라도 이렇게 키우는 것이 옳다고 믿습니다. 그래야 출가하여 시집에 복이 되고, 남편이 잘되고, 자녀들을 복 받게 하는 여자가 될 거라 믿습니다. 신앙훈련을 철저히 받은 딸아이는 힘들다는 미국 유학생활도 잘 견디고 어려운 공부도 무사히 마치고 돌아왔습니다.

힘겨운 유학생활 도중 이혼하는 사례가 많다고 들었습니다. 하지만 혹독한 신앙훈련과 생활훈련으로 단련된 덕에 딸아이는 유학생활도 평탄히 보낼 수 있었다고 말합니다. 힘차게 통성으로 기도하고 말씀을 암송하며 외롭고 힘든 생활을 너끈히 견뎌낸 것이지요.

··· 아이들은 공부하라는 얘기를 싫어합니다. 그런데 제가 예수님을 믿고 나서 성경을 읽고 말씀을 공부해 보니 공부는 하나님께서 지혜를 주시고 아이들이 스스로 뜻을 정해야만 할 수 있는 것이지 부모가 잔소리한다고 해서 되는 것이 아닙니다.

저는 여기에 모든 지혜의 비밀이 들어 있다는 것을 알았습니다. 이 영적인 비밀을 아이들에게 전수해 주면 그들은 정말 천하무적이 되고 어느 누구도 당할 자가 없게 된다는 것을 알았습니다.

III부

고기 잡는 법을 가르쳐 주는 부모가 되라

06

신앙생활이 굳건하면
공부는 스스로 한다

"동환아, 오늘도 공부하느라 많이 힘들었지? 엄마가 기도 많이

할게, 너도 기도 많이 해야 한다. 이 엄마는 너를 사랑한단다. 동

환아! 엄마는 하나님께서 너와 함께하신다는 걸 믿어. 하나님은

만왕의 왕이시란다. 그분이 못하실 일은 없다는 거 잘 알지?"

저는 이렇게 말해 주면 됩니다. 그러면 아이들이 다 압니다. 그

리고 자기가 할 일을 스스로 하게 됩니다.

동환이에 대한 비전을 주시다

어릴 때부터 동환이는 총명한 아이였습니다. 그래서 저는 예수를 믿기 전부터 이 아이가 장차 법조인이 됐으면 좋겠다는 희망을 갖고 있었습니다. 하지만 제가 예수를 믿고 나자 아이를 위한 기도 내용이 달라졌습니다.

제가 예수를 믿고 2년쯤 지났을 무렵, 그날도 저는 지하실에서 성경을 읽고 기도하고 있었습니다. 예수를 믿은 후로는 기도하고 말씀 보는 경건생활에만 전념하고 있었지요. 그날은 특별히 동환이를 위해 깊이 기도드리고 있었습니다. 아직 신앙이 들어가지 못한 일곱 살 철부지 동환이는 제 기도생활에 방해가 되는 일이 많았습니다. 유치원에 다녀온 동환이는 항상 온 집안이 떠나가라 소란을 피우기 일쑤였습니다. 아이가 집에 있는 동안에는 기도하지 못할 지경이었습니다. 그때부터 저는 동환이를 위해 이렇게 기도했습니다.

"하나님! 동환이가 유치원에 갔다 와서 저렇게 떠들기만 합니다. 하나님, 동환이를 좀 차분하게 해주세요."

그런데 그날은 기도하던 중 하나님께서 제 마음 가운데 동환이에 대한 비전을 심어 주셨습니다. 하나님은 그 아이를 장차 크게 쓰시겠다고 했습니다. 그때 마침 동환이가 왔기에 저는 동환이를 앉혀 놓고 기도했습니다. 기도하면서 저는 상상하지도 못할 만큼 강한 확신에 사로잡혔습니다. 하나님께서 동환이를 주(主)의 종으로 삼으시겠다는 마음을 주신 것입니다. 저는 그때 받은 기도의 확신으로 매일 새벽기도회에 다녀와서 아이들을 위해 기도하기로 마음먹었습니다.

'내가 아이들을 위해 축복하고 그 미래를 위해 간구하면 하나님께서 들어주실 것이다!'

동환이가 주의 종이 되리라는 마음과 함께 이런 믿음의 확신이 왔습니다. 그날부터 새벽예배에 다녀와서 잠든 아이들의 머리맡에 앉아 머리 위에 손을 얹고 아이들을 위해 기도했습니다. 처음에는 제가 안고 들어온 바깥공기에, 차가운 제 손 때문에 아이들이 움찔움찔합니다. 그러다가도 깨지 않고 이내 다시 잠에 빠지기 때문에 아이들은 제가 어떤 기도를 하는지 몰랐을 것입니다.

그렇게 기도할 때를 제외하고 저는 아이들이나 사람들 앞에서도 장차 우리 아이들이 무엇이 되게 해 달라고 기도하고 있다는 말을 입 밖에 내지 않았습니다. 하나님께서 주신 생각을 그냥 마음에 품고 있기만 했습니다. 심지어 남편에게도 이야기하지 않았지요.

그런데 가정예배를 드리던 도중 동환이가 이렇게 기도해서 깜짝 놀란 일이 있었습니다. 동환이가 일곱 살 때 예수를 믿었고 초등학교 2학년이 되었을 때니까, 예수를 믿고 교회에 다닌 지 3년쯤 되었을 무렵입니다. 동환이가 기도드릴 차례가 되었습니다. 동환이는 벌떡 일어서서 두 손을 번쩍 들더니 이렇게 기도했습니다.

"하나님! 제게 능력을 주시면 세상에 나가 복음을 전하겠습니다. 이 나라 이 민족뿐만 아니라 다른 나라에도 가서 하나님의 복음을 증거하며 하나님의 일을 하겠습니다!"

동환이는 얼굴이 벌게지고 눈물을 줄줄 흘리며 소리 내어 기도드리고 있었습니다. 초등학생답지 않은 기도를 한 것이지요. 저 역시 혼자서 몇 년째 새벽마다 기도하는 기도내용이 떠올라 매우 놀랐습니다. 그것도 제가 하나님께 받은 기도의 제목과 같았기 때문입니다. 저는 놀랍다 못해 무섭다는 생각까지 들었습니다. 그날 어린 동환이의 기도를 들으면서 살아 계신 하나님의 역사하심을 목도하는 듯했습니다.

주의 종으로 부르심을 받다

그리고 몇 개월 후 노회 주관으로 연합부흥집회가 열려서 저는 그 집회에 아이들을 데리고 참석했습니다. 이날 동환이는 정말 놀라운 체험을 하게 되었습니다. 노회에 속한 교회들이 연합으로 집회를 열었으니 부흥강사도 여러 명이고 참가한 교회 수도 많아 평소보다 일찍 교회에 도착해야 그나마 앞자리에 앉을 수 있었습니다.

첫날은 어찌해서 같이 예배를 드렸는데 둘째날에는 동환이가 따로 앉게 되는 일이 생겼습니다. 제가 남편과 아이들의 자리까지 다 잡아 놓았는데 동환이가 화장실을 다녀오는 사이에 모르는 교인들이 그 자리에 앉게 된 것입니다. 교회 집회에서 맡아 둔 자리니 비워 달라고는 차마 말할 수 없었지요.

하는 수 없이 화장실을 다녀온 동환이에게 저쪽 성가대 자리가 비었으니 그곳에 가서 앉으라고 말했습니다. 그때 동환이는 베이지색 면바지와 빨간색 티셔츠를 입고 있었습니다. 그래서인지 사람은 많았지만 동환이가 어디쯤 앉았는지 알아볼 수가 있었습니다.

강단에 오른 목사님이 감사헌금을 놓고 축복기도를 한 다음 찬양을 인도하기 시작했습니다. 그런데 갑자기 성가대 한구석에 앉아 있는 어린아이 하나를 지목하더니 일어나라고 명령하는 것이 아닙니까.

"너 성가대석에 앉은 빨간 옷! 일어서라!"

놀랍게도 그 아이는 동환이였습니다. 동환이는 목사님이 일어나라고 하니까 얼떨결에 벌떡 일어섰습니다. 그런 다음 부흥사는 이 아이의 어머니가 누군지 손들어 보라고 말했습니다. 그래서 저도 손을 들고 일어섰습니다. 그랬더니 부흥사가 "이 아이는 앞으로 하나님께서 크게 쓰실 주의 종이 될 것입니다!"라고 말하는 게 아니겠습니까?

그러더니 동환이를 강단으로 나오라고 불렀습니다. 그리고 강단에 있던 여러 명의 목사님들이 그 부흥사와 함께 동환이의 머리에 손을 얹고 안수기도를 해주었습니다. 그리고 저에게는 "어머니가 배짱이 좋습니다. 앞으로 대단한 능력자가 되겠으니 이 아들을 기도로 후원해 주세요"라고 했고 아이 아빠에게는 "예수 안 믿으면 큰일 날 뻔했는데 예수 잘 믿었습니다"라고 격려해 주었습니다. 하나님께서 엄청나게 사랑하는 가정이니 하나님께 감사하라는 말도 덧붙였습니다. 그리고는 남편과 저, 그리고 동환이에게 다시 축복기도를 해주었습니다.

사람들도 많은데 거의 노골적으로 우리 집안 식구에 대해 예언 같은 말을 하다니 놀라운 일이었습니다. 지나놓고 생각하니 틀린 말이 하나도 없었습니다. 신령하고 참으로 신통하기 그지없는 부흥사였습니다. 목사님으로부터 축복기도를 받고 나자 저희 가정이 축복을 받았다며 교인들이 크게 부러워했습니다.

뜻을 정하기 시작한 동환이

그런 일이 있고 나자 동환이는 새벽에 스스로 일어나 저를 따라 새벽기도회를 다니기 시작했습니다. 그 후로도 동환이의 새벽기도는 계속 이어졌습니다. 새벽기도를 가기 전날 밤이면 저는 미리 이것저것 준비를 시켰습니다.

"너 내일 아침에 새벽기도에 가려면 일찍 자야 한다."

옷은 가장 빨리 입을 수 있는 것으로 준비해서 머리맡에 성경책과 함께 개켜 놓도록 했습니다. 새벽에 일어나자마자 양치질만 하고 바로 갈 수 있도록 하기 위해서죠. 새벽에 동환이 방문 앞에 서서 "동환아!" 하고 부르면 후다닥 일어나는 소리가 들립니다.

이렇게 어려서부터 훈련되자 동환이는 그때부터 모든 것을 혼자서 잘해나가기 시작했습니다. 하나님과 자신의 관계를 깨닫기 시작했고, 학년이 점점 더 올라갈수록 기도도 잘했습니다. 교회 주일학교에서 회장도 맡아 하고 성경퀴즈대회에 나가 상도 많이 탔습니다. 이제 교회에서나 학교에서 동환이는 모범생으로 통했습니다.

동환이는 어릴 때부터 똑똑하고 활동적인 아이였습니다. 무대에 나가서 노래도 잘 불렀고, 활달하고, 통솔력도 있었습니다. 또 그만큼 개구쟁이였습니다. 그러더니 예수를 믿고 초등학교에 들어갔을 때는 또래 아이들에 비해 성숙했습니다. 집에서 매일 예배를 드리며 훈련을 받으니까 기본자세도 달라지고 어른들에게 갖출 예의범절도 익히게 되었습니다. 자신감도 붙고 발표력도 좋아졌지요. 어려서부터 기도훈련과 말씀훈련으로 세뇌되다시피 교육을 받았기 때문입니다. 초등학교 때는 믿음을 넣어 주고 기도해 준다고 해도 아직 너무 어려서 이해가 안 되는 부분이 있습니다. 그렇지만 최대한 신앙 위주로 가르쳐야 합니다.

"예수 믿는 아이는 이렇게 해서는 안 된다. 예수 믿는 아이가 바보같이 굴면 하나님께서 좋아하시지 않는다. 예수 믿는 아이는 잘해야 한다. 공부도 잘해야 하고 똑똑해야 한다."

항상 이렇게 세뇌시키다시피 교육해야 합니다. 어릴 때부터 그 가르침이 머릿속에 박히도록 교육해야 합니다. 그래야 커서도 생각납니다. 성경에도 "마땅히 행할 길을 아이에게 가르치라 그리하면 늙어도 그것을 떠나지 아니하리라"(잠 22:6)라고 말씀했습니다. 심중에 말씀을 심어 두면 나중에 커서도 그 가르침을 생각해 내고 다시 바른 길을 갈 수 있습니다. 신학기가 되면 치

맛바람이며 봉투바람을 일으키고 다니는 엄마들이 있는데 그것은 아무 소용없는 일입니다. 내 아이가 신앙 가운데서 올바로 자라면 선생님들도 그 아이를 예뻐해 주고 칭찬해 주고 세워 주십니다. 그러지도 못한 상황에서 부모가 무얼 아무리 많이 갖다 줘본들 공부 안하고 말썽부리는 아이에게 무슨 소용이겠습니까?

믿음으로 통과한 사춘기

다니엘처럼 어려서부터 뜻을 정한 동환이는 중학교와 고등학교 때에도 아이들이 흔히 겪는 사춘기라는 것을 모르고 자랐습니다. 어려서부터 말씀을 보고 기도하며 스스로 자신이 할 일을 생각하는 훈련을 해 왔기 때문입니다. 신본주의 정신으로 말씀과 기도훈련을 하면 생각이 깊어지고 자기 인생의 뜻을 일찌감치 정하기 때문에 사춘기를 모르고 지나게 됩니다. 저희 아이들도 사춘기라는 걸 모르고 지나갔습니다.

가장 주효한 방법은 기도훈련을 통해 고민을 해소하는 것이라고 생각합니다. 동환이는 비록 나이는 어렸어도 고민이 있거나 힘들고 어려울 때마다 방에서 혹은 새벽기도 때 하나님께 낱낱이 아뢰고 눈물로 간절히 기도했습니다. 신앙으로 기본이 되어 있는 이상 어렵고 힘들 때 성경을 읽고 하나님께 부르짖어 기도하면 사춘기의 방황쯤은 물 흐르듯 해소할 수 있지 않았겠는가 생각합니다.

동환이는 주요 과목을 배우는 학원에는 다닌 적이 없습니다. 다만 체력을 보강하기 위해 체육관이나 스케이트장에 다니고 컴퓨터학원에 다닌 적이 있을 뿐입니다. 그러나 그 경우를 빼면 단기간에 집중적으로 주요 과목을 가르쳐 준다는 학원 수업은 받은 적이 없습니다.

중고등학생쯤 되면 사실 간식이나 자기 방 정리, 학교 과제물을 엄마가 챙겨 줄 필요가 없습니다. 빨래해 주고 밥해 주고 도시락 챙겨 주는 일은 당연히 엄마가 해야겠지만 웬만한 일은 스스로 할 수 있는 때이지요. 단 초등학생 때부터 기도훈련과 말씀훈련으로 스스로 자기 일을 관리하는 훈련을 했을 때만 가능합니다.

동환이는 초등학교 때부터 기도하고 뜻을 정하여 웬만한 일은 스스로 하는 습관이 되어 있었습니다. 그렇지만 수시로 기도하고 격려해 주어야 합니다.

"동환아, 오늘도 공부하느라 많이 힘들었지? 엄마가 기도 많이 할게, 너도 기도 많이 해야 한다. 이 엄마는 너를 사랑한단다. 동환아! 엄마는 하나님께서 너와 함께하신다는 걸 믿어. 하나님은 만왕의 왕이시란다. 그분이 못하실 일은 없다는 거 잘 알지?"

저는 이렇게 말해 주면 됩니다. 그러면 아이들이 다 압니다. 그리고 자기가 할 일을 스스로 하게 됩니다. 부모들은 바로 이 비밀을 알아야 합니다.

"엄마는 너의 일을 다 해줄 수 없지만 하나님께서는 너의 일을 다 해주실 수 있어. 너는 오직 하나님만 의지하면 된단다. 그러니 기도하고 말씀 보는 것을 빼먹지 말거라."

저는 아이들이 언제 밤새도록 공부했는지 잘 모릅니다. 저는 일정한 시간에 잠자리에 들었다가 새벽 4시면 일어납니다. 새벽기도에 다녀온 다음 아침을 챙겨 주고 나서 아이들을 차에 태워 학교에 데려다 주곤 했습니다. 아이들을 내려 주고 돌아오는 그 시간, 그 차 안이 바로 제 기도처가 됩니다. 저는 그 자리에서 저를 살려주신 하나님의 은혜에 감사하고 하루 종일 공부할 아이들을 위해 기도드렸습니다. 눈물이 철철 흘러서 신호등이 잘 안 보일 지경일 때도 있었습니다. 그런데 하루는 아이 선생님으로부터 면담을 요청하는 연락이 왔습니다.

"동환이에게 진로를 물어보면 꼭 목사가 되겠다고 하는데 똑똑한 놈이 왜 이러는지 모르겠습니다. 혹시 어머니에게 어떤 영향을 받았습니까?"

그때 저는 단번에 잘라 말했습니다.

"우리는 예수를 믿습니다. 우리 가정은 첫째도 둘째도 셋째도 하나님입니다. 저는 장차 우리 아이가 목사가 되어 하나님의 일꾼이 되기를 기도하고 있습니다. 그러니 동환이의 진로에 대해서는 더 이상 말씀하지 않으셨으면 좋겠습니다."

독서생활과 교우관계 지도

저는 아이들에게 성경책도 많이 읽혔지만 다른 책도 많이 읽도록 했습니다. 동화책에서부터 문학전집까지, 새 책도 좋지만 한 번만 읽으면 되는 책일 경우에는 청계천의 헌책방을 뒤져서라도 전집을 사다 주곤 했습니다. 위인전기도 많이 읽혔습니다. 나이에 맞게 적절한 독서를 할 경우 그만큼 인격의 폭이 넓어지기 때문입니다. 성경책을 위주로 독서하되 일반책과 위인전도 많이 읽도록 지도하는 것이 좋습니다. 다 읽거나 불필요한 책은 쌓아 두지 말고 버리고 다른 책을 골라서 계속 읽도록 합니다.

평소 동환이는 책에서 눈을 떼는 법이 없었습니다. 밥 먹을 때도 화장실을 가도 꼭 책을 들고 다녔습니다.

부모는 아이들의 친구관계를 지나치게 가로막아서는 안 됩니다. 저는 어떤 친구를 만나든지 크게 제한을 두지 않았습니다. 다만 저는 동환이에게 지나치게 이기적이거나 문제가 있는 친구들은 조심하라고 일렀습니다. 혹 부유하게 자라면서 지나치게 이기적이 된 아이가 있을까 염려해서였습니다.

저는 동환이에게 가급적 도움이 필요한 친구들을 많이 사귀라고 했습니다. 대개 보통 아이들은 자기보다 공부를 못하거나 형편이 조금이라도 안 좋은 친구는 멀리하곤 합니다. 그러나 동환이에게는 반대로 가르쳤습니다. 지방에서 올라온 아이들이나 동환이보다 공부 못하는 학생들, 이왕이면 그런 친구들을 많이 도와주라고 했습니다. 지금도 동환이의 절친한 친구들은 대부분 고등학교 때 동환이와 그런 우정을 나누었던 아이들입니다.

동환이가 대학에 다닐 때에도 지방에서 올라와 자취하는 친구들이 있으면 종종 집으로 초대하곤 했습니다. 오갈 데 없다면 집에서 잠을 재우기도 하고 고기를 사다가 먹이기도 합니다. 아들의 친구라면 제 아들이나 다름없지 않습니까? 예수 믿지 않는 친구를 데려오면 특별히 더 잘해 주면서 예수 믿도록 전도하는 것을 잊지 않았습니다. 예수 믿는 친구라면 격려해 주고 같이 예배 드리며 기도해 주었습니다.

요즘 우리의 자녀들은 어떻습니까? 자기밖에 모르는 이기주의에, 나누어 줄 줄도 모르고, 베풀 줄도 모르지는 않습니까. 그러나 믿는 자녀들은 그런 사람들이 되어서는 안 됩니다. 베푸는 자가 복이 있습니다. 믿는 자녀는 내가 가진 것 중 최고의 것을 나보다 약한 자, 낮은 자, 모르는 자에게 베풀어 줄 줄 알아야 합니다. 믿는 자녀가 열심히 공부하는 이유도 바로 여기에 있습니다.

07

부모의 영적 권위가 바로서야
가정과 자녀가 바로선다

예수 믿는 어머니들께 부탁드립니다. 어머니부터 성령의 사람,
기도의 사람, 믿음의 사람이 되십시오. 그래야 자녀가 성령의
사람, 기도의 사람, 믿음의 사람이 될 수 있습니다. 어머니부터
그런 사람이 되고 나면 그 자녀 역시 어머니의 잔소리가 없어
도 스스로 뜻을 정하고 무섭게 공부하는 사람이 될 것입니다.

막중한 부모의 임무

이름난 목회자나 위대한 신잉인들의 배후에는 모두 눈물로 기도하는 어머니가 있었습니다. 어거스틴이 성(聖) 어거스틴이 될 수 있었던 것은 기도의 어머니 모니카가 있었기 때문입니다. 저는 좋은 자녀의 배후에 기도하는 어머니가 있는 것이 하나의 공식이라고 생각합니다. 그렇기 때문에 부모의 사명이 막중할 뿐더러 특히 엄마의 사명이 크다고 생각합니다.

저는 예수를 믿고 자녀들이 성장하는 가운데 성경을 더욱 잘 알고 싶고 하나님께서 주신 말씀의 은혜를 전하고 싶어서 신학교에 다녔습니다. 그런 다음 여러 교회에서 심방 전도사로 사역했습니다. 하지만 저는 예수를 믿는 어머니들 가운데 자녀교육을 잘못한다 싶으면 심하다 싶을 정도로 단호하게 이렇게 말했습니다.

"집사님! 이 아이를 이렇게 키워서 어떻게 할 겁니까? 집사님이 이 아이에게 어떤 본을 보였길래 아이가 이 모양입니까? 집사님, 하나님 앞에서 조용히 한번 생각해 보십시오. 어떤 부분이 잘못되어 자녀가 이 지경이 되었는지 돌아보셔야 합니다. 집사님, 더 기도하셔야 합니다. 자녀의 믿음이 고작 이 정도인데 이것으로 만족하나요?"

어떤 교인에게 문제가 있어서 강력한 영적 권면이 필요한데도, 교인 내에서 그 사람의 직분 때문에 올바르게 말하지 못하는 경우가 있습니다. 그러나 그것은 인본주의에 가까운 생각입니다. 특히 장로나 권사나 집사와 같은 직분자의 자녀가 올바르게 신앙생활을 하지 못하고 있는 것은 더욱 큰 문제입니다. 왜냐하면 그런 경우에는 백발백중 그 부모부터 잘못됐기 때문입니다. 이 점을 먼저 깨달아야 합니다. 특히 교역자들은 아무리 교회의 중직자라고 해도 말씀대로 옳다고 확신한다면 담대하게 지적할 것을 지적해야 옳습니다. 저는 성격상 그런 것을 묵과하지 않고 직설적으로 권면하곤 합니다.

"아니 그래서야 되겠습니까? 하나님의 책망을 어떻게 감당하시려고 그러십니까? 제아무리 신앙생활을 잘한다고 자부해도 하나님 앞에서 정말이지 두렵고 떨리는 게 신앙생활인데, 자녀들이 시험이라고 주일 빼먹고 고3이라고 교회 안 나와도 된다고 성경 어디에 써 있습니까? 또 그렇게 해서 대학 가면 무슨 소용입니까?"

이중적 신앙의 해악

요즘 주일학교와 중고등부 학생들의 수가 해마다 줄어들고 있다고 합니다. 청년부는 더 심각합니다. 중간고사나 기말고사 기간에는 학생들의 수가 확연히 줄어들고 있습니다. 평소에도 주일 오전에 학원에 가야 한다고 예배에 빠지기 일쑤입니다. 바로 신앙생활이 엉망이라는 증거입니다.

그러나 이것은 사실 학생 본인보다 부모에게 더 큰 문제가 있습니다. 부모가 말만 크리스천이지 실제로는 믿음이 없기 때문입니다. 자녀를 위해 기도하고 하나님의 말씀대로 간구하기만 하면 자녀들이 공부를 잘 할 수 있는데, 그런 기도는 드리지 않고 세상적이고 인본주의적인 생각을 따라 살고 있기 때문입니다.

한 발은 교회, 한 발은 세상에 두고 있기 때문에 자녀들의 비신앙적 행동을 방치하는 것입니다. 절대 어김없이 주일성수해야 합니다. 한 주간 동안 성실한 자세로 생활하고, 학생으로서 집중해서 공부하다가 몸과 마음을 가다듬고 주일에 온 식구가 기쁜 마음으로 교회에 가는 것, 그것이 진정한 크리스천 가정의 모습이 아닐까요?

중간고사라고 학원 보내고 기말고사라고 도서관 보내는 게 무슨 믿음입니까? 그러고도 아이가 잘되기를 바라십니까? 부모의 이중성을 보고 배운 자녀가 어떻게 잘되겠습니까? 그런 자녀가 얼마나 더 이중적이고 믿음 없는 자녀가 될지 심히 두렵습니다. 어쩌다가 대학에 합격했다고 합시다. 그 후 그 자녀가 신앙생활을 제대로 잘하게 된다는 보장도 없습니다.

예전에 비한다면 우리의 생활은 대단히 풍족하고 편리해졌습니다. 그런데 이상하게도 요즘 부모들은 더 바쁘고 분주한 모습입니다. 어떻게 시간을 보내고 있습니까? 정작 자녀를 위해 얼마나 기도하고 있습니까? 자녀를 위해 하루 10분도 기도하지 않고 평소에는 성경 한 줄도 안 읽고 살다가 주일만 되면 교회 간다고 옷만 바꿔 입는다면 그를 진정한 크리스천이라고 할 수 없습니다.

자녀들을 위해서 기도하지 않는 부모가 "누구는 성적이 얼마나 올랐다는데, 너는 뭐니?" 하고 야단만 친다면 그 아이가 어디서 감동을 받고 공부하겠습니까? 엄마 스스로 신앙생활의 모범을 보이지 않으면서 자녀가 공부도 잘하고 믿음도 좋기 바라는 것은 공찌를 바라는 심보입니다.

어머니들께 부탁드립니다. 어느 동네 어떤 학원이 좋다더라, 어떤 선생이 잘 가르친다더라 하는 공부에 대한 정보나 자녀의 성적표에만 관심 갖지 마시고, 자녀의 영적 상태가 어떤지 한 번

관심을 가져보십시오. 영혼의 양식인 말씀을 보지 않고 영혼의 호흡인 기도가 끊겨 영혼이 병든 자녀들이 너무 많습니다. 심지어 영혼이 식물인간 상태가 된 자녀도 있습니다. 그들을 위해 누가 기도하겠습니까? 그들은 영혼이 너무 지쳐 있어 기도하는 것조차 힘들어 보입니다. 자녀의 영혼의 상태를 위해 매일 눈물로 간절히 기도해 보십시오. 아이들이 조금씩 조금씩 회복될 것입니다. 영혼이 회복된 다음에 공부해도 늦지 않습니다.

영적 권위의 중요성

예수 믿는 어머니들께 부탁드립니다. 어머니부터 성령의 사람, 기도의 사람, 믿음의 사람이 되십시오. 그래야 당신의 자녀가 성령의 사람, 기도의 사람, 믿음의 사람이 될 수 있습니다. 어머니부터 그런 사람이 되고 나면 그 자녀 역시 어머니의 잔소리가 없어도 스스로 뜻을 정하고 무섭게 공부하는 사람이 될 것입니다.

물론 인본주의 방식으로 공부해서 공부를 좀 더 잘하는 경우도 없지는 않습니다. 안 믿는 가정에서도 공부 잘하는 아이는 얼마든지 있습니다. 그러나 믿음의 가정에서 인본주의 방식으로 교육할 경우 그 아이를 하나님께 드릴 수 있을까요?

그것은 방향부터 잘못 잡은 것입니다. 믿음의 자녀는 그렇게 해서 잘되지 않습니다. 그는 이미 하나님의 자녀가 되었으며, 하나님의 자녀라면 마땅히 하나님께서 원하시는 방식으로 교육받아야 하기 때문입니다. 주일도 제대로 지키지 않고 평소에 기도도 하지 않고 말씀과 신앙훈련도 하지 않는 것, 그것은 믿음의

가정에서는 있을 수 없는 일입니다.

"믿음은 들음에서 나며 들음은 그리스도의 말씀으로 말미암았느니라"(롬 10:17)라는 말씀이 있습니다. 성경을 읽고 열심히 예배에 참석하고 기도훈련을 하는 자녀의 기도를 하나님께서는 반드시 들으십니다. 하나님께서는 기도하는 자녀들에게 성령을 물 붓듯이 부어 주십니다.

자녀들이 기도를 잘하게 하려면 부모님부터 기도훈련을 해야 합니다. 그때 부모에게 영권(영적인 권위)이 생겨나 자녀들에게 권위가 생기는 것입니다. 이런 권위는 억지로 만들어지는 것이 아닙니다. 부모가 열심히 기도하면 자녀들 앞에서 저절로 생겨나는 것입니다.

제가 처음 새벽기도를 시작했을 때 저는 제 의지만으로 기도를 잘하기에는 힘에 부치다는 것을 알았습니다. 처음 제 의지로 의도적으로 기도하기 시작했다 하더라도 조금 하다 보면 성령이 저를 사로잡아가는 것을 느낄 수 있습니다. 성령님의 도우심 가운데 기도하게 되면 1시간도 좋고 2시간도 좋고 3시간도 좋습니다.

부모가 그 정도로 기도해야 자녀에게 말할 때에도 영적인 능력이 생겨납니다. 그런 영권을 가지고 자녀를 훈계하면 자녀도 은혜롭게 순종하게 마련입니다. 내 영권이 약하면 아무리 자녀라고 해도 반발하고 말을 안 듣습니다. 하지만 부모가 먼저 영의 사람이 되고, 기도와 말씀의 사람이 되면 자녀에게 무슨 말을 하든지 부모로서 권위가 서게 됩니다. 인간으로서 부모의 말을 하는 것이 아니라 성경말씀에 의지하여 말하기 때문입니다.

저 역시 자녀들에게 영적인 권위를 가지고 말하려고 애씁니다. 자녀에게 어떤 주장을 할 때는 하나님의 말씀을 펼쳐 보이며 하나님께서 이렇게 말씀하셨다고 하면 반드시 순종하게 되어 있습니다. 그러나 부모가 말씀을 모른다면 자녀에게 떳떳할 수가 없습니다.

자녀가 변화하길 바라십니까? 그렇다면 반드시 부모가 먼저 변화되어야 합니다. 부모가 먼저 진정한 크리스천, 참된 성도가 되는 일이 급선무입니다. 그러면 그 자녀들은 두말할 필요 없이 더욱 훌륭한 믿음의 사람이 될 것입니다.

어머니부터 신본주의로 경성하라

부모가 나이 들어 예수를 믿었거나 혹은 부모가 모태신앙이더라도 어렸을 때부터 자녀에게 신본주의에 입각한 교육을 시키지 못했다면 어떻게 해야 합니까? 이미 장성한 자녀들을 어떻게 교육할 수 있겠습니까?

얼마 전 서울 강남에 사신다는 한 어머니가 저에게 상담을 요청하며 찾아오셨습니다. 남편은 교장선생님이며 자신도 명문대학을 나왔다고 했습니다. 교회에서 집사의 직분을 맡고 있다는 이분은 자녀들을 어릴 때부터 교회에 데리고 다녔는데 다 커서 보니 자녀들에게 전혀 신앙이 없더라고 난감해 했습니다. 부모 때문에 교회에 나오는 것이지 실제로는 안 믿는 사람과 거의 다를 바가 없더라는 것이지요. 그러다가 「다니엘 학습법」을 읽고 도전을 받아 저에게 조언을 구할까 싶어 찾아왔다는 것이었습니다.

저는 당장 그분의 신앙생활에 대해 질문했습니다. 구체적으로 하루에 얼마나 기도하는지, 하나님과 교제하는 시간이 얼마나 되는지, 또 성경을 얼마나 읽는지 점검해 보았습니다. 또한 교회에서는 어떤 봉사를 하고 있는지도 물었습니다. 자녀를 신앙으로 기르며 가정을 화목하게 보살피는 가정사역에 얼마나 헌신하고 계시느냐고도 물었습니다. 구체적으로 자신의 믿음에 대해 점검해 보라고 도전했습니다. 얼마만큼 하나님을 사랑하십니까? 정말 구원받은 백성으로 살아가고 있습니까? 우리를 위해

물과 피를 쏟으시고 생명을 내어주신 주님을 기억하며 하나님을 위해 하루하루를 살고 있습니까? 부유하고 풍족하여 세상에서 부족함이 없기 때문에 그것으로 만족하며 살아가고 있는 것은 아닙니까? 스스로 점검해 보시라고 말했습니다.

"집사님이 바로 서야 가정이 바로 섭니다. 무엇보다 기도하시기 바랍니다. 그 가정에 기도하는 사람이 한 사람이라도 있으면 하나님께서 그 가정에 함께하십니다. 교회도 마찬가지입니다. 모든 교인들의 기도도 중요하지만 특별히 교회를 위해서 눈물 흘리며 기도하는 몇 사람으로 인해 교회가 살아나기도 하는 것과 같은 이치입니다."

그랬더니 그 집사님이 고개를 푹 숙이며 눈물을 뚝뚝 흘렸습니다. 진짜 사연인즉, 그 아들이 지금 암으로 병원에 입원해 있다고 했습니다. 그 아들에게 믿음을 넣어 주고 싶은데 어떻게 할 수 없다는 간곡한 사연이었습니다. 저는 지금 당장 병원으로 가서 아들의 신앙을 붙들어 주어야 한다고 강조했지만 집사님은 가만히 고개를 떨구었습니다.

자신도 신앙이 없는데 어떻게 신앙을 넣어 주느냐는 것이었습니다. 안타깝게도 본인조차 구원의 확신이 없었던 것이지요. 교회를 오래 다녔지만 기도하지 않고 말씀 보지 않은 어머니, 인본주의적인 신앙을 신앙이라고 착각한 세속화된 엄마가 자녀에게 믿음을 운운해 봤자 성령은 역사하지 않습니다.

저는 일단 집사님부터 기도에 매달리시라고 말했습니다. 새벽 기도를 하시든 작정기도를 하시든, 혹 밤 10시든 12시든 하나님과 교제하기 가장 좋은 시간을 택해서 기도하기 시작하라고 했습니다.

"하나님과의 관계가 정말 중요하다고 결심했으면 일단 어머니부터 뜻을 정해야 합니다. 하나님은 지난 과거를 운운하지 않으십니다. 현재가 중요합니다. 오늘 이 시간부터 믿음을 달라고 매달리십시오. 하나님의 역사하심을 체험하게 해 달라고 기도해야 합니다. 어머니부터 믿음을 가지고 기도의 삶, 성령의 삶을 살고서야 병든 자녀에게 복음을 넣어 줄 수 있습니다. 그것이 순서입니다."

집사님은 단박에 새벽기도를 결심했습니다. 시간에 구애받지 말고 말씀 묵상과 기도와 찬송에 열심을 내시라고 말씀드렸습니다. 그렇게 해서 집사님이 바로 서게 되면 가정의 모든 문제가 다 해결되리라고 했습니다.

간혹 교회 일은 열심히 하면서 정작 그 자녀와 가정은 돌보지 않는 크리스천 여성이 있습니다. 그러나 가정과 자녀는 하나님께서 어머니에게 맡겨 준 거룩한 사명입니다. 자녀를 위해 할 일을 하지 않으면서 내 자녀가 잘되기만을 바랄 수는 없습니다. 내가 할 일은 분명히 해야 합니다. 우리 아이들도 스스로 공부해야 실력이 늡니다. 아이의 공부를 하나님께서 대신 해주시는 것이 아닙니다. 다만 공부하는 자녀에게 하나님은 지혜를 주시며 도와주십니다.

자녀교육도 마찬가지입니다. 주께서 내게 맡겨 주신 일에 최선을 다하는 것이 주를 위하는 일입니다. 모름지기 엄마는 바깥 일에 지나치게 신경을 쓰기보다 내 자녀와 내 가정을 키우고 돌보는 일이 우선입니다.

자녀 앞에 당당하고 존경받는 부모로!

부모가 영(靈)의 사람이 되면 이제 그가 하는 말은 자녀들에게 영적인 힘을 갖습니다. 오늘날 교회에서 집사님, 권사님, 장로님이라는 분들이 그 자녀들로부터 영적인 권위를 인정받고 있습니까? 존경받고 있습니까? 믿음으로 자녀를 교육하지 않고 자기 의지와 인간적인 방법으로 자녀를 교육하는 한 그분들은 자녀에게 존경을 받을 수 없습니다. 뿐만 아니라 진정한 권위도 갖지 못합니다.

하나님께서 주신 영적 권위가 아니면 하나님의 사람으로서 교회 일도 감당할 수 없고, 가정에서 진정한 권위도 갖지 못합니다. 어쩌면 그것은 죄입니다. 믿음으로 하지 않는 것이기 때문입니다. 성경은 믿음으로 하지 않는 것을 모두 죄라고 했습니다. 직분자일수록 하나님의 말씀과 뜻을 따라 행해야 합니다.

가장 중요한 자녀교육에 있어서도 물론 믿음의 원리를 따라야 할 것입니다. 믿음의 부모라는 사람이, 자녀가 주일도 안 지키고 시험공부를 우선하도록 방치한다면 그것은 우상숭배와 다를 바 없습니다. 하나님은 뒷전인 채 자녀가 우상이 되는 것이지요.

믿음의 본을 보여야 할 신앙의 선배답게, 교회의 직분자들은 그 자녀를 반드시 믿음으로 양육해야 합니다. 장로면 장로 자녀답게, 권사면 권사 자녀답게, 교역자면 교역자 자녀답게 본을 보일 수 있도록 교육해야 합니다. 거기에는 어떤 변명의 여지도 있을 수 없습니다. 그러기 위해서는 직분자일수록, 교역자일수록 말씀 읽고 기도해야 합니다. 자녀 앞일수록 더욱 삼가며 믿음의 본을 보여야 합니다. 주중에 가정에서는 엉망진창으로 살아가다가 주일이라고 교회 가면 부모 혼자 믿음 좋은 척하는 것을 지켜 보는 자녀들이 도대체 무엇을 배우겠습니까?

심지어 부모를 '이중인격자' 라고 손가락질하는 자녀도 있습니다. 교회에서 보는 우리 아버지는 진짜 장로님 같고, 엄마는 진짜 권사님 같고, 남전도회장 같고 여전도회장 같아 보입니다. 하지만 실상은 그렇지 않기 때문에 자신의 부모를 존경하지 못하는 자녀들이 많습니다. 집에서는 기도도 안 하고 말씀 안 보면서 교회에 가면 예수 잘 믿는 척, 성경 많이 보는 척, 기도 많이 하는 척하니까 자녀들이 존경하려야 존경할 수 없는 것입니다.

부모 된 자는 어디서나 삶의 모습이 일치해야 합니다. 인간이기 때문에 완벽하지 못하더라도 그렇게 되기 위해 노력해야 합니다. 매순간 자신을 점검해 보아야 합니다. 그렇습니다. 먼저 하나님 앞에 엎드리어 수시로 자신을 점검하고 기도의 자리로 나아가는 부모가 되어야 합니다.

08

모든 것 주시는 하나님의 영광을 위하여

우리의 자녀들에게 하나님을 바라는 믿음이 있으면 하나님께서 이뤄 주십니다. 그러므로 깨어 기도하는 하나님의 사람, 믿음의 사람, 성령의 사람, 찬양의 사람이 되어 우리의 자녀들을 하나님의 백성으로 올바르게 교육하는 신실한 부모가 모두 되시기 바랍니다.

고기 잡는 방법을 가르쳐라

아이들은 공부하라는 얘기를 싫어합니다. 그런데 제가 예수님을 믿고 나서 성경을 읽고 말씀을 공부해 보니 공부는 하나님께서 지혜를 주시고 아이들이 스스로 뜻을 정해야만 할 수 있는 것이지 부모가 잔소리한다고 해서 되는 것이 아닙니다.

저는 여기에 모든 지혜의 비밀이 들어 있다는 것을 알았습니다. 이 영적인 비밀을 아이들에게 전수해 주면 그들은 정말 천하무적이 되고 어느 누구도 당할 자가 없게 된다는 것을 알았습니다. 그래서 저는 '공부하라'는 말보다는 먼저 신앙을 넣어 주고 다져 주어 모든 생활이 신앙으로 집중되도록 이끌었습니다. 중간고사든 기말고사든 상관없이 저녁에 집회가 있다면 무조건 교회에 가자고 했습니다. 그러면 아이들은 시험이 중요하다고 말합니다. 그러면 저는 "뭐야? 하나님보다 뭐가 더 중요해? 너 어디서 그런 말을 하느냐?"라고 야단쳐서 감히 말도 꺼내지 못하게 했습니다.

"네가 하나님 앞에 올바로 서고 하나님 보시기에 네가 흡족하면 너는 다른 것은 염려할 필요가 없어. 너에게 뭐가 일순위인지 벌써 까먹었니?"

그런 다음 집회에 데려가서 기도하고 은혜 받고 돌아옵니다. 기도하지 않고 많은 시간을 투자해서 책상에 앉아 있기보다, 은혜 받은 다음 기쁜 마음으로 『다니엘 아침형 학습법』에 따라 2시간만 공부해도 하루 종일 공부한 것 이상으로 효율적으로 공부할 수 있습니다. 왜 이걸 모르십니까?

자녀가 그저 책상 앞에서만 앉아 있으면 공부하는 줄 아는데 그것은 착각입니다. 아이들이 책상에 앉아 많은 시간을 보낼수록, 또 잠 안 자고 깨어 있거나 오래도록 불만 켜고 있어도 공부를 많이 한다고 착각하는 부모들이 있습니다.

심지어 어떤 엄마들은 모의고사나 중간고사 기간이 되면 공부하는 아이 옆에서 뜨개질을 하며 같이 밤을 지새운다고 합니다. 그러나 이것은 말도 안 됩니다. 공부는 아이가 스스로 하는 것입니다. 엄마가 감독한다고, 같이 밤을 새운다고 더 하거나 덜 하는 것이 아닙니다. 저는 그런 엄마에게 이렇게 말해 줍니다.

"아이는 밤새 스스로 공부해야 할 의무가 있지만 엄마는 그 시간에는 잠을 자는 것이 낫습니다. 대신 새벽에 새벽기도회에 나가서 하나님 앞에 그 아이를 위해 기도해 주십시오. 아이 옆에 앉아 있는 것은 오히려 방해만 될 뿐입니다."

자녀들이 공부하는 동안 부모는 성경 보고 기도해야 합니다.

새벽기도 회에 가기 위해 일찍 잠자리에 드는 게 오히려 아이에게 도움이 됩니다. 정 잠이 안 오고 걱정이 되면 아이가 공부하는 시간에 다른 방에서 기도하고 성경 읽고 암송하고 묵상하시기 바랍니다. 아이 옆에 앉아서 아이가 공부하는지 안 하는지 감시하는 일 말고도 할 일은 얼마든지 많습니다.

아이들에게 공부하라고 잔소리하는 것은 아무짝에도 소용없는 일입니다. 한두 번은 귀담아 들을지도 모릅니다. 하지만 자꾸 반복하면 아이들은 아예 듣지 않습니다. 정말 그 아이를 위해 기도하는 영적인 엄마가 되고 성령의 사람이 되고 나면, 아이가 그것을 알고 스스로 열심히 공부하게 됩니다.

"네가 지금 공부하기가 얼마나 힘든지 이 엄마는 다 안다. 하나님도 네가 공부하느라 힘들어 하는 거 다 아셔. 그러니까 너는 네가 할 수 있는 만큼 최선을 다해라. 그러면 나머지는 하나님께서 도와주시지 않겠니?"

부모가 할 일은 아이들에게 영성훈련을 다져 주는 것뿐입니다. 기도와 말씀으로 충만한 신앙의 사람을 만들어야 합니다. 공부를 강조하기 이전에 집회가 있다면 해야 할 일을 재빨리 처리하고 얼른 예배드리러 가자고 해야 합니다. 매일매일 새벽기도를 드릴 수 없다면 특별기도회 때는 반드시 참석하도록 각별히 지도하여 은혜 받도록 해야 합니다. 하나님께서는 부모가 해주지 못하는 말을 강사님을 통해 들려주시기도 합니다. 아이들은 그 소리를 들을 수 있습니다. 언제나 아이들의 마음문이 열리도록 부모는 매일 새벽기도회에 참석하여 기도로 아이들을 후원해야 합니다.

어떤 엄마가 자기 아이가 1등하고 공부 잘하는 것을 싫어하겠습니까? 어떤 엄마가 그것을 원하지 않겠습니까? 하지만 저는 믿는 구석이 있습니다. 자녀들이 하나님을 믿도록 그들을 신앙과 말씀으로 다져 났기 때문에 하나님께서 부어 주시는 지혜를 가지고 공부해서 공부도 잘하리라고 믿었습니다. 아이들이 스스로 알아서 공부하고 거기에 하나님께서 개입해 주시는데 더이상 부모가 잔소리할 필요가 없다는 것이 저의 믿음입니다.

그렇기 때문에 저는 '공부하라'는 소리를 안 했습니다. 하지만 그렇게 할 수 있었던 것은 아이가 스스로 공부할 수 있도록 습관을 길러 주었기 때문입니다. 제게 배운 습관을 토대로 김동환 목사가 적용해보고 책까지 펴낸 것이 『다니엘 아침형 학습법』입니다.

말하자면 고기를 잡아 주는 것이 아니라 고기 잡는 방법을 가르쳐 주었기 때문에 가능했다는 말입니다. 그러면 이 아이는 어떤 고기도 잡을 수 있게 됩니다. 고기를 잡을 줄 아는데 굳이 잔소리할 필요가 없지요.

자녀가 스스로 할 줄 안다면 그 부분에 대해서는 강요해서는 안 됩니다. 그러지 않아도 모두 알아서 하게 됩니다.

대전제: 하나님의 영광을 위하여

부모로서 자식에게 욕심이 없는 사람이 어디 있겠습니까? 다 있습니다. 자녀가 잘되기를 바라고 욕심내는 것은 모든 부모의 마음입니다. 하지만 진정한 그리스도인이라면 내가 하나님의 자녀로서 과연 올바른 생각으로 선한 욕심을 내고 있는지 반드시 점검해 보아야 합니다. 혹시 부모의 대리만족과 욕구 충족을 위해서 자녀에게 욕심을 내고 있지는 않은지 생각해 볼 일입니다. 그런 다음 이번에는 과연 나는 내 자녀가 하나님의 자녀임을 인정하는지, 그리고 하나님을 믿는 신앙 안에서 자녀들이 잘되고 하나님의 영광을 많이 드러내기 원하는지 생각해 보십시오. 신앙 안에서 신본주의 자녀교육을 실천하기 위해 노력하고 있는지 다시 한번 생각해 보시기 바랍니다.

이 글을 읽고 인간적인 자식 자랑이 늘어진다고는 생각지 말
아 주십시오. 이것은 다만 자녀교육에 관한 저의 간증에 불과합
니다. 하지만 이 글을 읽고 기도하시고 성령님의 도우심을 간구
하십시오. 조금이나마 도움이 되셨다면 그 부분에서 도전을 받
으시기 바랍니다. 이제부터 그렇게 하기로 결심하고 뜻을 정하
시기 바랍니다.

다른 한편으로 왜 그렇게 하지 못했는지, 왜 그런 생각을 하지 못했는지 생각해 보십시오. 믿는 부모로서 영적인 권위가 없기 때문에 자녀들이 부모에게 감사할 줄 모르고 반발하는 것은 아닙니까? 존경하지 않으며 오히려 부모를 멸시하는 것은 아닙니까? 진정 예수 믿는 부모라면, 예수를 믿기로 작정했다면 성경대로 믿고 살아가야 합니다. 학교에 들어가면 교과서를 보아야 하

는 것처럼, 예수님에 대해서 더 잘 알려면 성경을 읽고 기도해야 합니다.

자녀를 위해 간구하는 부모는 에스더처럼 '죽으면 죽으리라' 는 간절한 믿음으로 기도해야 합니다. 더욱이 그 기도가 과연 하나님의 영광을 위한 것인지 먼저 기도해 보아야 합니다. 기도를 많이 해도 응답되지 않는 기도가 있습니다. 물론 때가 되면 이루어지리라는 말씀도 있지만, 대개 그런 경우에는 구하는 기도제목이 자신의 이기적인 욕구와 만족을 위한 것일 때가 많습니다. "너희가 얻지 못함은 구하지 아니하기 때문이요 구하여도 받지 못함은 정욕으로 쓰려고 잘못 구하기 때문이라"(약 4:2~3) 우리가 부모로서 자녀를 위해 기도할 때에도 마찬가지입니다. 말로는 하나님의 영광을 위한다고 하면서도 실상 부모가 못다 이룬 꿈을 대신 이루고 싶어서 하나님께 자녀가 잘되도록 해 달라고 기도하지 않았는지 돌아보십시오.

"하나님! 이것이 정말 하나님의 영광을 위한 것이고 하나님의 섭리라면 이루어지도록 해주옵소서."

그동안 제 체험을 돌아보건대, 하나님께서 주신 것에는 하자가 없었습니다. 하나님의 뜻에 맞기만 하면 언제나 완벽하게 허락하셨습니다. 그렇습니다. 우리는 인간이기 때문에 하나님의 뜻대로 온전히 살지 못합니다. 다만 노력하고 애쓰는 가운데 할 수만 있다면 하나님의 뜻대로 살려 할 뿐이지요. 그러므로 우리는 하나님의 뜻과 섭리 가운데 우리 자녀에 대한 소망과 비전을 가지고 나아가야 합니다. 그러면 하나님께서 그때마다 이루어 주시고 역사해 주실 것입니다.

영적 대각성: 기도하는 가정이 바로 선다

지금도 늦지 않았습니다. 부모님이 먼저 기도하십시오. 특히 어머니가 기도하셔야 합니다. 그 가정의 기도하는 한 사람이 그 가정을 세워 나갑니다. 아빠가 됐든 엄마가 됐든 가정에 희생의 기도를 드리는 사람이 있어야 합니다. 그러나 기도가 쉽지 않습니다. 기도한다고 해도 막상 하나님께서 능력을 주시지 않으면 우리는 장시간 기도하지 못합니다.

대개 가정에서 올바른 믿음을 세우고 가족들에게 그 믿음을 전수시키는 사람, 희생의 기도를 올리는 사람은 어머니입니다. 그가 한나와 같은 어머니가 된다면 그 가정의 미래는 더 없이 밝을 것입니다. 정말 하나님의 자녀이고 예수 믿는 부모라면 언제 어디에 있든지 믿음생활에 전념하시기 바랍니다.

텔레비전 홈쇼핑이니 백화점 세일에 온갖 정신이 팔려 시간 낭비하지 마십시오. 말씀을 암송하십시오. 집에서 혹은 자동차 안에서 항상 찬양 테이프나 설교 테이프, 그리고 극동방송을 틀어 놓는 것이 좋습니다. 언제나 믿음이 성숙해지는 일에 힘써야만 합니다. 믿음은 그냥 가만히 있는다고 자라지 않습니다.

"천국은 침노를 당하나니 침노하는 자가 빼앗는다"는 말씀처럼 힘쓰는 자만이 믿음의 성숙을 기대할 수 있습니다. 우리가 아무리 입술로 말해 봤자 자녀들은 우리 뜻대로 되지 않습니다. 부모가 먼저 하나라도 '행동'으로 옮겨 모범을 보일 때 하나님께서 역사하십니다.

여호수아 때에 법궤를 멘 제사장들이 요단강에 발을 디디자 요단강이 갈라졌던 것을 기억하십시오. 어머니부터 행동에 옮겨야 합니다. 하나님께서 도와주시는데 왜 안 되겠습니까? 누구 탓도 하지 마십시오. 어머니 자신부터 신앙이 바로 서지 못했음을 고백하십시오. 기도하지 못했던 것을 회개하시기 바랍니다. 어머니의 기도가 부족한 탓에 아직까지도 세상적인 생각과 방식에 매여 있다는 것을 빨리 깨달으시기 바랍니다.

깨어나십시오. 우는 사자와 같이 두루 다니며 삼킬 자를 찾는 대적 마귀의 손에서 우리의 자녀를 건지기 위해 이제는 정말 부모가 깨어 기도해야 합니다. 자녀의 신앙을 위해 기도해야 합니다. 소돔과 고모라 같은 이 세상에 의인 10명이 없어서 멸망하지 않을까 실로 두렵습니다. 어떻게 기도해야 합니까? 어머니는 자녀를 잉태한 순간부터 열 달간 뱃속에 품어 기르는 내내 그 자녀를 위해 기도해야 합니다. 어머니는 집에서나 교회에서 성경책을 끼고 살며 하나님께 기도해야 합니다. 성숙한 믿음을 달라고 기도해야 합니다.

다니엘의 엄마나 사무엘의 엄마는 아무렇게나 되는 것이 결코 아닙니다. 피눈물 나도록 노력해야 합니다. 그렇게 되기란 정말 힘듭니다. 작심하더라도 옛날 습관에 젖어 몇 번 하다가 이내 포기해 버리기 쉬운데 절대 포기해서는 안 됩니다. 죽으면 죽으리라는 각오로 기도해야 합니다.

저는 새벽기도를 권합니다만 체질상 새벽잠이 많고 밤늦게 주무시는 분들이라면 저녁에라도 새벽기도를 드리는 것처럼 정한 시간에 기도하는 습관을 들이시길 바랍니다. 애타고 간절한 마음으로 하나님 만나기를 사모하십시오.

"나를 사랑하는 자들이 나의 사랑을 입으며 나를 간절히 찾는 자가 나를 만날 것이니라."(잠 8:17)

"주는 나의 주시오니 주밖에는 나의 복이 없나이다."(시 16:2)

"하나님께 가까이함이 내게 복이라."(시 73:28)

이 말씀들을 기억하십시오. 주님이 나의 복이라면 다른 모든 것이 부속물로 따라오는 것이 공식이 아니겠습니까?

"여호와의 눈은 온 땅을 두루 감찰하사 전심으로 자기에게 향하는 자를 위하여 능력을 베푸시나니."(대하 16:9)

이 말씀처럼 우리의 자녀들에게 하나님을 바라는 믿음이 있으면 하나님께서 이뤄 주십니다. 그러므로 깨어 기도하는 하나님의 사람, 믿음의 사람, 성령의 사람, 찬양의 사람이 되어 우리의 자녀들을 하나님의 백성으로 올바르게 교육하는 신실한 부모가 모두 되시기 바랍니다.

부록

다니엘 자녀로 키우는 7가지 원리

1. 부모가 먼저 영적인 모범을 보이고, 영적인 권위를 세웁니다.

자녀를 가르치는 가장 좋은 방법은 부모 먼저 모범을 보이는 것입니다. 자녀에게 이렇게 해라, 저렇게 해라 하면서 부모는 잘못된 생활에 젖어 있으면 아이들이 부모의 말을 잔소리나 참견쯤으로 알게 됩니다. 부모님 먼저 영적으로 충만한 삶을 결심하고 실천한다면 아이들도 자연스럽게 그 길을 따를 것이며 부모님의 권위와 뜻을 존중할 것입니다.

2. 자녀들의 신앙훈련만큼은 강하고 엄격하게 시킵니다.

공부 안하는 건 야단치면서 성경 읽기나 기도하기를 게을리 하는 건 그냥 내버려둬서는 안 됩니다. 육의 양식보다 중요한 것은 영의 양식입니다. 숨을 안 쉬고는 살 수 없듯이 영혼을 위한 호흡인 기도하기와 영혼의 양식인 성경 읽기를 게을리 하면 정신적인 식물인간이 될 수밖에 없습니다. 시험기간에도 빠짐없이 주일예배 드리고 성경 읽기와 기도를 매일 하는 자녀가 영적으로도 충만하여 결국 성적에서도 좋은 결과를 얻게 될 것임을 명심하십시오.

3. 자녀를 위해 정한 시간에 열심히 기도하며, 늘 기도하는 집안이 되게 합니다.

지혜를 구하면 하나님께서 분명 후하게 주시고 꾸짖지 않으십니다. 그 지혜가 하나님의 영광을 위한 것이라면 넘치도록 주십니다. 항상 기도로서 구하고 말씀으로 충만한 삶을 꾸려 가신다면 자녀는 그 힘으로 흔들림 없이 공부할 것입니다.

4. 자녀가 공부와 기도 모두를 스스로 할 수 있도록 이끌어줍니다.

비록 좋은 성적을 얻었다 해도 스스로의 힘으로 해낸 것이 아니라면 그것은 진정한 자기 실력이라 할 수 없습니다. 중요한 것은 스스로의 힘으로 기도하고 공부할 수 있도록 해주는 것입니다. 자녀가 아무리 귀하고 예뻐도 모든 걸 다 챙겨주어서는 안됩니다. 그러면 강해지지 못합니다. 또 그렇게 약하게 성장한 자녀는 하나님의 자녀로서 올바로 쓰임 받지 못합니다. 삶은 예측할 수 없는 일들의 연속입니다. 기도를 통해 스스로 이 어려움들을 해결할 수 있도록 어린 시절부터 훈련시키는 게 중요합니다.

5. 자녀가 공부하는 시간, 부모님도 성경을 읽고 묵상하거나 눈물로 기도합니다.

눈물과 기도로 키운 자녀는 결코 실패하지 않습니다. 자녀가 하나님의 마음을 시원케 하는 인재가 되기 위해 공부하는 시간에 부모님께서는 자녀를 위해 기도해 주십시오. 지혜와 총명을 구하는 눈물의 기도를 바치십시오. 그러면 자녀가 부모님의 진정한 마음을 전달받아 무섭도록 공부할 것입니다.

6. 모든 걸 주시는 하나님의 영광을 위해 공부하는 것임을 명확히 깨 닫게 합니다.

공부의 목적은 자신의 영화나 부귀를 위한 것도 아니고 부모나 학교의 명예를 위한 것도 아닙니다. 인간의 창조는 하나님의 영광을 위한 것입니다. 어린 나이부터 이 사실을 자녀가 깨우치도록 해야 합니다. 하나님의 자녀로서 올바로 쓰임 받기 위해 공부하는 것임을 자녀가 깨닫기만 한다면 자녀는 어떤 상황에서도 흔들림 없이 공부할 것입니다.

7. 삶의 모든 부분에서 인본주의가 아닌 신본주의를 생활화합니다.

세상이 강남과 대치동의 공부법을 따른다고 그것에 솔깃할 필요가 없습니다. 그것은 개인의 안락을 구하는 이기적인 공부법일 뿐입니다. 믿음과 실력과 인격이 갖추어진 인재만이 이 시대를 이끄는 리더가 될 수 있습니다. 영과 육이 온전한 삶을 살아갈 수 있습니다. 자녀는 부모의 소유가 아니라 하나님께서 맡겨주신 소중한 선물입니다. 이 사실을 알고 부모의 대리만족 수단으로 자녀를 가르치지 말고 자녀가 하나님의 사람으로서 온전히 커나갈 수 있도록 가르친다면 자녀가 세상에 꼭 필요한 인재로 성장할 것입니다.

자녀가 외우도록 하면 좋을 성경 말씀

성경 말씀은 대한성서공회(http://www.bskorea.or.kr) 「개역개정판」 성경을 토대로 하였습니다.
http://www.bskorea.or.kr/kbs_gae/default.html

1. 취학 전

| 주기도문 |

하늘에 계신 우리 아버지여,
이름이 거룩히 여김을 받으시오며,
나라이 임하옵시며,
뜻이 하늘에서 이룬 것같이 땅에서도 이루어지이다.
오늘날 우리에게 일용할 양식을 주옵시고,
우리가 우리에게 죄 지은 자를 사하여 준 것같이
우리 죄를 사하여 주옵시고.
우리를 시험에 들게 마옵시고, 다만 악에서 구하옵소서.
대개 나라와 권세와 영광이 영원히 있사옵나이다.
아멘.

| 사도신경 |

전능하사 천지를 만드신 하나님 아버지를 내가 믿사오며,
그 외아들 우리 주 예수 그리스도를 믿사오니,
이는 성령으로 잉태하사 동정녀 마리아에게 나시고,
(본디오 빌라도)에게 고난을 받으사,
십자가에 못박혀 죽으시고,
장사한 지 사흘 만에 죽은 자 가운데서 다시 살아나시며,
하늘에 오르사, 전능하신 하나님 우편에 앉아 계시다가,
저리로서 산 자와 죽은 자를 심판하러 오시리라.

성령을 믿사오며, 거룩한 공회와, 성도가 서로 교통하는 것과,
죄를 사하여 주시는 것과, 몸이 다시 사는 것과,
영원히 사는 것을 믿사옵나이다.
아멘.

| 시편 23편 | 여호와는 나의 목자시니 내게 부족함이 없으리로다 그가 나를 푸른 풀밭에 누이시며 쉴 만한 물 가로 인도하시는도다 내 영혼을 소생시키시고 자기 이름을 위하여 의의 길로 인도하시는도다 내가 사망의 음침한 골짜기로 다닐지라도 해를 두려워하지 않을 것은 주께서 나와 함께 하심이라 주의 지팡이와 막대기가 나를 안위하시나이다 주께서 내 원수의 목전에서 내게 상을 차려 주시고 기름을 내 머리에 부으셨으니 내 잔이 넘치나이다 내 평생에 선하심과 인자하심이 반드시 나를 따르리니 내가 여호와의 집에 영원히 살리로다

| 요한복음 3:16 | 하나님이 세상을 이처럼 사랑하사 독생자를 주셨으니 이는 그를 믿는 자마다 멸망하지 않고 영생을 얻게 하려 하심이라

| 로마서 6장 23절 | 죄의 삯은 사망이요 하나님의 은사는 그리스도 예수 우리 주 안에 있는 영생이니라

| 요한복음 1장 12~13절 | 영접하는 자 곧 그 이름을 믿는 자들에게는 하나님의 자녀가 되는 권세를 주셨으니 이는 혈통으로나 육정으로나 사람의 뜻으로 나지 아니하고 오직 하나님께로부터 난 자들이니라

| 마가복음 12장 33절 | 또 마음을 다하고 지혜를 다하고 힘을 다하여 하나님을 사랑하는 것과 또 이웃을 자기 자신과 같이 사랑하는 것이 전체로 드리는 모든 번제물과 기타 제물보다 나으니이다

| 시편 119편 105절 | 주의 말씀은 내 발에 등이요 내 길에 빛이니이다

| 히브리서 11장 6절 | 믿음이 없이는 하나님을 기쁘시게 하지 못하나니 하나님께 나아가는 자는 반드시 그가 계신 것과 또한 그가 자기를 찾는 자들에게 상 주시는 이심을 믿어야 할지니라

| 사도행전 16장 31절 | 이르되 주 예수를 믿으라 그리하면 너와 네 집이 구원을 받으리라 하고

| 시편 71편 5절 | 주 여호와여 주는 나의 소망이시요 내가 어릴 때부터 신뢰한 이시라

| 열왕기상 2장 3절 | 네 하나님 여호와의 명령을 지켜 그 길로 행하여 그 법률과 계명과 율례와 증거를 모세의 율법에 기록된 대로 지키라 그리하면 네가 무엇을 하든지 어디로 가든지 형통할지라

| 시편 121편 4~5절 | 이스라엘을 지키시는 이는 졸지도 아니하시고 주무시지도 아니하시리로다 여호와는 너를 지키시는 이시라 여호와께서 네 오른쪽에서 네 그늘이 되시나니

| 신명기 31장 8절 | 그리하면 여호와 그가 네 앞에서 가시며 너와 함께 하사 너를 떠나지 아니하시며 버리지 아니하시리니 너는 두려워하지 말라 놀라지 말라

| 말라기 3장 10절 | 만군의 여호와가 이르노라 너희의 온전한 십일조를 창고에 들여 나의 집에 양식이 있게 하고 그것으로 나를 시험하여 내가 하늘 문을 열고 너희에게 복을 쌓을 곳이 없도록 붓지 아니하나 보라

| 마태복음 18장 21~22절 | 그 때에 베드로가 나아와 이르되 주여 형제가 내게 죄를 범하면 몇 번이나 용서하여 주리이까 일곱 번까지 하오리이까 예수께서 이르시되 네게 이르노니 일곱 번뿐 아니라 일곱 번을 일흔 번까지라도 할지니라

| 시편 37편 5~6절 | 네 길을 여호와께 맡기라 그를 의지하면 그가 이루시고 네 의를 빛 같이 나타내시며 네 공의를 정오의 빛 같이 하시리로다

| 요한복음 14장 18절 | 내가 너희를 고아와 같이 버려두지 아니하고 너희에게로 오리라

| 요한계시록 3장 20절 | 볼지어다 내가 문 밖에 서서 두드리노니 누구든지 내 음성을 듣고 문을 열면 내가 그에게로 들어가 그와 더불어 먹고 그는 나와 더불어 먹으리라

| 여호수아 1장 9절 | 내가 네게 명령한 것이 아니냐 강하고 담대하라 두려워하지 말며 놀라지 말라 네가 어디로 가든지 네 하나님 여호와가 너와 함께 하느니라 하시니라

| 시편 31편 24절 | 여호와를 바라는 너희들아 강하고 담대하라

| 마태복음 6장 15절 | 너희가 사람의 잘못을 용서하지 아니하면 너희 아버지께서도 너희 잘못을 용서하지 아니하시리라

| 시편 84편 11절 |여호와 하나님은 해요 방패이시라 여호와께서 은혜와 영

화를 주시며 정직하게 행하는 자에게 좋은 것을 아끼지 아니하실 것임이니이다

| 마태복음 5장 7절 | 긍휼히 여기는 자는 복이 있나니 그들이 긍휼히 여김을 받을 것이요

| 마태복음 25장 40절 | 임금이 대답하여 이르시되 내가 진실로 너희에게 이르노니 너희가 여기 내 형제 중에 지극히 작은 자 하나에게 한 것이 곧 내게 한 것이니라 하시고

| 마가복음 9장 41절 | 누구든지 너희가 그리스도에게 속한 자라 하여 물 한 그릇이라도 주면 내가 진실로 너희에게 이르노니 그가 결코 상을 잃지 않으리라

| 시편 37편 7-9절 | 여호와 앞에 잠잠하고 참고 기다리라 자기 길이 형통하며 악한 꾀를 이루는 자 때문에 불평하지 말지어다 분을 그치고 노를 버리며 불평하지 말라 오히려 (악을) 만들 뿐이라 진실로 악을 행하는 자들은 끊어질 것이나 여호와를 소망하는 자들은 땅을 차지하리로다

| 시편 40편 1절 | 내가 여호와를 기다리고 기다렸더니 귀를 기울이사 나의 부르짖음을 들으셨도다

| 갈라디아서 5장 22-23절 | 오직 성령의 열매는 사랑과 희락과 화평과 오래 참음과 자비와 양선과 충성과 온유와 절제니 이 같은 것을 금지할 법이 없느니라

| 잠언 2장 6-7절 | 대저 여호와는 지혜를 주시며 지식과 명철을 그 입에서 내심이며 그는 정직한 자를 위하여 완전한 지혜를 예비하시며 행실이 온전한 자에게 방패가 되시나니

| 야고보서 1장 5절 | 너희 중에 누구든지 지혜가 부족하거든 모든 사람에게 후히 주시고 꾸짖지 아니하시는 하나님께 구하라 그리하면 주시리라

| 시편 29편 11절 | 여호와께서 자기 백성에게 힘을 주심이여 여호와께서 자기 백성에게 평강의 복을 주시리로다

| 시편 119편 165절 | 주의 법을 사랑하는 자에게는 큰 평안이 있으니 그들에게 장애물이 없으리이다

| 마태복음 11장 28절 | 수고하고 무거운 짐 진 자들아 다 내게로 오라 내가 너희를 쉬게 하리라

| 요한복음 14장 27절 | 평안을 너희에게 끼치노니 곧 나의 평안을 너희에게 주노라 내가 너희에게 주는 것은 세상이 주는 것과 같지 아니하니라 너희는 마음에 근심하지도 말고 두려워하지도 말라

| 잠언 19장 17절 | 가난한 자를 불쌍히 여기는 것은 여호와께 꾸어 드리는 것이니 그의 선행을 그에게 갚아 주시리라

| 누가복음 12장 7절 | 너희에게는 심지어 머리털까지도 다 세신 바 되었나니 두려워하지 말라 너희는 많은 참새보다 더 귀하니라

| 누가복음 12장 24절 | 까마귀를 생각하라 심지도 아니하고 거두지도 아니하며 골방도 없고 창고도 없으되 하나님이 기르시나니 너희는 새보다 얼마나 더 귀하냐

| 잠언 13장 20절 | 지혜로운 자와 동행하면 지혜를 얻고 미련한 자와 사귀면 해를 받느니라

| 요한복음 15장 4절 | 내 안에 거하라 나도 너희 안에 거하리라 가지가 포도나무에 붙어 있지 아니하면 스스로 열매를 맺을 수 없음 같이 너희도 내 안에 있지 아니하면 그러하리라

| 고린도전서 15장 33절 | 속지 말라 악한 동무들은 선한 행실을 더럽히나니

| 미가 7장 19절 | 다시 우리를 불쌍히 여기셔서 우리의 죄악을 발로 밟으시고 우리의 모든 죄를 깊은 바다에 던지시리이다

| 로마서 8장 1절 | 그러므로 이제 그리스도 예수 안에 있는 자에게는 결코 정죄함이 없나니

| 히브리서 8장 12절 | 내가 그들의 불의를 긍휼히 여기고 그들의 죄를 다시 기억하지 아니하리라 하셨느니라

| 히브리서 10장 17절 | 또 그들의 죄와 그들의 불법을 내가 다시 기억하지 아니하리라 하셨으니

| 데살로니가후서 2장 16-17절 | 우리 주 예수 그리스도와 우리를 사랑하시고 영원한 위로와 좋은 소망을 은혜로 주신 하나님 우리 아버지께서 너희 마음을 위로하시고 모든 선한 일과 말에 굳건하게 하시기를 원하노라

| 시편 5편 11절 | 그러나 주께 피하는 모든 사람은 다 기뻐하며 주의 보호로 말미암아 영원히 기뻐 외치고 주의 이름을 사랑하는 자들은 주를 즐거워하리이다

| 잠언 25장 21-22절 | 네 원수가 배고파하거든 음식을 먹이고 목말라하거든 물을 마시게 하라 그리 하는 것은 핀 숯을 그의 머리에 놓는 것과 일반이요 여호와께서 네게 갚아 주시리라

| 스바냐 3장 17절 | 너의 하나님 여호와가 너의 가운데에 계시니 그는 구원을 베푸실 전능자이시라 그가 너로 말미암아 기쁨을 이기지 못하시며 너를 잠잠히 사랑하시며 너로 말미암아 즐거이 부르며 기뻐하시리라 하리라

| 시편 126편 5절-6절 | 눈물을 흘리며 씨를 뿌리는 자는 기쁨으로 거두리로다 울며 씨를 뿌리러 나가는 자는 반드시 기쁨으로 그 (곡식) 단을 가지고 돌아오리로다

| 로마서 8장 31-32절 | 그런즉 이 일에 대하여 우리가 무슨 말 하리요 만일 하나님이 우리를 위하시면 누가 우리를 대적하리요 자기 아들을 아끼지 아니하시고 우리 모든 사람을 위하여 내주신 이가 어찌 그 아들과 함께 모든 것을 우리에게 주시지 아니하겠느냐

| 시편 38편 21-22절 | 여호와여 나를 버리지 마소서 나의 하나님이여 나를 멀리하지 마소서 속히 나를 도우소서 주 나의 구원이시여

| 시편 141편 3절 | 여호와여 내 입에 파수꾼을 세우시고 내 입술의 문을 지키소서

| 잠언 3장 5-6절 | 너는 마음을 다하여 여호와를 신뢰하고 네 명철을 의지하지 말라 너는 범사에 그를 인정하라 그리하면 네 길을 지도하시리라

| 잠언 30장 17절 | 아비를 조롱하며 어미 순종하기를 싫어하는 자의 눈은 골짜기의 까마귀에게 쪼이고 독수리 새끼에게 먹히리라

| 역대상 16장 11절 | 여호와와 그의 능력을 구할지어다 항상 그의 얼굴을 찾을지어다

| 마태복음 7장 7절 | 구하라 그리하면 너희에게 주실 것이요 찾으라 그리하면 찾아낼 것이요 문을 두드리라 그리하면 너희에게 열릴 것이니

| 예레미야 33장 3절 | 너는 내게 부르짖으라 내가 네게 응답하겠고 네가 알지 못하는 크고 은밀한 일을 네게 보이리라

| 요한복음 3장 16절 | 하나님이 세상을 이처럼 사랑하사 독생자를 주셨으니 이는 그를 믿는 자마다 멸망하지 않고 영생을 얻게 하려 하심이라

| 요한일서 5장 12-13절 | 아들이 있는 자에게는 생명이 있고 하나님의 아들이 없는 자에게는 생명이 없느니라 내가 하나님의 아들의 이름을 믿는 너희에게 이것을 쓰는 것은 너희로 하여금 너희에게 영생이 있음을 알게 하려 함이라

| 잠언 27장 1절 | 너는 내일 일을 자랑하지 말라 하루 동안에 무슨 일이 일어날지 네가 알 수 없음이니라

2. 초등 저학년

| 요한복음 6장 47절 | 진실로 진실로 너희에게 이르노니 믿는 자는 영생을 가졌나니

| 시편 1편 | 복 있는 사람은 악인들의 꾀를 따르지 아니하며 죄인들의 길에 서지 아니하며 오만한 자들의 자리에 앉지 아니하고 오직 여호와의 율법을 즐거워하여 그의 율법을 주야로 묵상하는도다 그는 시냇가에 심은 나무가 철을 (따라) 열매를 맺으며 그 잎사귀가 마르지 아니함 같으니 그가 하는 모든 일이 다 형통하리로다 악인들은 그렇지 아니함이여 오직 바람에 나는 겨와 같도다 그러므로 악인들은 심판을 견디지 못하며 죄인들이 의인들의 모임에 들지 못하리로다 무릇 의인들의 길은 여호와께서 인정하시나 악인들의 길은 망하리로다

| 예레미야 33장 3절 | 너는 내게 부르짖으라 내가 네게 응답하겠고 네가 알지 못하는 크고 은밀한 일을 네게 보이리라

| 로마서 10장 13절 | 누구든지 주의 이름을 부르는 자는 구원을 받으리라

| 시편 119편 165절 | 주의 법을 사랑하는 자에게는 큰 평안이 있으니 그들에게 장애물이 없으리이다

| 디모데후서 3장 16절 | 모든 성경은 하나님의 감동으로 된 것으로 교훈과 책망과 바르게 함과 의로 교육하기에 유익하니

| 디모데후서 2장 15절 | 너는 진리의 말씀을 옳게 분별하며 부끄러울 것이 없는 일꾼으로 인정된 자로 자신을 하나님 앞에 드리기를 힘쓰라

| 야고보서 1장 5-8절 | 너희 중에 누구든지 지혜가 부족하거든 모든 사람에게 후히 주시고 꾸짖지 아니하시는 하나님께 구하라 그리하면 주시리라

오직 믿음으로 구하고 조금도 의심하지 말라 의심하는 자는 마치 바람에 밀려 요동하는 바다 물결 같으니 이런 사람은 무엇이든지 주께 얻기를 생각하지 말라 두 마음을 품어 모든 일에 정함이 없는 자로다

| 요한복음 4장 24절 | 하나님은 영이시니 예배하는 자가 영과 진리로 예배할지니라

| 시편 121편 1~2절 | 내가 산을 향하여 눈을 들리라 나의 도움이 어디서 올까 나의 도움은 천지를 지으신 여호와에게서로다

| 이사야 41장 10절 | 두려워하지 말라 내가 너와 함께 함이라 놀라지 말라 나는 네 하나님이 됨이라 내가 너를 굳세게 하리라 참으로 너를 도와 주리라 참으로 나의 의로운 오른손으로 너를 붙들리라

| 갈라디아서 5장 22~23절 | 오직 성령의 열매는 사랑과 희락과 화평과 오래 참음과 자비와 양선과 충성과 온유와 절제니 이같은 것을 금지할 법이 없느니라

| 시편 33편 18~19절 | 여호와는 그를 경외하는 자 곧 그의 인자하심을 바라는 자를 살피사 그들의 영혼을 사망에서 건지시며 그들이 굶주릴 때에 그들을 살리시는도다

| 시편 42편 11절 | 내 영혼아 네가 어찌하여 낙심하며 어찌하여 내 속에서 불안해 하는가 너는 하나님께 소망을 두라 나는 그가 나타나 도우심으로 말미암아 내 하나님을 여전히 찬송하리로다

| 역대하 16장 9절 | 여호와의 눈은 온 땅을 두루 감찰하사 전심으로 자기에게 향하는 자들을 위하여 능력을 베푸시나니 이 일은 왕이 망령되이 행하였은즉 이 후부터는 왕에게 전쟁이 있으리이다 하매

| 베드로전서 5장 6절 | 그러므로 하나님의 능하신 손 아래에서 겸손하라 때가 되면 너희를 높이시리라

| 야고보서 4장 8절 | 하나님을 가까이하라 그리하면 너희를 가까이하시리라 죄인들아 손을 깨끗이 하라 두 마음을 품은 자들아 마음을 성결하게 하라

| 시편 121편 7~8절 | 여호와께서 너를 지켜 모든 환난을 면하게 하시며 또 네 영혼을 지키시리로다 여호와께서 너의 출입을 지금부터 영원까지 지키시리로다

| 로마서 8장 38~39절 | 내가 확신하노니 사망이나 생명이나 천사들이나 권

세자들이나 현재 일이나 장래 일이나 능력이나 높음이나 깊음이나 다른 어떤 피조물이라도 우리를 우리 주 그리스도 예수 안에 있는 하나님의 사랑에서 끊을 수 없으리라

| 누가복음 6장 38절 | 주라 그리하면 너희에게 줄 것이니 곧 후히 되어 누르고 흔들어 넘치도록 하여 너희에게 안겨 주리라 너희가 헤아리는 그 헤아림으로 너희도 헤아림을 도로 받을 것이니라

| 빌립보서 4장 19절 | 나의 하나님이 그리스도 예수 안에서 영광 가운데 그 풍성한 대로 너희 모든 쓸 것을 채우시리라

| 디모데전서 6장 17~19절 | 네가 이 세대에서 부한 자들을 명하여 마음을 높이지 말고 정함이 없는 재물에 소망을 두지 말고 오직 우리에게 모든 것을 후히 주사 누리게 하시는 하나님께 두며 선을 행하고 선한 사업을 많이 하고 나누어 주기를 좋아하며 너그러운 자가 되게 하라 이것이 장래에 자기를 위하여 좋은 터를 쌓아 참된 생명을 취하는 것이니라

| 마태복음 5장 16절 | 이같이 너희 빛이 사람 앞에 비치게 하여 그들로 너희 착한 행실을 보고 하늘에 계신 너희 아버지께 영광을 돌리게 하라

| 베드로전서 5장 8절 | 근신하라 깨어라 너희 대적 마귀가 우는 사자 같이 두루 다니며 삼킬 자를 찾나니

| 사무엘하 22장 2~3절 | 이르되 여호와는 나의 반석이시요 나의 요새시요 나를 위하여 나를 건지시는 자시요 내가 피할 나의 반석의 하나님이시요 나의 방패시요 나의 구원의 뿔이시요 나의 높은 망대시요 그에게 피할 나의 피난처시요 나의 구원자시라 나를 폭력에서 구원하셨도다

| 에베소서 4장 26~27절 | 분을 내어도 죄를 짓지 말며 해가 지도록 분을 품지 말고 마귀에게 틈을 주지 말라

| 디모데후서 1장 7절 | 하나님이 우리에게 주신 것은 두려워하는 마음이 아니요 오직 능력과 사랑과 절제하는 마음이니

| 히브리서 10장 24~25절 | 서로 돌아보아 사랑과 선행을 격려하며 모이기를 폐하는 어떤 사람들의 습관과 같이 하지 말고 오직 권하여 그 날이 가까움을 볼수록 더욱 그리하자

| 로마서 12장 1~2절 | 그러므로 형제들아 내가 하나님의 모든 자비하심으로 너희를 권하노니 너희 몸을 하나님이 기뻐하시는 거룩한 산 제물로 드리

라 이는 너희가 드릴 영적 예배니라 너희는 이 세대를 본받지 말고 오직 마음을 새롭게 함으로 변화를 받아 하나님의 선하시고 기뻐하시고 온전하신 뜻이 무엇인지 분별하도록 하라

| 히브리서 2장 18절 | 그가 시험을 받아 고난을 당하셨은즉 시험 받는 자들을 능히 도우실 수 있느니라

| 히브리서 13장 6절 | 그러므로 우리가 담대히 말하되 주는 나를 돕는 이시니 내가 무서워하지 아니하겠노라 사람이 내게 어찌하리요 하노라

| 잠언 3장 6절 | 너는 범사에 그를 인정하라 그리하면 네 길을 지도하시리라

| 잠언 3장 31절 | 포학한 자를 부러워하지 말며 그의 어떤 행위도 따르지 말라

| 시편 16편 8절 | 내가 여호와를 항상 내 앞에 모심이여 그가 나의 오른쪽에 계시므로 내가 흔들리지 아니하리로다

| 시편 27편 14절 | 너는 여호와를 기다릴지어다 강하고 담대하며 여호와를 기다릴지어다

| 마가복음 11장 25절 | 서서 기도할 때에 아무에게나 혐의가 있거든 용서하라 그리하여야 하늘에 계신 너희 아버지께서도 너희 허물을 사하여 주시리라 하시니라

| 골로새서 3장 17절 | 또 무엇을 하든지 말에나 일에나 다 주 예수의 이름으로 하고 그를 힘입어 하나님 아버지께 감사하라

| 누가복음 6장 38절 | 주라 그리하면 너희에게 줄 것이니 곧 후히 되어 누르고 흔들어 넘치도록 하여 너희에게 안겨 주리라 너희가 헤아리는 그 헤아림으로 너희도 헤아림을 도로 받을 것이니라

| 갈라디아서 6장 9절 | 우리가 선을 행하되 낙심하지 말지니 포기하지 아니하면 때가 이르매 거두리라

| 데살로니가 전서 5장 8절 | 우리는 낮에 속하였으니 정신을 차리고 믿음과 사랑의 호심경을 붙이고 구원의 소망의 투구를 쓰자

| 잠언 9장 10절 | 여호와를 경외하는 것이 지혜의 근본이요 거룩하신 자를 아는 것이 명철이니라

| 전도서 2장 26절 | 하나님은 그가 기뻐하시는 자에게는 지혜와 지식과 희락을 주시나 죄인에게는 노고를 주시고 그가 모아 쌓게 하사 하나님을 기

뻐하는 자에게 그가 주게 하시지만 이것도 헛되어 바람을 잡는 것이로다

| 이사야 26장 3절 | 주께서 심지가 견고한 자를 평강하고 평강하도록 지키시리니 이는 그가 주를 신뢰함이니이다

| 마태복음 7장 11절 | 너희가 악한 자라도 좋은 것으로 자식에게 줄 줄 알거든 하물며 하늘에 계신 너희 아버지께서 구하는 자에게 좋은 것으로 주시지 않겠느냐

| 누가복음 11장 9절 | 내가 또 너희에게 이르노니 구하라 그러면 너희에게 주실 것이요 찾으라 그러면 찾아낼 것이요 문을 두드리라 그러면 너희에게 열릴 것이니

| 빌립보서 4장 19절 | 나의 하나님이 그리스도 예수 안에서 영광 가운데 그 풍성한 대로 너희 모든 쓸 것을 채우시리라

| 고린도전서 10장 13절 | 사람이 감당할 시험 밖에는 너희가 당한 것이 없나니 오직 하나님은 미쁘사 너희가 감당하지 못할 시험 당함을 허락하지 아니하시고 시험 당할 즈음에 또한 피할 길을 내사 너희로 능히 감당하게 하시느니라

| 이사야 55장 8~9절 | 이는 내 생각이 너희의 생각과 다르며 내 길은 너희의 길과 다름이니라 여호와의 말씀이니라 이는 하늘이 땅보다 높음 같이 내 길은 너희의 길보다 높으며 내 생각은 너희의 생각보다 높음이니라

| 로마서 12장 2절 | 너희는 이 세대를 본받지 말고 오직 마음을 새롭게 함으로 변화를 받아 하나님의 선하시고 기뻐하시고 온전하신 뜻이 무엇인지 분별하도록 하라

| 출애굽기 23장 25절 | 네 하나님 여호와를 섬기라 그리하면 여호와가 너희의 양식과 물에 복을 내리고 너희 중에서 병을 제하리니

| 야고보서 5장 16절 | 그러므로 너희 죄를 서로 고백하며 병이 낫기를 위하여 서로 기도하라 의인의 간구는 역사하는 힘이 큼이니라

| 로마서 3장 24절 | 그리스도 예수 안에 있는 속량으로 말미암아 하나님의 은혜로 값 없이 의롭다 하심을 얻은 자 되었느니라

| 로마서 8장 33~4절 | 누가 능히 하나님께서 택하신 자들을 고발하리요 의롭다 하신 이는 하나님이시니 누가 정죄하리요 죽으실 뿐 아니라 다시 살아나신 이는 그리스도 예수시니 그는 하나님 우편에 계신 자요 우리를 위

하여 간구하시는 자시니라

| 신명기 28장 7절 | 여호와께서 너를 대적하기 위해 일어난 적군들을 네 앞에서 패하게 하시리라 그들이 한 길로 너를 치러 들어왔으나 네 앞에서 일곱 길로 도망하리라

| 잠언 20장 22절 | 너는 악을 갚겠다 말하지 말고 여호와를 기다리라 그가 너를 구원하시리라

| 시편 5편 11절 | 그러나 주께 피하는 모든 사람은 다 기뻐하며 주의 보호로 말미암아 영원히 기뻐 외치고 주의 이름을 사랑하는 자들은 주를 즐거워하리이다

| 시편 147편 3절 | 상심한 자들을 고치시며 그들의 상처를 싸매시는도다

| 이사야 49장 13절 | 하늘이여 노래하라 땅이여 기뻐하라 산들이여 즐거이 노래하라 여호와께서 그의 백성을 위로하셨은즉 그의 고난 당한 자를 긍휼히 여기실 것임이라

| 이사야 51장 12절 | 이르시되 너희를 위로하는 자는 나 곧 나이니라 너는 어떠한 자이기에 죽을 사람을 두려워하며 풀 같이 될 사람의 아들을 두려워하느냐

| 고린도후서 1장 3~4절 | 찬송하리로다 그는 우리 주 예수 그리스도의 하나님이시요 자비의 아버지시요 모든 위로의 하나님이시며 우리의 모든 환난 중에서 우리를 위로하사 우리로 하여금 하나님께 받는 위로로써 모든 환난 중에 있는 자들을 능히 위로하게 하시는 이시로다

| 시편 37편 23~24절 | 여호와께서 사람의 걸음을 정하시고 그의 길을 기뻐하시나니 그는 넘어지나 (아주) 엎드러지지 아니함은 여호와께서 그의 손으로 붙드심이로다

| 잠언 3장 5~6절 | 너는 마음을 다하여 여호와를 신뢰하고 네 명철을 의지하지 말라 너는 범사에 그를 인정하라 그리하면 네 길을 지도하시리라

| 시편 101편 5절 | 자기의 이웃을 은근히 헐뜯는 자를 내가 멸할 것이요 눈이 높고 마음이 교만한 자를 내가 용납하지 아니하리로다

| 고린도전서 14장 33절 | 하나님은 무질서의 하나님이 아니시요 오직 화평의 하나님이시니라

| 에베소서 6장 1~3절 | 자녀들아 주 안에서 너희 부모에게 순종하라 이것이

옳으니라 네 아버지와 어머니를 공경하라 이것은 약속이 있는 첫 계명이
니 이로써 네가 잘되고 땅에서 장수하리라

| 야고보서 5장 13절 | 너희 중에 고난 당하는 자가 있느냐 그는 기도할 것이
요 즐거워하는 자가 있느냐 그는 찬송할지니라

| 예레미야 29장 13절 | 너희가 온 마음으로 나를 구하면 나를 찾을 것이요 나
를 만나리라

| 시편 50편 15절 | 환난 날에 나를 부르라 내가 너를 건지리니 네가 나를 영
화롭게 하리로다

| 로마서 8장 28절 | 우리가 알거니와 하나님을 사랑하는 자 곧 그의 뜻대로
부르심을 입은 자들에게는 모든 것이 합력하여 선을 이루느니라

| 에베소서 2장 8~9절 | 너희는 그 은혜에 의하여 믿음으로 말미암아 구원을
받았으니 이것은 너희에게서 (난 것이) 아니요 하나님의 선물이라 행위에
서 (난 것이) 아니니 이는 누구든지 자랑하지 못하게 함이라

| 전도서 12장 1절 | 너는 청년의 때에 너의 창조주를 기억하라 곧 곤고한 날
이 이르기 전에, 나는 아무 낙이 없다고 할 해들이 가깝기 전에

| 야고보서 1장 27절 | 하나님 아버지 앞에서 정결하고 더러움이 없는 경건은
곧 고아와 과부를 그 환난중에 돌보고 또 자기를 지켜 세속에 물들지 아
니하는 그것이니라

| 잠언 28장 13절 | 자기의 죄를 숨기는 자는 형통하지 못하나 죄를 자복하고
버리는 자는 불쌍히 여김을 받으리라

| 이사야 55장 7절 | 악인은 그의 길을 불의한 자는 그의 생각을 버리고 여호
와께로 돌아오라 그리하면 그가 긍휼히 여기시리라 우리 하나님께로 돌
아오라 그가 너그럽게 용서하시리라

3. 초등 고학년

| 이사야 53장 5절 | 그가 찔림은 우리의 허물 때문이요 그가 상함은 우리의
죄악 때문이라 그가 징계를 받으므로 우리는 평화를 누리고 그가 채찍에
맞으므로 우리는 나음을 받았도다

| 골로새서 1장 20절 | 그의 십자가의 피로 화평을 이루사 만물 곧 땅에 있는

것들이나 하늘에 있는 것들이 그로 말미암아 자기와 화목하게 되기를 기뻐하심이라

| 요한계시록 3장 20절 | 볼지어다 내가 문 밖에 서서 두드리노니 누구든지 내 음성을 듣고 문을 열면 내가 그에게로 들어가 그와 더불어 먹고 그는 나와 더불어 먹으리라

| 요한일서 4장 10절 | 사랑은 여기 있으니 우리가 하나님을 사랑한 것이 아니요 하나님이 우리를 사랑하사 우리 죄를 (속하기) 위하여 화목 제물로 그 아들을 보내셨음이라

| 로마서 10장 17절 | 그러므로 믿음은 들음에서 (나며) 들음은 그리스도의 말씀으로 말미암았느니라

| 히브리서 4장 12절 | 하나님의 말씀은 살아 있고 활력이 있어 좌우에 날선 어떤 검보다도 예리하여 혼과 영과 및 관절과 골수를 찔러 쪼개기까지 하며 또 마음의 생각과 뜻을 판단하나니

| 에베소서 1장 17절 | 우리 주 예수 그리스도의 하나님, 영광의 아버지께서 지혜와 계시의 영을 너희에게 주사 하나님을 알게 하시고

| 이사야 40장 31절 | 오직 여호와를 앙망하는 자는 새 힘을 얻으리니 독수리가 날개치며 올라감 같을 것이요 달음박질하여도 곤비하지 아니하겠고 걸어가도 피곤하지 아니하리로다

| 빌립보서 4장 13절 | 내게 능력 주시는 자 안에서 내가 모든 것을 할 수 있느니라

| 누가복음 11장 13절 | 너희가 악할지라도 좋은 것을 자식에게 줄 줄 알거든 하물며 너희 하늘 아버지께서 구하는 자에게 성령을 주시지 않겠느냐 하시니라

| 사도행전 1장 8절 | 오직 성령이 너희에게 임하시면 너희가 권능을 받고 예루살렘과 온 유대와 사마리아와 땅 끝까지 이르러 내 증인이 되리라 하시니라

| 예레미야 29장 11~13절 | 여호와의 말씀이니라 너희를 향한 나의 생각을 내가 아나니 평안이요 재앙이 아니니라 너희에게 미래와 희망을 주는 것이니라 너희가 내게 부르짖으며 내게 와서 기도하면 내가 너희들의 (기도를) 들을 것이요 너희가 온 마음으로 나를 구하면 나를 찾을 것이요 나를 만

나리라

| 요한복음 15장 10절 | 내가 아버지의 계명을 지켜 그의 사랑 안에 거하는 것 같이 너희도 내 계명을 지키면 내 사랑 안에 거하리라

| 로마서 12장 2절 | 너희는 이 세대를 본받지 말고 오직 마음을 새롭게 함으로 변화를 받아 하나님의 선하시고 기뻐하시고 온전하신 뜻이 무엇인지 분별하도록 하라

| 요한일서 1장 9절 | 만일 우리가 우리 죄를 자백하면 그는 미쁘시고 의로우사 우리 죄를 사하시며 우리를 모든 불의에서 깨끗하게 하실 것이요

| 마태복음 5장 8절 | 마음이 청결한 자는 복이 있나니 그들이 하나님을 볼 것임이요

| 고린도후서 5장 17절 | 그런즉 누구든지 그리스도 안에 있으면 새로운 피조물이라 이전 것은 지나갔으니 보라 새 것이 되었도다

| 요한복음 8장 32절 | 진리를 알지니 진리가 너희를 자유롭게 하리라

| 이사야 50장 4절 | 주 여호와께서 학자들의 혀를 내게 주사 나로 곤고한 자를 말로 어떻게 도와 줄 줄을 알게 하시고 아침마다 깨우치시되 나의 귀를 깨우치사 학자들 같이 알아듣게 하시도다

| 디모데전서 6장 12절 | 믿음의 선한 싸움을 싸우라 영생을 취하라 이를 위하여 네가 부르심을 받았고 많은 증인 앞에서 선한 증언을 하였도다

| 마가복음 4장 15절 | 말씀이 길 가에 뿌려졌다는 것은 이들을 가리킴이니 곧 말씀을 들었을 때에 사탄이 즉시 와서 그들에게 뿌려진 말씀을 빼앗는 것이요

| 야고보서 4장 7절 | 그런즉 너희는 하나님께 복종할지어다 마귀를 대적하라 그리하면 너희를 피하리라

| 로마서 8장 17절 | 자녀이면 또한 상속자 곧 하나님의 상속자요 그리스도와 함께 한 상속자니 우리가 그와 함께 영광을 받기 위하여 고난도 함께 받아야 할 것이니라

| 로마서 12장 19~21절 | 내 사랑하는 자들아 너희가 친히 원수를 갚지 말고 (하나님의) 진노하심에 맡기라 기록되었으되 원수 갚는 것이 내게 있으니 내가 갚으리라고 주께서 말씀하시니라 네 원수가 주리거든 먹이고 목마르거든 마시게 하라 그리함으로 네가 숯불을 그 머리에 쌓아 놓으리라 악

에게 지지 말고 선으로 악을 이기라

| 잠언 16장 9절 | 사람이 마음으로 자기의 길을 계획할지라도 그의 걸음을 인도하시는 이는 여호와시니라

| 이사야 26장 3~4절 | 주께서 심지가 견고한 자를 평강하고 평강하도록 지키시리니 이는 그가 주를 신뢰함이니이다 너희는 여호와를 영원히 신뢰하라 주 여호와는 영원한 반석이심이로다

| 갈라디아서 5장 25~26절 | 만일 우리가 성령으로 살면 또한 성령으로 행할지니 헛된 영광을 구하여 서로 노엽게 하거나 서로 투기하지 말지니라

| 시편 94편 14절 | 여호와께서는 자기 백성을 버리지 아니하시며 자기의 소유를 외면하지 아니하시리로다

| 이사야 42장 6절 | 나 여호와가 의로 너를 불렀은즉 내가 네 손을 잡아 너를 보호하며 너를 세워 백성의 언약과 이방의 빛이 되게 하리니

| 요한복음 16장 33절 | 이것을 너희에게 이르는 것은 너희로 내 안에서 평안을 누리게 하려 함이라 세상에서는 너희가 환난을 당하나 담대하라 내가 세상을 이기었노라

| 요한일서 4장 20절 | 누구든지 하나님을 사랑하노라 하고 그 형제를 미워하면 이는 거짓말하는 자니 보는 바 그 형제를 사랑하지 아니하는 자는 보지 못하는 바 하나님을 사랑할 수 없느니라

| 역대상 16장 11~13절 | 여호와와 그의 능력을 구할지어다 항상 그의 얼굴을 찾을지어다 그의 종 이스라엘의 후손 곧 택하신 야곱의 자손 너희는 그의 행하신 기사와 그의 이적과 그의 입의 법도를 기억할지어다

| 누가복음 12장 29~31절 | 너희는 무엇을 먹을까 무엇을 마실까 하여 구하지 말며 근심하지도 말라 이 모든 것은 세상 백성들이 구하는 것이라 너희 아버지께서는 이런 것이 너희에게 있어야 할 것을 아시느니라 다만 너희는 그의 나라를 구하라 그리하면 이런 것들을 너희에게 더하시리라

| 에베소서 3장 12절 | 우리가 그 안에서 그를 믿음으로 말미암아 담대함과 확신을 가지고 (하나님께) 나아감을 얻느니라

| 디모데후서 1장 7절 | 하나님이 우리에게 주신 것은 두려워하는 마음이 아니요 오직 능력과 사랑과 절제하는 마음이니

| 고후 9장 8절 | 하나님이 능히 모든 은혜를 너희에게 넘치게 하시나니 이

는 너희로 모든 일에 항상 모든 것이 넉넉하여 모든 착한 일을 넘치게 하게 하려 하심이라

| 로마서 5장 3~4절 | 다만 이뿐 아니라 우리가 환난 중에도 즐거워하나니 이는 환난은 인내를, 인내는 연단을, 연단은 소망을 이루는 줄 앎이로다

| 히브리서 10장 36절 | 너희에게 인내가 필요함은 너희가 하나님의 뜻을 행한 후에 약속하신 것을 받기 위함이라

| 야고보서 1장 3~4절 | 이는 너희 믿음의 시련이 인내를 만들어 내는 줄 너희가 앎이라 인내를 온전히 이루라 이는 너희로 온전하고 구비하여 조금도 부족함이 없게 하려 함이라

| 베드로전서 5장 8절 | 근신하라 깨어라 너희 대적 마귀가 우는 사자 같이 두루 다니며 삼킬 자를 찾나니

| 시편 57편 3절 | 그가 하늘에서 보내사 나를 삼키려는 자의 비방에서 나를 구원하실지라 (셀라) 하나님이 그의 인자와 진리를 보내시리로다

| 데살로니가후서 3장 16절 | 평강의 주께서 친히 때마다 일마다 너희에게 평강을 주시고 주께서 너희 모든 사람과 함께 하시기를 (원하노라)

| 베드로전서 5장 7절 | 너희 염려를 다 주께 맡기라 이는 그가 너희를 돌보심이라

| 빌립보서 4장 6~7절 | 아무 것도 염려하지 말고 다만 모든 일에 기도와 간구로, 너희 구할 것을 감사함으로 하나님께 아뢰라
그리하면 모든 지각에 뛰어난 하나님의 평강이 그리스도 예수 안에서 너희 마음과 생각을 지키시리라

| 고린도전서 15장 58절 | 그러므로 내 사랑하는 형제들아 견실하며 흔들리지 말고 항상 주의 일에 더욱 힘쓰는 자들이 되라 이는 너희 수고가 주 안에서 헛되지 않은 줄 앎이라

| 이사야 55장 7절 | 악인은 그의 길을, 불의한 자는 그의 생각을 버리고 여호와께로 돌아오라 그리하면 그가 긍휼히 여기시리라 우리 하나님께로 돌아오라 그가 너그럽게 용서하시리라

| 야고보서 5장 15절 | 믿음의 기도는 병든 자를 구원하리니 주께서 그를 일으키시리라 혹시 죄를 범하였을지라도 사하심을 받으리라

| 히브리서 4장 16절 | 그러므로 우리는 긍휼하심을 받고 때를 따라 돕는 은

혜를 얻기 위하여 은혜의 보좌 앞에 담대히 나아갈 것이니라

| 시편 103편 12절 | 동이 서에서 먼 것 같이 우리의 죄과를 우리에게서 멀리 옮기셨으며

| 이사야 44장 22절 | 내가 네 허물을 빽빽한 구름 같이, 네 죄를 안개 같이 없이하였으니 너는 내게로 돌아오라 내가 너를 구속하였음이니라

| 로마서 5장 1절 | 그러므로 우리가 믿음으로 의롭다 하심을 받았으니 우리 주 예수 그리스도로 말미암아 하나님과 화평을 누리자

| 로마서 8장 30절 | 또 미리 정하신 그들을 또한 부르시고 부르신 그들을 또한 의롭다 하시고 의롭다 하신 그들을 또한 영화롭게 하셨느니라

| 신명기 33장 27절 | 영원하신 하나님이 네 처소가 되시니 그의 영원하신 팔이 (네) 아래에 있도다 그가 네 앞에서 대적을 쫓으시며 멸하라 하시도다

| 시편 138편 7절 | 내가 환난 중에 다닐지라도 주께서 나를 살아나게 하시고 주의 손을 펴사 내 원수들의 분노를 막으시며 주의 오른손이 나를 구원하시리이다

| 누가복음 6장 37절 | 비판하지 말라 그리하면 너희가 비판을 받지 않을 것이요 정죄하지 말라 그리하면 너희가 정죄를 받지 않을 것이요 용서하라 그리하면 너희가 용서를 받을 것이요

| 고린도후서 4장 8~9절 | 우리가 사방으로 우겨쌈을 당하여도 싸이지 아니하며 답답한 일을 당하여도 낙심하지 아니하며 박해를 받아도 버린 바 되지 아니하며 거꾸러뜨림을 당하여도 망하지 아니하고

| 시편 16편 11절 | 주께서 생명의 길을 내게 보이시리니 주의 앞에는 충만한 기쁨이 있고 주의 오른쪽에는 영원한 즐거움이 있나이다

| 잠언 16장 20절 | 삼가 말씀에 주의하는 자는 좋은 것을 얻나니 여호와를 의지하는 자는 복이 있느니라

| 시편 34편 18절 | 여호와는 마음이 상한 자를 가까이 하시고 충심으로 통회하는 자를 구원하시는도다

| 이사야 66장 2절 | 나 여호와가 말하노라 내 손이 이 모든 것을 지었으므로 그들이 생겼느니라 무릇 (마음이) 가난하고 심령에 통회하며 내 말을 듣고 떠는 자 그 사람은 내가 돌보려니와

| 잠언 15장 22절 | 의논이 없으면 경영이 무너지고 지략이 많으면 경영이 성

립하느니라

| 잠언 18장 14절 | 사람의 심령은 그의 병을 능히 이기려니와 심령이 상하면 그것을 누가 일으키겠느냐

| 갈라디아서 2장 20절 | 내가 그리스도와 함께 십자가에 못 박혔나니 그런즉 이제는 내가 사는 것이 아니요 오직 내 안에 그리스도께서 사시는 것이라 이제 내가 육체 가운데 사는 것은 나를 사랑하사 나를 위하여 자기 자신을 버리신 하나님의 아들을 믿는 믿음 안에서 사는 것이라

| 마태복음 12장 36~37절 | 내가 너희에게 이르노니 사람이 무슨 무익한 말을 하든지 심판 날에 이에 대하여 심문을 받으리니
네 말로 의롭다 함을 받고 네 말로 정죄함을 받으리라

| 이사야 50장 7절 | 주 여호와께서 나를 도우시므로 내가 부끄러워하지 아니하고 내 얼굴을 부싯돌 같이 굳게 하였으므로 내가 수치를 당하지 아니할 줄 아노라

| 고린도전서 13장 4~7절 | 사랑은 오래 참고 사랑은 온유하며 시기하지 아니하며 사랑은 자랑하지 아니하며 교만하지 아니하며
무례히 행하지 아니하며 자기의 유익을 구하지 아니하며 성내지 아니하며 악한 것을 생각하지 아니하며 불의를 기뻐하지 아니하며 진리와 함께 기뻐하고 모든 것을 참으며 모든 것을 믿으며 모든 것을 바라며 모든 것을 견디느니라

| 역대하 7장 14절 | 내 이름으로 일컫는 내 백성이 그들의 악한 길에서 떠나 스스로 낮추고 기도하여 내 얼굴을 찾으면 내가 하늘에서 듣고 그들의 죄를 사하고 그들의 땅을 고칠지라

| 마태복음 6장 6~7절 | 너는 기도할 때에 네 골방에 들어가 문을 닫고 은밀한 중에 계신 네 아버지께 기도하라 은밀한 중에 보시는 네 아버지께서 갚으시리라 또 기도할 때에 이방인과 같이 중언부언하지 말라 그들은 말을 많이 하여야 들으실 줄 생각하느니라

| 시편 34편 17절 | (의인이) 부르짖으매 여호와께서 들으시고 그들의 모든 환난에서 건지셨도다

| 로마서 8장 32절 | 자기 아들을 아끼지 아니하시고 우리 모든 사람을 위하여 내주신 이가 어찌 그 아들과 함께 모든 것을 우리에게 주시지 아니하

겠느냐

| 요한복음 10장 27~29절 | 내 양은 내 음성을 들으며 나는 그들을 알며 그들은 나를 따르느니라 내가 그들에게 영생을 주노니 영원히 멸망하지 아니할 것이요 또 그들을 내 손에서 빼앗을 자가 없느니라 그들을 주신 내 아버지는 만물보다 크시매 아무도 아버지 손에서 빼앗을 수 없느니라

| 고린도후서 6장 17절 | 그러므로 너희는 그들 중에서 나와서 따로 있고 부정한 것을 만지지 말라 내가 너희를 영접하여

| 이사야 55장 6절 | 너희는 여호와를 만날 만한 때에 찾으라 가까이 계실 때에 그를 부르라

| 요한복음 6장 40절 | 내 아버지의 뜻은 아들을 보고 믿는 자마다 영생을 얻는 이것이니 마지막 날에 내가 이를 다시 살리리라 하시니라

| 골로새서 3장 1~2절/ 17절 | 그러므로 너희가 그리스도와 함께 다시 살리심을 받았으면 위의 것을 찾으라 거기는 그리스도께서 하나님 우편에 앉아 계시느니라 위의 것을 생각하고 땅의 것을 생각하지 말라 또 무엇을 하든지 말에나 일에나 다 주 예수의 이름으로 하고 그를 힘입어 하나님 아버지께 감사하라

| 디모데후서 3장 1~15절 | 너는 이것을 알라 말세에 고통하는 때가 이르러 사람들이 자기를 사랑하며 돈을 사랑하며 자랑하며 교만하며 비방하며 부모를 거역하며 감사하지 아니하며 거룩하지 아니하며 무정하며 원통함을 풀지 아니하며 모함하며 절제하지 못하며 사나우며 선한 것을 좋아하지 아니하며 배신하며 조급하며 자만하며 쾌락을 사랑하기를 하나님 사랑하는 것보다 더하며 경건의 모양은 있으나 경건의 능력은 부인하니 이같은 자들에게서 네가 돌아서라 그들 중에 남의 집에 가만히 들어가 어리석은 여자를 유인하는 자들이 있으니 그 여자는 죄를 중히 지고 여러 가지 욕심에 끌린 바 되어 항상 배우나 끝내 진리의 지식에 이를 수 없느니라 얀네와 얌브레가 모세를 대적한 것 같이 그들도 진리를 대적하니 이 사람들은 그 마음이 부패한 자요 믿음에 관하여는 버림 받은 자들이라 그러나 그들이 더 나아가지 못할 것은 저 두 사람이 된 것과 같이 그들의 어리석음이 드러날 것임이라 나의 교훈과 행실과 의향과 믿음과 오래 참음과 사랑과 인내와 박해를 받음과 고난과 또한 안디옥과 이고니온과 루스드라

에서 당한 일과 어떠한 박해를 받은 것을 네가 과연 보고 알았거니와 주께서 이 모든 것 가운데서 나를 건지셨느니라 무릇 그리스도 예수 안에서 경건하게 살고자 하는 자는 박해를 받으리라 악한 사람들과 속이는 자들은 더욱 악하여져서 속이기도 하고 속기도 하나니 그러나 너는 배우고 확신한 일에 거하라 너는 네가 누구에게서 배운 것을 알며 또 어려서부터 성경을 알았나니 성경은 능히 너로 하여금 그리스도 예수 안에 있는 믿음으로 말미암아 구원에 이르는 지혜가 있게 하느니라

| 마태복음 12장 30~31절 | 나와 함께 아니하는 자는 나를 반대하는 자요 나와 함께 모으지 아니하는 자는 헤치는 자니라 그러므로 내가 너희에게 이르노니 사람에 대한 모든 죄와 모독은 사하심을 얻되 성령을 모독하는 것은 사하심을 얻지 못하겠고

| 빌립보서 4장 6~7절 | 아무 것도 염려하지 말고 다만 모든 일에 기도와 간구로, 너희 구할 것을 감사함으로 하나님께 아뢰라 그리하면 모든 지각에 뛰어난 하나님의 평강이 그리스도 예수 안에서 너희 마음과 생각을 지키시리라

4. 중학생 이상

| 요한복음 6장 35절 | 예수께서 이르시되 나는 생명의 떡이니 내게 오는 자는 결코 주리지 아니할 터이요 나를 믿는 자는 영원히 목마르지 아니하리라

| 로마서 5장 8절 | 우리가 아직 죄인 되었을 때에 그리스도께서 우리를 위하여 죽으심으로 하나님께서 우리에 대한 자기의 사랑을 확증하셨느니라

| 요한일서 4장 16절 | 하나님이 우리를 사랑하시는 사랑을 우리가 알고 믿었노니 하나님은 사랑이시라 사랑 안에 거하는 자는 하나님 안에 거하고 하나님도 그의 안에 거하시느니라

| 에베소서 6장 17절 | 구원의 투구와 성령의 검 곧 하나님의 말씀을 가지라

| 사무엘상 15장 22절 | 사무엘이 이르되 여호와께서 번제와 (다른) 제사를 그의 목소리를 청종하는 것을 좋아하심 같이 좋아하시겠나이까 순종이 제사보다 낫고 듣는 것이 숫양의 기름보다 나으니

| 요한복음 14장 15절, 23절 | 너희가 나를 사랑하면 나의 계명을 지키리라 예수께서 대답하여 이르시되 사람이 나를 사랑하면 내 말을 지키리니 내 아버지께서 그를 사랑하실 것이요 우리가 그에게 가서 거처를 그와 함께 하리라

| 야고보서 1장 22절 | 너희는 말씀을 행하는 자가 되고 듣기만 하여 자신을 속이는 자가 되지 말라

| 히브리서 12장 1~2절 | 이러므로 우리에게 구름 같이 둘러싼 허다한 증인들이 있으니 모든 무거운 것과 얽매이기 쉬운 죄를 벗어 버리고 인내로써 우리 앞에 당한 경주를 하며 믿음의 주요 또 온전하게 하시는 이인 예수를 바라보자 그는 그 앞에 있는 기쁨을 위하여 십자가를 참으사 부끄러움을 개의치 아니하시더니 하나님 보좌 우편에 앉으셨느니라

| 로마서 1장 17절 | 복음에는 하나님의 의가 나타나서 믿음으로 믿음에 이르게 하나니 기록된 바 오직 의인은 믿음으로 말미암아 살리라 함과 같으니라

| 에베소서 2장 8~9절 | 너희는 그 은혜에 의하여 믿음으로 말미암아 구원을 받았으니 이것은 너희에게서 (난 것이) 아니요 하나님의 선물이라 행위에서 (난 것이) 아니니 이는 누구든지 자랑하지 못하게 함이라

| 히브리서 10장 38절 | 나의 의인은 믿음으로 말미암아 살리라 또한 뒤로 물러가면 내 마음이 그를 기뻐하지 아니하리라 하셨느니라

| 고린도전서 3장 16절 | 너희는 너희가 하나님의 성전인 것과 하나님의 성령이 너희 안에 계시는 것을 알지 못하느냐

| 고린도후서 1장 22절 | 그가 또한 우리에게 인치시고 보증으로 우리 마음에 성령을 주셨느니라

| 요한일서 3장 3절 | 주를 향하여 이 소망을 가진 자마다 그의 깨끗하심과 같이 자기를 깨끗하게 하느니라

| 데살로니가전서 5장 23절 | 평강의 하나님이 친히 너희를 온전히 거룩하게 하시고 또 너희의 온 영과 혼과 몸이 우리 주 예수 그리스도께서 강림하실 때에 흠 없게 보전되기를 원하노라

| 에베소서 3장 17~19절 | 믿음으로 말미암아 그리스도께서 너희 마음에 계시게 하시옵고 너희가 사랑 가운데서 뿌리가 박히고 터가 굳어져서 능히 모

든 성도와 함께 지식에 넘치는 그리스도의 사랑을 알고 그 너비와 길이와 높이와 깊이가 어떠함을 깨달아 하나님의 모든 충만하신 것으로 너희에게 충만하게 하시기를 (구하노라)

| 시편 119편 9절 | 청년이 무엇으로 그의 행실을 깨끗하게 하리이까 주의 말씀만 지킬 따름이니이다

| 에베소서 6장 12절 | 우리의 씨름은 혈과 육을 상대하는 것이 아니요 통치자들과 권세들과 이 어둠의 세상 주관자들과 하늘에 있는 악의 영들을 상대함이라

| 에베소서 2장 1~2절 | 그는 허물과 죄로 죽었던 너희를 (살리셨도다) 그 때에 너희는 그 가운데서 행하여 이 세상 풍조를 따르고 공중의 권세 잡은 자를 따랐으니 곧 지금 불순종의 아들들 가운데서 역사하는 영이라

| 베드로전서 5장 8~9절 | 근신하라 깨어라 너희 대적 마귀가 우는 사자 같이 두루 다니며 삼킬 자를 찾나니 너희는 믿음을 굳건하게 하여 그를 대적하라 이는 세상에 있는 너희 형제들도 동일한 고난을 당하는 줄을 앎이라

| 베드로전서 4장 12~13절 | 사랑하는 자들아 너희를 연단하려고 오는 불 시험을 이상한 일 당하는 것 같이 이상히 여기지 말고 오히려 너희가 그리스도의 고난에 참여하는 것으로 즐거워하라 이는 그의 영광을 나타내실 때에 너희로 즐거워하고 기뻐하게 하려 함이라

| 에베소서 4장 31~32절 | 너희는 모든 악독과 노함과 분냄과 떠드는 것과 비방하는 것을 모든 악의와 함께 버리고 서로 친절하게 하며 불쌍히 여기며 서로 용서하기를 하나님이 그리스도 안에서 너희를 용서하심과 같이 하라

| 디모데전서 6장 11~12절 | 오직 너 하나님의 사람아 이것들을 피하고 의와 경건과 믿음과 사랑과 인내와 온유를 따르며 믿음의 선한 싸움을 싸우라 영생을 취하라 이를 위하여 네가 부르심을 받았고 많은 증인 앞에서 선한 증언을 하였도다

| 에베소서 1장 17~19절 | 우리 주 예수 그리스도의 하나님, 영광의 아버지께서 지혜와 계시의 영을 너희에게 주사 하나님을 알게 하시고 너희 마음의 눈을 밝히사 그의 부르심의 소망이 무엇이며 성도 안에서 그 기업의 영광

의 풍성함이 무엇이며 그의 힘의 위력으로 역사하심을 따라 믿는 우리에게 베푸신 능력의 지극히 크심이 어떠한 것을 너희로 알게 하시기를 (구하노라)

| 이사야 58장 11절 | 여호와가 너를 항상 인도하여 메마른 곳에서도 네 영혼을 만족하게 하며 네 뼈를 견고하게 하리니 너는 물 댄 동산 같겠고 물이 끊어지지 아니하는 샘 같을 것이라

| 요한일서 4장 18절 | 사랑 안에 두려움이 없고 온전한 사랑이 두려움을 내쫓나니 두려움에는 형벌이 있음이라 두려워하는 자는 사랑 안에서 온전히 이루지 못하였느니라

| 야고보서 5장 11절 | 보라 인내하는 자를 우리가 복되다 하나니 너희가 욥의 인내를 들었고 주께서 (주신) 결말을 보았거니와 주는 가장 자비하시고 긍휼히 여기시는 이시니라

| 갈라디아서 2장 20절 | 내가 그리스도와 함께 십자가에 못 박혔나니 그런즉 이제는 내가 사는 것이 아니요 오직 내 안에 그리스도께서 사시는 것이라 이제 내가 육체 가운데 사는 것은 나를 사랑하사 나를 위하여 자기 자신을 버리신 하나님의 아들을 믿는 믿음 안에서 사는 것이라

| 에베소서 4장 23~24절 | 오직 너희의 심령이 새롭게 되어 하나님을 따라 의와 진리의 거룩함으로 지으심을 받은 새 사람을 입으라

| 베드로후서 1장 5~6절 | 그러므로 너희가 더욱 힘써 너희 믿음에 덕을, 덕에 지식을, 지식에 절제를, 절제에 인내를, 인내에 경건을,

| 이사야 51장 7절 | 의를 아는 자들아, 마음에 내 율법이 있는 백성들아, 너희는 내게 듣고 그들의 비방을 두려워하지 말라 그들의 비방에 놀라지 말라

| 베드로전서 4장 14절 | 너희가 그리스도의 이름으로 치욕을 당하면 복 있는 자로다 영광의 영 곧 하나님의 영이 너희 위에 계심이라

| 고린도전서 2장 14~15절 | 육에 속한 사람은 하나님의 성령의 일들을 받지 아니하나니 이는 그것들이 그에게는 어리석게 보임이요, 또 그는 그것들을 알 수도 없나니 그러한 일은 영적으로 분별되기 때문이라 신령한 자는 모든 것을 판단하나 자기는 아무에게도 판단을 받지 아니하느니라

| 요한일서 5장 4절 | 무릇 하나님께로부터 난 자마다 세상을 이기느니라 세

상을 이기는 승리는 이것이니 우리의 믿음이니라

| 고린도전서 6장 15~20절 | 너희 몸이 그리스도의 지체인 줄을 알지 못하느냐 내가 그리스도의 지체를 가지고 창녀의 지체를 만들겠느냐 결코 그럴 수 없느니라 창녀와 합하는 자는 (그와) 한 몸인 줄을 알지 못하느냐 일렀으되 둘이 한 육체가 된다 하셨나니 주와 합하는 자는 한 영이니라 음행을 피하라 사람이 범하는 죄마다 몸 밖에 있거니와 음행하는 자는 자기 몸에 죄를 범하느니라 너희 몸은 너희가 하나님께로부터 받은 바 너희 가운데 계신 성령의 전인 줄을 알지 못하느냐 너희는 너희 자신의 것이 아니라 값으로 산 것이 되었으니 그런즉 너희 몸으로 하나님께 영광을 돌리라

| 이사야 1장 16~18절 | 너희는 스스로 씻으며 스스로 깨끗하게 하여 내 목전에서 너희 악한 행실을 버리며 행악을 그치고 선행을 배우며 정의를 구하며 학대 받는 자를 도와 주며 고아를 (위하여) 신원하며 과부를 위하여 변호하라 하셨느니라 여호와께서 말씀하시되 오라 우리가 서로 변론하자 너희의 죄가 주홍 같을지라도 눈과 같이 희어질 것이요 진홍 같이 붉을지라도 양털 같이 (희게) 되리라

| 히브리서 13장 4절 | 모든 사람은 결혼을 귀히 여기고 침소를 더럽히지 않게 하라 음행하는 자들과 간음하는 자들을 하나님이 심판하시리라

| 요한일서 1장 9절 | 만일 우리가 우리 죄를 자백하면 그는 미쁘시고 의로우사 우리 죄를 사하시며 우리를 모든 불의에서 깨끗하게 하실 것이요

| 로마서 1장 24~27절 | 그러므로 하나님께서 그들을 마음의 정욕대로 더러움에 내버려 두사 그들의 몸을 서로 욕되게 하게 하셨으니 이는 그들이 하나님의 진리를 거짓 것으로 바꾸어 피조물을 조물주보다 더 경배하고 섬김이라 주는 곧 영원히 찬송할 이시로다 아멘 이 때문에 하나님께서 그들을 부끄러운 욕심에 내버려 두셨으니 곧 그들의 여자들도 순리대로 쓸 것을 바꾸어 역리로 쓰며 그와 같이 남자들도 순리대로 여자 쓰기를 버리고 서로 향하여 음욕이 불 일듯 하매 남자가 남자와 더불어 부끄러운 일을 행하여 그들의 그릇됨에 상당한 보응을 그들 자신이 받았느니라

| 요한일서 1장 7절 | 그가 빛 가운데 계신 것 같이 우리도 빛 가운데 행하면 우리가 서로 사귐이 있고 그 아들 예수의 피가 우리를 모든 죄에서 깨끗

하게 하실 것이요

| 고린도후서 12장 9절 | 나에게 이르시기를 내 은혜가 네게 족하도다 이는 내 능력이 약한 데서 온전하여짐이라 하신지라 그러므로 도리어 크게 기뻐함으로 나의 여러 약한 것들에 대하여 자랑하리니 이는 그리스도의 능력이 내게 머물게 하려 함이라

| 고린도전서 1장 30절 | 너희는 하나님으로부터 나서 그리스도 예수 안에 있고 예수는 하나님으로부터 나와서 우리에게 지혜와 의로움과 거룩함과 구원함이 되셨으니

| 이사야 43장 25절 | 나 곧 나는 나를 위하여 네 허물을 도말하는 자니 네 죄를 기억하지 아니하리라

| 로마서 5장 9절 | 그러면 이제 우리가 그의 피로 말미암아 의롭다 하심을 받았으니 더욱 그로 말미암아 진노하심에서 구원을 받을 것이니

| 로마서 5장 18절 | 그런즉 한 범죄로 많은 사람이 정죄에 이른 것 같이 한 의로운 행위로 말미암아 많은 사람이 의롭다 하심을 받아 생명에 이르렀느니라

| 고린도후서 5장 21절 | 하나님이 죄를 알지도 못하신 이를 우리를 대신하여 죄로 삼으신 것은 우리로 하여금 그 안에서 하나님의 의가 되게 하려 하심이라

| 마태복음 5장 44~45절 | 나는 너희에게 이르노니 너희 원수를 사랑하며 너희를 박해하는 자를 위하여 기도하라 이같이 한즉 하늘에 계신 너희 아버지의 아들이 되리니 이는 하나님이 그 해를 악인과 선인에게 비추시며 비를 의로운 자와 불의한 자에게 내려주심이라

| 요한복음 16장 33절 | 이것을 너희에게 이르는 것은 너희로 내 안에서 평안을 누리게 하려 함이라 세상에서는 너희가 환난을 당하나 담대하라 내가 세상을 이기었노라

| 베드로전서 4장 12~14절 | 사랑하는 자들아 너희를 연단하려고 오는 불 시험을 이상한 일 당하는 것 같이 이상히 여기지 말고 오히려 너희가 그리스도의 고난에 참여하는 것으로 즐거워하라 이는 그의 영광을 나타내실 때에 너희로 즐거워하고 기뻐하게 하려 함이라 너희가 그리스도의 이름으로 치욕을 당하면 복 있는 자로다 영광의 영 곧 하나님의 영이 너희 위

에 계심이라

| 시편 33편 21절 | 우리 마음이 그를 즐거워함이여 우리가 그의 성호를 의지하였기 때문이로다

| 시편 68편 3절 | 의인은 기뻐하여 하나님 앞에서 뛰놀며 기뻐하고 즐거워할지어다

| 시편 51편 17절 | 하나님께서 (구하시는) 제사는 상한 심령이라 하나님이여 상하고 통회하는 마음을 주께서 멸시하지 아니하시리이다

| 시편 119편 50절 | 이 (말씀)은 나의 고난 중의 위로라 주의 말씀이 나를 살리셨기 때문이니이다

| 이사야 61장 1~3절 | 주 여호와의 영이 내게 내리셨으니 이는 여호와께서 내게 기름을 부으사 가난한 자에게 아름다운 소식을 전하게 하심이라 나를 보내사 마음이 상한 자를 고치며 포로된 자에게 자유를, 갇힌 자에게 놓임을 선포하며 겸비한 자여호와의 은혜의 해와 우리 하나님의 보복의 날을 선포하여 모든 슬픈 자를 위로하되 무릇 시온에서 슬퍼하는 자에게 화관을 주어 그 재를 대신하며 기쁨의 기름으로 그 슬픔을 대신하며 찬송의 옷으로 그 근심을 대신하시고 그들이 의의 나무 곧 여호와께서 심으신 그 영광을 나타낼 자라 일컬음을 받게 하려 하심이라

| 이사야 53장 4~5절 | 그는 실로 우리의 질고를 지고 우리의 슬픔을 당하였거늘 우리는 생각하기를 그는 징벌을 받아 하나님께 맞으며 고난을 당한다 하였노라 그가 찔림은 우리의 허물 때문이요 그가 상함은 우리의 죄악 때문이라 그가 징계를 받으므로 우리는 평화를 누리고 그가 채찍에 맞으므로 우리는 나음을 받았도다

| 에베소서 4장 29절 | 무릇 더러운 말은 너희 입 밖에도 내지 말고 오직 덕을 세우는 데 소용되는 대로 선한 말을 하여 듣는 자들에게 은혜를 끼치게 하라

| 야고보서 3장 16~17절 | 시기와 다툼이 있는 곳에는 혼란과 모든 악한 일이 있음이라 오직 위로부터 난 지혜는 첫째 성결하고 다음에 화평하고 관용하고 양순하며 긍휼과 선한 열매가 가득하고 편견과 거짓이 없나니

| 데살로니가전서 4장 3~6절 | 하나님의 뜻은 이것이니 너희의 거룩함이라 곧 음란을 버리고 각각 거룩함과 존귀함으로 자기의 아내 대할 줄을 알고하

나님을 모르는 이방인과 같이 색욕을 따르지 말고 이 일에 분수를 넘어서 형제를 해하지 말라 이는 우리가 너희에게 미리 말하고 증언한 것과 같이 이 모든 일에 주께서 신원하여 주심이라

| 요한일서 5장 14절 | 그를 향하여 우리가 가진 바 담대함이 이것이니 그의 뜻대로 무엇을 구하면 들으심이라

| 로마서 8장 38~39절 | 내가 확신하노니 사망이나 생명이나 천사들이나 권세자들이나 현재 일이나 장래 일이나 능력이나 높음이나 깊음이나 다른 어떤 피조물이라도 우리를 우리 주 그리스도 예수 안에 있는 하나님의 사랑에서 끊을 수 없으리라

| 마태복음 6장 33절 | 그런즉 너희는 먼저 그의 나라와 그의 의를 구하라 그리하면 이 모든 것을 너희에게 더하시리라

| 빌립보서 2장 12~16절 | 그러므로 나의 사랑하는 자들아 너희가 나 있을 때뿐 아니라 더욱 지금 나 없을 때에도 항상 복종하여 두렵고 떨림으로 너희 구원을 이루라 너희 안에서 행하시는 이는 하나님이시니 자기의 기쁘신 뜻을 위하여 너희에게 소원을 두고 행하게 하시나니 모든 일을 원망과 시비가 없이 하라 이는 너희가 흠이 없고 순전하여 어그러지고 거스르는 세대 가운데서 하나님의 흠 없는 자녀로 세상에서 그들 가운데 빛들로 나타내며 생명의 말씀을 밝혀 나의 달음질이 헛되지 아니하고 수고도 헛되지 아니함으로 그리스도의 날에 내가 자랑할 것이 있게 하려 함이라

| 빌립보서 3장 7~11절 | 그러나 무엇이든지 내게 유익하던 것을 내가 그리스도를 위하여 다 해로 여길뿐더러 또한 모든 것을 해로 여김은 내 주 그리스도 예수를 아는 지식이 가장 고상하기 때문이라 내가 그를 위하여 모든 것을 잃어버리고 배설물로 여김은 그리스도를 얻고 그 안에서 발견되려 함이니 내가 가진 의는 율법에서 난 것이 아니요 오직 그리스도를 믿음으로 말미암은 것이니 곧 믿음으로 하나님께로부터 난 의라 내가 그리스도와 그 부활의 권능과 그 고난에 참여함을 알고자 하여 그의 죽으심을 본받아 어떻게 해서든지 죽은 자 가운데서 부활에 이르려 하노니

| 갈라디아서 5장 19~21절 | 육체의 일은 분명하니 곧 음행과 더러운 것과 호색과 우상 숭배와 주술과 원수 맺는 것과 분쟁과 시기와 분냄과 당 짓는 것과 분열함과 이단과 투기와 술 취함과 방탕함과 또 그와 같은 것들이라

전에 너희에게 경계한 것 같이 경계하노니 이런 일을 하는 자들은 하나님의 나라를 유업으로 받지 못할 것이요

| 요한일서 1장 9절 | 만일 우리가 우리 죄를 자백하면 그는 미쁘시고 의로우사 우리 죄를 사하시며 우리를 모든 불의에서 깨끗하게 하실 것이요

| 에베소서 3장 17~19절 | 믿음으로 말미암아 그리스도께서 너희 마음에 계시게 하시옵고 너희가 사랑 가운데서 뿌리가 박히고 터가 굳어져서 능히 모든 성도와 함께 지식에 넘치는 그리스도의 사랑을 알고 그 너비와 길이와 높이와 깊이가 어떠함을 깨달아 하나님의 모든 충만하신 것으로 너희에게 충만하게 하시기를 (구하노라)

자녀를 위한 부모의 기도

1. 매일 바치는 기도

❶ 용기를 주고 싶을 때

| 시편 46편 1절 | 하나님은 우리의 피난처시요 힘이시니 환난 중에 만날 큰 도움이시라

| 여호수아 1장 9절 | 내가 네게 명령한 것이 아니냐 강하고 담대하라 두려워 하지 말며 놀라지 말라 네가 어디로 가든지 네 하나님 여호와가 너와 함 께 하느니라 하시니라

| 시편 27편 14절 | 너는 여호와를 기다릴지어다 강하고 담대하며 여호와를 기다릴지어다

| 시편 31편 24절 | 여호와를 바라는 너희들아 강하고 담대하라

| 요한복음 16장 33절 | 이것을 너희에게 이르는 것은 너희로 내 안에서 평안 을 누리게 하려 함이라 세상에서는 너희가 환난을 당하나 담대하라 내가 세상을 이기었노라

　사랑이 많으신 하나님 아버지 나의 사랑하는 ○○○가 현재의 성적 으로 인해 무척 낙심하고 힘들어 하고 있습니다. 하나님 그 아이가 지 금 너무 마음이 괴롭습니다. 악한 영들의 부정적인 생각에 사로잡혀 하루하루 무기력하게 시간을 흘려보내고 있습니다.

　하나님 아버지 어떻게 하면 좋을까요? 하나님의 도우심이 절대로 필요합니다. 하나님께서 도와주시지 않으면 그 누구도 도울 수 없는 상황입니다.

그의 병든 마음을 하나님 이 시간 어루만져 주십시오. 그의 아픈 마음을 성령 하나님께서 이 시간 회복시켜 주십시오. 그래서 그가 하나님께서 주신 비전을 다시 찾고 그것을 향해 나아가도록 인도해 주십시오.

하나님 아버지, 주는 ○○○의 피난처시요 방패시요 도움이십니다. 그를 홀로 두지 마시고 그와 함께 동행하시며 그의 낙심된 마음에 새로운 용기와 힘을 더하여 주시옵소서. 주님만을 의지합니다. 하나님 도와주십시오. 모든 말씀 우리를 구원하신 예수님 이름으로 기도드립니다. 아멘.

❷ 시기심에서 벗어나도록 돕고자 할 때

| 잠언 3장 31절 | 포학한 자를 부러워하지 말며 그의 어떤 행위도 따르지 말라
| 갈라디아서 5장 25~26절 | 만일 우리가 성령으로 살면 또한 성령으로 행할지니 헛된 영광을 구하여 서로 노엽게 하거나 서로 투기하지 말지니라
| 야고보서 3장 16절 | 시기와 다툼이 있는 곳에는 혼란과 모든 악한 일이 있음이라

사랑이 많으신 하나님 아버지 범사에 감사드립니다. 사랑하는 자녀 ○○○가 수단과 방법을 가리지 않고 성공만을 추구하는 세상의 엘리트들을 부러워하지 말게 하여 주십시오. 그들의 어떤 행위도 흉내 내거나 본으로 삼지 말게 하여 주십시오. 하나님의 자녀답게 하나님의 방식으로 세상을 살게 하여 주십시오. 자기 자신만을 위해 이기적으로 세상을 사는 것이 아니라 하나님과 이웃을 위해 세상에서 빛과 소금으로 살게 해주십시오. 세상의 헛된 영광을 추구하려고 연약한 사람들을 짓밟는 행동을 하지 말게 하여 주십시오. 시기와 다툼을 멀리하게 하여 주십시오. 오직 하나님의 자녀답게 사랑과 온유와 절제와 평안과 충성스러움으로 세상 사람들에게 신자다운 본을 보이게 하여

주십시오.

　주님 세상이 혼탁하고 어지럽습니다. 자기 자신을 위해 남을 희생시키는 이 시대에, 연약한 사람들을 살릴 수 있는 따뜻한 마음을 가진 그런 믿음의 자녀로 자라나게 하여 주십시오. 모든 말씀 우리를 구원하신 예수 그리스도 이름으로 기도드립니다. 아멘.

❸ 스트레스에서 벗어나게 해주고 싶을 때

| 시편 91편 15~16절 | 그가 내게 간구하리니 내가 그에게 응답하리라 그들이 환난 당할 때에 내가 그와 함께 하여 그를 건지고 영화롭게 하리라 내가 (그를) 장수하게 함으로 그를 만족하게 하며 나의 구원을 그에게 보이리라 하시도다

| 이사야 26장 3~4절 | 주께서 심지가 견고한 자를 평강하고 평강하도록 지키시리니 이는 그가 주를 신뢰함이니이다 너희는 여호와를 영원히 신뢰하라 주 여호와는 영원한 반석이심이로다

| 시편 127편 2절 | 너희가 일찍이 일어나고 늦게 누우며 수고의 떡을 먹음이 헛되도다 그러므로 여호와께서 그의 사랑하시는 자에게는 잠을 주시는도다

　사랑이 많으신 아버지 하나님, 하나님께서 사랑하시는 귀한 ○○○가 지금 많은 스트레스로 힘들어 하고 있습니다. 여러 가지 문제들이 그를 한꺼번에 공격하여 지쳐하고 있습니다. 하나님께서는 사랑하는 자녀에게 새로운 쉼을 주신다고 말씀하셨습니다. 사랑하는 ○○○를 하나님께서 주시는 쉼과 평안으로 채워 주십시오. 그래서 그의 모든 스트레스를 하나님 앞에 나와서 모두 내려놓게 하여 주십시오. 하나님 앞에서 모든 스트레스를 낱낱이 다 토해내게 하여 주십시오. 그래서 하나님 안에서 기쁨과 평안을 회복시켜 주십시오. 그의 영혼이 하나님 안에서 기뻐 뛰며 춤을 추게 해주십시오. 세상이 주는 스트레스에 굴복하는 것이 아니라 그것을 하나님께서 주시는 평안과 기쁨으로 넉넉히 이기게 하여 주시옵소서.

주님 범사에 감사드립니다. 이미 응답해주신 것으로 믿고 감사드립니다. 모든 말씀 우리를 구원해주신 예수 그리스도 이름으로 기도드립니다. 아멘.

❹ 외로움에서 벗어나도록 해주고 싶을 때

| 시편 16편 8절 | 내가 여호와를 항상 내 앞에 모심이여 그가 나의 오른쪽에 계시므로 내가 흔들리지 아니하리로다

| 시편 27편 10절 | 내 부모는 나를 버렸으나 여호와는 나를 영접하시리이다

| 시편 94편 14절 | 여호와께서는 자기 백성을 버리지 아니하시며 자기의 소유를 외면하지 아니하시리로다

| 이사야 42장 6절 | 나 여호와가 의로 너를 불렀은즉 내가 네 손을 잡아 너를 보호하며 너를 세워 백성의 언약과 이방의 빛이 되게 하리니

| 이사야 54장 10절 | 산들이 떠나며 언덕들은 옮겨질지라도 나의 자비는 네게서 떠나지 아니하며 나의 화평의 언약은 흔들리지 아니하리라 너를 긍휼히 여기시는 여호와께서 말씀하셨느니라

| 요한복음 14장 18절 | 내가 너희를 고아와 같이 버려두지 아니하고 너희에게로 오리라

| 요한계시록 3장 20절 | 볼지어다 내가 문 밖에 서서 두드리노니 누구든지 내 음성을 듣고 문을 열면 내가 그에게로 들어가 그와 더불어 먹고 그는 나와 더불어 먹으리라

사랑이 많으신 하나님 아버지 요즘 우리 ○○○가 많이 외로워하고 있습니다. 친구들과의 사이가 그다지 좋지 않아 보입니다. 말 못할 고민이 있는 것 같은데 도무지 이야기를 하지 않습니다. 하나님 그 아이를 고아와 같이 홀로 버려두지 마시고 그를 지켜 보호해 주십시오. 그가 하나님께서 늘 함께하신다는 사실을 가슴 깊이 느끼도록 하나님 역사해 주십시오. 설사 부모가 자녀를 버릴지라도 하나님께서는 그의 자녀들을 결단코 버리지 않는다고 하셨습니다. 사랑하는 ○○○를 하나님 손잡아 주시고 의로운 오른팔로 그를 붙들어 주십시오. 하나님

그를 홀로 두지 마시고 그에게 하나님께서 늘 함께하신다는 것을 체험하도록 은혜 베풀어 주십시오. 주님 홀로 영광 받으소서. 모든 말씀 우리를 구원하신 예수 그리스도 이름으로 기도드립니다. 아멘.

❺ 우선순위에 대한 지혜를 구할 때

| 역대상 16장 11~13절 | 여호와와 그의 능력을 구할지어다 항상 그의 얼굴을 찾을지어다 그의 종 이스라엘의 후손 곧 택하신 야곱의 자손 너희는 그의 행하신 기사와 그의 이적과 그의 입의 법도를 기억할지어다

| 마태복음 16장 26절 | 사람이 만일 온 천하를 얻고도 제 목숨을 잃으면 무엇이 유익하리요 사람이 무엇을 주고 제 목숨과 바꾸겠느냐

| 골로새서 3장 17절 | 또 무엇을 하든지 말에나 일에나 다 주 예수의 이름으로 하고 그를 힘입어 하나님 아버지께 감사하라

사랑이 많으신 하나님 아버지 요즘 우리 ○○○가 해야 할 일들이 참 많습니다. 그래서 마음이 너무 분주합니다. 이럴 때일수록 모든 일에 우선순위를 잘 잡아야 합니다. 하나님 사랑하는 ○○○에게 분주하고 바쁠 때일수록 하나님께 더욱 의지하고 하나님의 능력을 구하는 우선순위 선택의 지혜를 허락해 주십시오.

사랑이 많으신 하나님 무슨 일을 하든지 모두 하나님의 영광을 일순위로 놓고 일을 할 수 있도록 그의 마음에 지혜를 허락하여 주십시오. 힘들고 바쁠 때 눈에 보이는 사람을 의지하기보다 하나님께 먼저 기도하며 지혜를 구하며 하나님을 의지하는 ○○○가 되게 하여 주십시오. 모든 말씀 우리를 구원하신 예수 그리스도 이름으로 기도드립니다. 아멘.

❻ 두려움에서 벗어나게 해주고 싶을 때

| 시편 23편 4절 | 내가 사망의 음침한 골짜기로 다닐지라도 해를 두려워하지 않을 것은 주께서 나와 함께 하심이라 주의 지팡이와 막대기가 나를 안위하시나이다

| 시편 34편 15절 | 여호와의 눈은 의인을 향하시고 그의 귀는 그들의 부르짖음에 (기울이)시는도다

| 시편 34편 17절 | (의인이) 부르짖으매 여호와께서 들으시고 그들의 모든 환난에서 건지셨도다

| 시편 84편 11절 | 여호와 하나님은 해요 방패이시라 여호와께서 은혜와 영화를 주시며 정직하게 행하는 자에게 좋은 것을 아끼지 아니하실 것임이니이다

| 이사야 41장 10절 | 두려워하지 말라 내가 너와 함께 함이라 놀라지 말라 나는 네 하나님이 됨이라 내가 너를 굳세게 하리라 참으로 너를 도와주리라 참으로 나의 의로운 오른손으로 너를 붙들리라

| 누가복음 12장 29~31절 | 너희는 무엇을 먹을까 무엇을 마실까 하여 구하지 말며 근심하지도 말라 이 모든 것은 세상 백성들이 구하는 것이라 너희 아버지께서는 이런 것이 너희에게 있어야 할 것을 아시느니라 다만 너희는 그의 나라를 구하라 그리하면 이런 것들을 너희에게 더하시리라

| 에베소서 3장 12절 | 우리가 그 안에서 그를 믿음으로 말미암아 담대함과 확신을 가지고 (하나님께) 나아감을 얻느니라

| 디모데후서 1장 7절 | 하나님이 우리에게 주신 것은 두려워하는 마음이 아니요 오직 능력과 사랑과 절제하는 마음이니

| 베드로후서 3장 9절 | 주의 약속은 어떤 이들이 더디다고 생각하는 것 같이 더딘 것이 아니라 오직 주께서는 너희를 대하여 오래 참으사 아무도 멸망하지 아니하고 다 회개하기에 이르기를 원하시느니라

| 요한일서 4장 18절 | 사랑 안에 두려움이 없고 온전한 사랑이 두려움을 내쫓나니 두려움에는 형벌이 있음이라 두려워하는 자는 사랑 안에서 온전히 이루지 못하였느니라

사랑이 많으신 아버지 하나님 범사에 감사드립니다. 하나님 아버지 요즘 우리 ○○○가 두려움에 종종 빠지곤 합니다. 어떤 일을 당했는지 몹시 무서워하고 마음이 불안해 보입니다. 하나님 어떻게 하면 좋을까요? 하나님께서 사랑하는 자녀이오니 하나님 부디 그를 지켜 주십시오. 하나님, 사망의 음침한 골짜기를 ○○○가 다닐지라도 어려움

을 두려워하지 않는 것은 주님께서 그와 함께 하시고 주님의 지팡이와 막대기로 그를 보호하시기 때문입니다.

하나님 ○○○의 기도를 외면하지 마시고 ○○○의 모든 어려움과 고통을 건져주시옵소서. 하나님 ○○○가 두려워 말게 해주십시오. 하나님께서 늘 함께 하시는 것과 하나님께서 도와주신다는 사실을 깨닫게 해주십시오. 주님의 오른손으로 ○○○를 붙들어 주십시오. 오직 하나님을 믿고 의지함으로 담대함을 얻게 해주십시오. 하나님께서 ○○○에게서 두려워하는 마음을 거두어 가시고 대신 능력과 사랑과 겸손한 마음을 허락해주십시오. 모든 말씀 우리를 구원하신 사랑 많으신 예수님 이름으로 기도드립니다. 아멘.

❼ 좋은 친구를 사귀도록 하고자 할 때

| 마태복음 5장 7절 | 긍휼히 여기는 자는 복이 있나니 그들이 긍휼히 여김을 받을 것임이요

| 마가복음 9장 41절 | 누구든지 너희가 그리스도에게 속한 자라 하여 물 한 그릇이라도 주면 내가 진실로 너희에게 이르노니 그가 결코 상을 잃지 않으리라

| 누가복음 6장 38절 | 주라 그리하면 너희에게 줄 것이니 곧 후히 되어 누르고 흔들어 넘치도록 하여 너희에게 안겨 주리라 너희가 헤아리는 그 헤아림으로 너희도 헤아림을 도로 받을 것이니라

| 고린도후서 9장 8절 | 하나님이 능히 모든 은혜를 너희에게 넘치게 하시나니 이는 너희로 모든 일에 항상 모든 것이 넉넉하여 모든 착한 일을 넘치게 하게 하려 하심이라

사랑이 많으신 하나님 사랑하는 귀한 ○○○가 주변 친구들에게 항상 선을 베풀며 먼저 좋은 친구가 되게 하여 주소서. 인색한 친구가 되지 말게 하시고 어려운 친구들의 아픔을 그냥 외면하는 친구가 되지 말게 하소서. 아무리 바쁘고 힘들더라도 어려운 친구들의 힘든 사정을 이해하고 도움을 줄 수 있는 따뜻한 마음을 가진 좋은 친구가 되

게 하소서. 좋은 친구를 구하기 이전에 사랑하는 ○○○가 먼저 친구들에게 좋은 친구가 되게 하소서. 친구들을 긍휼이 여기는 ○○○가 되게 하소서. 그래서 하나님의 자녀답게 친구들 사이에서 좋은 친구로 인정받게 하소서. 모든 말씀 예수 그리스도 이름으로 기도드립니다. 아멘.

❽ 성적이 원하는 만큼 나오지 않을 때

| 시편 37편 7, 9절 | 여호와 앞에 잠잠하고 참고 기다리라 자기 길이 형통하며 악한 꾀를 이루는 자 때문에 불평하지 말지어다 진실로 악을 행하는 자들은 끊어질 것이나 여호와를 소망하는 자들은 땅을 차지하리로다

| 시편 40편 1절 | 내가 여호와를 기다리고 기다렸더니 귀를 기울이사 나의 부르짖음을 들으셨도다

| 이사야 25장 9절 | 그 날에 말하기를 이는 우리의 하나님이시라 우리가 그를 기다렸으니 그가 우리를 구원하시리로다 이는 여호와시라 우리가 그를 기다렸으니 우리는 그의 구원을 기뻐하며 즐거워하리라 할 것이며

| 로마서 5장 3~4절 | 다만 이뿐 아니라 우리가 환난 중에도 즐거워하나니 이는 환난은 인내를, 인내는 연단을, 연단은 소망을 이루는 줄 앎이로다

| 갈라디아서 6장 9절 | 우리가 선을 행하되 낙심하지 말지니 포기하지 아니하면 때가 이르매 거두리라

| 야고보서 1장 3~4절 | 이는 너희 믿음의 시련이 인내를 만들어 내는 줄 너희가 앎이라 인내를 온전히 이루라 이는 너희로 온전하고 구비하여 조금도 부족함이 없게 하려 함이라

사랑이 많으신 하나님 오늘도 복된 하루를 주신 하나님을 찬양합니다. 하나님 요즘 우리 ○○○가 많이 힘들어 합니다. 나름대로 공부를 하고 있지만 성적이 원하는 만큼 나오지 않고 있습니다. 그래서 마음이 무척 힘든 상태입니다. 그동안 공부를 하지 않다가 뜻을 정해 공부를 시작했는데 성적이 갑자기 오르는 건 아니라는 것을 잘 알지만, 그래도 ○○○가 힘들어 합니다.

하나님 어떻게 하면 좋을까요? 하나님께서 도와주셔야 합니다. 하나님께서 ○○○의 마음을 붙잡아 주셔서 끝까지 인내하며 최선을 다할 수 있도록 도와주십시오. 인내를 온전히 이룰 수 있도록 그의 마음을 어루만져 주십시오. 하나님께서 주신 비전에 합당한 실력을 얻기까지 중도에서 포기하지 않고 끝까지 인내할 수 있도록 주님 도와주십시오. 오늘도 주님의 풍성한 은혜와 평안이 ○○○에게 함께 하기를 간곡히 기도드립니다. 모든 말씀 우리를 구원하신 예수 그리스도 이름으로 기도드립니다. 아멘

❾ 하나님께서 쓰시기에 준비된 일꾼이 되게 하소서

| 로마서 12장 1절 | 그러므로 형제들아 내가 하나님의 모든 자비하심으로 너희를 권하노니 너희 몸을 하나님이 기뻐하시는 거룩한 산 제물로 드리라 이는 너희가 드릴 영적 예배니라

| 갈라디아서 2장 20절 | 내가 그리스도와 함께 십자가에 못 박혔나니 그런즉 이제는 내가 사는 것이 아니요 오직 내 안에 그리스도께서 사시는 것이라 이제 내가 육체 가운데 사는 것은 나를 사랑하사 나를 위하여 자기 자신을 버리신 하나님의 아들을 믿는 믿음 안에서 사는 것이라

| 에베소서 4장 23~24절 | 오직 너희의 심령이 새롭게 되어 하나님을 따라 의와 진리의 거룩함으로 지으심을 받은 새 사람을 입으라

사랑이 많으신 하나님 아버지 사랑하는 우리 ○○○가 자신의 몸을 하나님께서 기뻐하시는 거룩한 산제사로 드리기를 원하나이다. 이것이 ○○○가 하나님께 드릴 영적 예배임을 분명히 깨닫게 하여 주시옵소서.

하나님 ○○○가 그리스도와 함께 십자가에 못박혔나니 그런 즉 이제는 ○○○가 산 것이 아니요 오직 ○○○ 안에 그리스도께서 사신 것입니다. ○○○가 육체 가운데 사는 것은 ○○○를 사랑하사 ○○○를 위하여 자기 몸을 버리신 하나님의 아들을 믿는 믿음 안에서 살게 하

여 주옵소서. 사랑하는 ○○○가 오직 심령으로 새롭게 되어 하나님을 따라 의와 진리의 거룩함으로 지으심을 받은 새 사람으로 매일매일 살도록 그를 인도하여 주소서. 이 모든 과정을 통해 하나님께서 쓰시기에 준비된 믿음의 일꾼이 되기를 간절히 원하나이다. 하나님 ○○○를 축복하여 주시옵소서. 그의 영혼이 잘 됨같이 범사가 잘 될 수 있도록 복에 복을 더하여 주시옵소서. 오늘 ○○○의 하루의 삶도 모두 주님께 맡깁니다. 모든 말씀 우리를 구원하신 예수 그리스도의 이름으로 기도드립니다. 아멘

❿ 사랑하는 우리 자녀의 삶에 성령의 아홉 가지 열매가 풍성이 맺게 하소서

| 갈라디아서 5장 22~23절 | 오직 성령의 열매는 사랑과 희락과 화평과 오래 참음과 자비와 양선과 충성과 온유와 절제니 이같은 것을 금지할 법이 없느니라

| 데살로니가 전서 5장 8절 | 우리는 낮에 속하였으니 정신을 차리고 믿음과 사랑의 호심경을 붙이고 구원의 소망의 투구를 쓰자

| 베드로전서 5장 8절 | 근신하라 깨어라 너희 대적 마귀가 우는 사자 같이 두루 다니며 삼킬 자를 찾나니

| 베드로후서 1장 5~6절 | 그러므로 너희가 더욱 힘써 너희 믿음에 덕을, 덕에 지식을, 지식에 절제를, 절제에 인내를, 인내에 경건을,

사랑이 많으신 하나님 아버지 오늘도 이렇게 기도할 수 있는 마음과 시간을 주신 것에 진심으로 감사드립니다. 모든 영광 하나님께 홀로 드립니다. 할렐루야! 할렐루야! 할렐루야! 아버지 하나님 사랑하는 ○○○의 삶 속에 성령의 아홉 가지 열매-사랑과 희락과 오래 참음과 자비와 양선과 충성과 온유와 절제-가 늘 넘치기를 간곡히 원하나이다. 하나님 아버지 사랑하는 ○○○가 늘 하나님 앞에서 겸손하며 근신하게 하소서. 사랑하는 ○○○가 믿음과 사랑의 흉배를 붙이고 구원의 소망의 투구를 늘 쓰게 하소서. 그래서 악한 마귀가 우는 사자같

이 두루 다니며 삼킬 자를 찾는 이때에 하나님의 자녀답게 악한 마귀를 대적하고 승리케 하소서.

하나님 아버지 이를 위해 더욱 더 사랑하는 ○○○가 힘써 믿음에 덕을 덕에 지식을 지식에 절제를 절제에 인내를 인내에 경건을 온전히 이루게 축복하여 주시옵소서. 하나님 아버지 사랑하는 ○○○가 남은 인생 하나님의 마음을 시원케 해드리는 준비된 일꾼이 되기 위하여 조금도 부족함이 없이 준비되도록 늘 그의 삶 속에 예비하신 풍성한 은혜를 아버지의 뜻에 따라 오늘도 내려주시길 간곡히 기도드립니다. 모든 말씀 예수 그리스도 이름으로 기도드립니다. 아멘

⑪ 주변의 험담과 비방과 뒷얘기에서 벗어나고자 할 때

| 이사야 51장 7절 | 의를 아는 자들아, 마음에 내 율법이 있는 백성들아, 너희는 내게 듣고 그들의 비방을 두려워하지 말라 그들의 비방에 놀라지 말라

| 베드로전서 4장 14절 | 너희가 그리스도의 이름으로 치욕을 당하면 복 있는 자로다 영광의 영 곧 하나님의 영이 너희 위에 계심이라

| 시편 57편 3절 | 그가 하늘에서 보내사 나를 삼키려는 자의 비방에서 나를 구원하실지라 (셀라) 하나님이 그의 인자와 진리를 보내시리로다

사랑이 많으신 아버지 하나님 범사에 하나님께 감사드립니다. 하나님은 전지전능하신 우리를 구원하신 창조주 하나님이십니다. 우리를 구원하신 하나님 아버지께 영광이 영원토록 있습니다. 할렐루야! 할렐루야! 할렐루야!

아버지 하나님 사랑하는 우리 ○○○가 주변에서 험담과 비방을 들을 때 그것에 너무 마음 쓰지 않게 해주시옵소서. 하나님께서 그 모든 험담과 비방으로부터 ○○○를 구원해주십시오. 하나님께서 인자와 진리로 ○○○를 지켜 보호해주십시오. 그리하여 하나님께서 ○○○의 의를 빛같이 나타내시며 ○○○의 공의를 정오의 빛같이 하시옵소서.

사랑하는 ○○○가 많은 재물보다 명예를 택하게 하소서. 은이나 금보다 하나님의 은총을 더욱 택하게 하옵소서. 사랑하는 ○○○가 하나님의 말씀에 귀를 기울이게 하시고 사람의 훼방을 두려워하지 말게 하소서. 사람들의 비방에 놀라지 말게 하소서. 사랑하는 ○○○가 인간의 말로 인해 좌지우지 되는 것이 아니라 오직 하나님의 진리의 말씀에 따라 인생을 결단하며 살게 하소서.

○○○의 모든 인생의 항로를 주님께 맡깁니다. 주님 홀로 그를 인도하소서. 모든 영광 주님께 돌립니다. 모든 말씀 예수 그리스도의 이름으로 기도드립니다. 아멘

12 지혜를 구할 때

| 잠언 2장 6~7절 | 대저 여호와는 지혜를 주시며 지식과 명철을 그 입에서 (내심이며) 그는 정직한 자를 위하여 완전한 지혜를 예비하시며 행실이 온전한 자에게 방패가 되시나니

| 잠언 9장 10절 | 여호와를 경외하는 것이 지혜의 근본이요 거룩하신 자를 아는 것이 명철이니라

| 야고보서 1장 5절 | 너희 중에 누구든지 지혜가 부족하거든 모든 사람에게 후히 주시고 꾸짖지 아니하시는 하나님께 구하라 그리하면 주시리라

| 전도서 2장 26절 | 하나님은 그가 기뻐하시는 자에게는 지혜와 지식과 희락을 주시나 죄인에게는 노고를 주시고 그가 모아 쌓게 하사 하나님을 기뻐하는 자에게 그가 주게 하시지만 이것도 헛되어 바람을 잡는 것이로다

전능하신 아버지 하나님 오늘도 기도할 수 있는 귀한 은혜 주심에 감사합니다. 오늘도 하나님 범사에 하나님께 감사와 찬양을 드립니다. 모든 지혜와 권능은 하나님 아버지께 있고 모략과 명철도 하나님께 속하였습니다. 하나님께서는 정직한 자를 위하여 완전한 지혜를 준비하시며 행실이 온전한 자의 방패가 되십니다. 사랑과 은혜가 풍성하신 아버지 아버지께서는 정직한 자를 위하여 완전한 지혜를 예비하시며 행실이 온전한 자에게 방패가 되십니다.

사랑하는 ○○○가 모든 일을 행할 때 정직하게 하시고 그의 행실이 하나님의 진리 가운데 행하게 하소서. 하나님 아버지 ○○○가 여호와를 경외하는 것이 지혜의 근본이고 거룩하신 자를 아는 것이 명철임을 깨달아 알게 하여 주시옵소서. 하나님께서는 하나님께서 기뻐하시는 자에게 지혜와 지식과 희락을 주신다고 약속하셨습니다. 하나님 아버지 ○○○에게 지혜와 지식과 희락을 주시옵소서. 그리고 ○○○가 지혜가 부족하여 아버지께 구할 때마다 꾸짖지 마시고 풍성히 내려 주시옵소서. 하나님 아버지 ○○○가 하나님께 받은 지혜를 자신의 욕망을 채우기 위해 사용하는 것이 아니라 온전히 하나님의 뜻을 이루어 드리며 하나님을 기쁘시게 하기 위해 사용하게 하여 주시옵소서. 무엇보다 하나님을 깊이 의지하며 자신의 지혜와 명철을 의지하지 말게 하옵소서. 범사에 하나님을 인정하며 하나님의 뜻 가운데 하나님께서 주신 지혜를 아버지의 영광을 위해 선하게 쓰게 하여 주시옵소서. 모든 말씀 우리를 구원하신 예수 그리스도 이름으로 기도드립니다. 아멘

⓭ 평안을 구하는 기도

| 데살로니가후서 3장 16절 | 평강의 주께서 친히 때마다 일마다 너희에게 평강을 주시고 주께서 너희 모든 사람과 함께 하시기를 (원하노라)

| 요한복음 14장 27절 | 평안을 너희에게 끼치노니 곧 나의 평안을 너희에게 주노라 내가 너희에게 주는 것은 세상이 주는 것과 같지 아니하니라 너희는 마음에 근심하지도 말고 두려워하지도 말라

| 이사야 26장 3절 | 주께서 심지가 견고한 자를 평강하고 평강하도록 지키시리니 이는 그가 주를 신뢰함이니이다

| 시편 119편 165절 | 주의 법을 사랑하는 자에게는 큰 평안이 있으니 그들에게 장애물이 없으리이다

사랑이 많으신 아버지 하나님 감사드립니다. 주님 오늘도 이렇게

기도할 수 있는 특별한 은혜 주심에 감사드립니다. 하나님 아버지 사랑하는 ○○○가 주님의 법을 더욱 더 사랑하도록 그의 마음을 은혜의 자리로 이끌어 주옵소서. 그래서 주의 법을 사랑하는 자에게 주시는 하나님의 특별한 평안이 ○○○에게 넘치게 하시고 그이 앞길에 장애물이 없도록 인도하여 주시옵소서.

하나님 아버지 주께서는 심지가 견고한 자를 평강에 평강으로 지키신다고 약속하셨습니다. ○○○가 매사에 하나님을 더욱 더 의지하며 세상의 방식보다 하나님의 방식을 택하게 하옵소서. 하나님께서 주시는 평안은 세상이 주는 것과 같지 않기에 아버지께 간구하나이다. 모든 지각에서 뛰어난 하나님의 평강이 늘 ○○○의 마음과 생각을 지키도록 해주십시오. 주님께서 친히 때마다 일마다 ○○○에게 하나님의 평안을 내려 주옵소서. 그래서 하나님께서 ○○○와 늘 함께하신다는 사실을 모든 사람들이 알도록 하여 주옵소서.

주님 아버지의 은혜와 평안 없이는 제대로 공부할 수 없고 생활할 수 없습니다. 주님께서 긍휼이 여겨 주셔서 불안하고 초조한 ○○○의 마음을 하나님의 평안으로 늘 채워주시길 간절히 간구하나이다. 모든 말씀 우리를 구원하신 예수 그리스도 이름으로 기도드립니다. 아멘

❶❹ 성적 유혹에서 벗어나게 하소서
| 고린도전서 6장 18절 | 음행을 피하라 사람이 범하는 죄마다 몸 밖에 있거니와 음행하는 자는 자기 몸에 죄를 범하느니라

사랑이 많으신 아버지 하나님 세상의 성적 문란함이 극도에 치닫고 있습니다. 청소년들 사이에서도 음란 영상물들이 넘쳐나고 있습니다. 하나님 아버지 사랑하는 ○○○가 음란한 행동을 피하게 하소서. 음행을 하는 것은 자기 몸에 죄를 짓는 일임을 바로 깨닫게 하여 주소서. 그래서 하나님의 성전인 자기 몸을 소중하고 거룩하게 가꾸어 나갈 수 있도록 은혜 베풀어 주옵소서. 하나님 아버지 음란한 사이트들이

사랑하는 ○○○의 마음을 유혹하고 음란 사이트 중독으로 그를 미혹하고자 할 때 하나님이시여 그의 영혼에 담대함을 주시고 결단력을 주셔서 그 모든 것들을 피하고 오직 주님의 순결한 자녀답게 성령을 따라 살도록 은혜 베풀어 주시옵소서.

행여 음행으로 인해 죄를 지어 마음에 상처가 있다면 오늘 이 시간 하나님 앞에서 그 모든 죄를 회개하고 새롭게 용서받아 다시금 뜻을 정해 하나님의 자녀답게 거룩하고 경건한 삶을 살도록 그를 축복하여 주시옵소서. 사단이 끊임없이 그의 과거의 죄에 대하여 그를 정죄하며 그의 영혼을 누르고 있나이다. 주여 속히 그에게 회개를 통한 속죄의 자유함을 허락하여 주옵소서. 이 음란한 세대 한 가운데 살지만 그 음란함에 동화되는 것이 아니라 하나님의 거룩함을 세상에 널리 보여주는 은혜의 도구로 쓰임 받게 하여 주옵소서. 모든 말씀 우리를 구원하신 예수 그리스도 이름으로 기도드립니다. 아멘

15 마음을 새롭게 하소서

| 시편 1편 1~2절 | 복 있는 사람은 악인들의 꾀를 따르지 아니하며 죄인들의 길에 서지 아니하며 오만한 자들의 자리에 앉지 아니하고 오직 여호와의 율법을 즐거워하여 그의 율법을 주야로 묵상하는도다

| 이사야 55장 8~9절 | 이는 내 생각이 너희의 생각과 다르며 내 길은 너희의 길과 다름이니라 여호와의 말씀이니라 이는 하늘이 땅보다 높음 같이 내 길은 너희의 길보다 높으며 내 생각은 너희의 생각보다 높음이니라

| 로마서 12장 2절 | 너희는 이 세대를 본받지 말고 오직 마음을 새롭게 함으로 변화를 받아 하나님의 선하시고 기뻐하시고 온전하신 뜻이 무엇인지 분별하도록 하라

| 빌립보서 4장 8절 | 끝으로 형제들아 무엇에든지 참되며 무엇에든지 경건하며 무엇에든지 옳으며 무엇에든지 정결하며 무엇에든지 사랑 받을 만하며 무엇에든지 칭찬 받을 만하며 무슨 덕이 있든지 무슨 기림이 있든지 이것들을 생각하라

| 히브리서 4장 12절 | 하나님의 말씀은 살아 있고 활력이 있어 좌우에 날선 어떤 검보다도 예리하여 혼과 영과 및 관절과 골수를 찔러 쪼개기까지 하며 또 마음의 생각과 뜻을 판단하나니

사랑이 많으신 전능하신 아버지 하나님 사랑하는 귀한 믿음의 자녀 ○○○가 세상 사람들의 권모술수를 좇지 아니하게 하소서. 죄인의 길에 서지 않게 하소서. 오만한 자의 자리에 앉지 않게 하소서. 대신 오직 하나님의 말씀을 즐거워하여 그 말씀을 주야로 묵상하고 암송하게 하소서.

하나님 아버지 자기의 마음을 다스리는 자가 성을 빼앗는 자보다 낫다고 하셨습니다. 귀한 ○○○가 자기의 마음을 하나님의 인도하심에 따라 잘 다스리게 하소서. 하나님의 생각은 인간의 생각과 다르다고 했습니다. 사랑하는 ○○○가 이 악한 세대를 본받지 말고 오직 마음을 새롭게 하여 변화를 받아 하나님 아버지의 선하시고 기뻐하시고 온전하신 뜻이 무엇인지 잘 분별하여 그 뜻을 준행하게 하소서. 하나님 아버지 사랑하는 ○○○가 무슨 일을 하든지 참되며 무슨 일이든지 경건하며 무엇에든지 정결하며 무엇이든지 사랑할 만하며 무엇에든지 칭찬할 만하게 하소서.

하나님의 말씀은 살아 있고 운동력이 있어 좌우의 어떤 검보다 예리하다고 하셨습니다. 주의 말씀을 주야로 읽고 묵상하는 ○○○가 하나님의 말씀 가운데 새롭게 변화 받아 아버지의 기쁘신 뜻대로 하나님을 기쁘시게 하는 준비된 믿음의 인재가 되게 하여 주옵소서. 모든 말씀 우리를 구원해주신 예수 그리스도 이름으로 기도드립니다. 아멘

⑯ 좌절을 극복하도록 하고자 할 때
| 시편 37편 5절 | 네 길을 여호와께 맡기라 그를 의지하면 그가 이루시고
| 로마서 8장 37절 | 그러나 이 모든 일에 우리를 사랑하시는 이로 말미암아 우리가 넉넉히 이기느니라

| 고린도전서 1장 30절 | 너희는 하나님으로부터 나서 그리스도 예수 안에 있고 예수는 하나님으로부터 나와서 우리에게 지혜와 의로움과 거룩함과 구원함이 되셨으니

| 히브리서 4장 16절 | 그러므로 우리는 긍휼하심을 받고 때를 따라 돕는 은혜를 얻기 위하여 은혜의 보좌 앞에 담대히 나아갈 것이니라

사랑이 많으신 우리 아버지 하나님 오늘도 아버지께 기도할 수 있는 은혜 주심 감사드립니다. 아버지 요즘 우리 ○○○가 여러 일들로 깊은 좌절을 겪고 있습니다. 옆에서 보는 제 마음이 너무나 아픕니다. 아버지 사랑하는 ○○○의 모든 앞길을 주님께 맡깁니다. 주님께 의지합니다. 주님께서 이루어 주십시오.

현재의 좌절을 통해 하나님의 뜻과 율례를 더욱 깊이 알게 하소서. 그가 아픈 만큼 더욱 더 하나님을 의지하며 하나님과 교제하게 하소서. 좌절을 통해 하나님께 더욱 더 의지하는 법을 배워 하나님과 동행하는 ○○○가 되게 하여 주소서. ○○○가 하나님의 긍휼하심을 받고 때를 따라 돕는 은혜를 얻기 위하여 당신의 은혜의 보좌 앞에 담대히 나아갈 수 있도록 주님 역사하여 주소서.

주님께 모든 은혜와 영광을 돌립니다. 주님 제 기도를 외면하지 마시고 속히 응답하여 주시길 간절히 구하옵니다. 이 모든 좌절을 통해 ○○○가 하나님의 마음을 시원케 하는 준비된 일꾼으로 더욱 더 준비되게 하여 주옵소서. 모든 말씀 우리를 구원하신 예수 그리스도 이름으로 기도드립니다. 아멘

⑰ 죄에서 용서함을 받고 죄의식에서 벗어나도록 하고자 할 때

| 시편 103편 12절 | 동이 서에서 먼 것 같이 우리의 죄과를 우리에게서 멀리 옮기셨으며

| 이사야 44장 22절 | 내가 네 허물을 빽빽한 구름 같이, 네 죄를 안개 같이 없이하였으니 너는 내게로 돌아오라 내가 너를 구속하였음이니라

| 미가 7장 19절 | 다시 우리를 불쌍히 여기셔서 우리의 죄악을 발로 밟으시고 우리의 모든 죄를 깊은 바다에 던지시리이다

| 로마서 3장 24절 | 그리스도 예수 안에 있는 속량으로 말미암아 하나님의 은혜로 값 없이 의롭다 하심을 얻은 자 되었느니라

| 로마서 5장 1절 | 그러므로 우리가 믿음으로 의롭다 하심을 얻었은즉 우리 주 예수 그리스도로 말미암아 하나님으로 더불어 화평을 누리자

| 로마서 8장 1절 | 그러므로 이제 그리스도 예수 안에 있는 자에게는 결코 정죄함이 없나니

| 로마서 8장 33~4절 | 누가 능히 하나님께서 택하신 자들을 고발하리요 의롭다 하신 이는 하나님이시니 누가 정죄하리요 죽으실 뿐 아니라 다시 살아나신 이는 그리스도 예수시니 그는 하나님 우편에 계신 자요 우리를 위하여 간구하시는 자시니라

| 히브리서 10장 17절 | 또 그들의 죄와 그들의 불법을 내가 다시 기억하지 아니하리라 하셨으니

사랑의 주님 오늘도 기도할 수 있는 특별한 시간을 허락해 주시고 주님께 기도할 수 있게 해주신 주님의 은혜 진심으로 감사합니다. 주님을 찬송합니다. 할렐루야! 할렐루야! 할렐루야!

주님 사랑하는 ○○○가 오늘 행한 모든 죄를 주님께서 깨끗이 사하여 주옵소서. 그가 행한 죄에 대하여 회개할 마음을 주사 하나님께 자신의 죄를 인정하고 회개하게 하소서. 회개한 ○○○의 마음속에서 더 이상 죄의식이 그를 괴롭히지 않게 하소서.

사단이 ○○○의 죄의식을 틈타 그의 영혼을 하나님과 멀게 할까 두렵습니다. 동이 서에서 먼 것 같이 ○○○의 죄과를 멀리 하신 하나님, ○○○가 이러한 주님의 용서하심을 분명히 깨닫고 더 이상 죄의식에 사로잡히지 않도록 자유를 주옵소서. 사랑하는 ○○○의 모든 죄를 긍휼히 여기셔서 ○○○의 죄악을 발로 밟으시고 ○○○의 모든 죄를 깊은 바다에 던져주소서. 그리스도 예수 안에 있는 구속으로 말미암아 하나님의 은혜로 값없이 의롭다 하심을 얻는 ○○○에게 더 이상 사단의 정죄가 공격하지 않도록 ○○○를 보호해 주옵소서. 그리스도 예수 안에 있는 ○○○에게 결코 정죄함이 없다는 것을 ○○○가 분명히 깨달아 알게 하소서. 하나님께서 택하신 ○○○를 그 누구도 송사할 수 없음을 ○○○가 알게 하여 주소서.

사랑이 많으신 아버지 하나님 ○○○의 불의와 죄악을 긍휼히 여기시고 ○○○의 죄를 용서하시사 그 죄를 다시 기억하지 말아 주옵소서. 오직 주님이 주시는 사죄의 기쁨 가운데서 ○○○가 온전히 주님을 찬양하며 주님께 영광 돌리는 남은 인생 되게 하여 주옵소서. 모든 말씀 ○○○의 죄를 용서해 주신 구주 예수 그리스도의 이름으로 기도 드립니다. 아멘

❶❽ 어려운 일로 인해 마음이 낙심되고 절망할 때

| 신명기 20장 4절 | 너희 하나님 여호와는 너희와 함께 행하시며 너희를 위하여 너희 적군과 싸우시고 구원하실 것이라 할 것이며

| 신명기 28장 7절 | 여호와께서 너를 대적하기 위해 일어난 적군들을 네 앞에서 패하게 하시리라 그들이 한 길로 너를 치러 들어왔으나 네 앞에서 일곱 길로 도망하리라

| 신명기 33장 27절 | 영원하신 하나님이 네 처소가 되시니 그의 영원하신 팔이 (네) 아래에 있도다 그가 네 앞에서 대적을 쫓으시며 멸하라 하시도다

| 시편 5편 11절 | 그러나 주께 피하는 모든 사람은 다 기뻐하며 주의 보호로 말미암아 영원히 기뻐 외치고 주의 이름을 사랑하는 자들은 주를 즐거워하리이다

| 시편 138편 7절 | 내가 환난 중에 다닐지라도 주께서 나를 살아나게 하시고 주의 손을 펴사 내 원수들의 분노를 막으시며 주의 오른손이 나를 구원하시리이다

| 잠언 20장 22절 | 너는 악을 갚겠다 말하지 말고 여호와를 기다리라 그가 너를 구원하시리라

| 잠언 25장 21~22절 | 네 원수가 배고파하거든 음식을 먹이고 목말라하거든 물을 마시게 하라 그리 하는 것은 핀 숯을 그의 머리에 놓는 것과 일반이

요 여호와께서 네게 갚아 주시리라

| 스바냐 3장 17절 | 너의 하나님 여호와가 너의 가운데에 계시니 그는 구원을 베푸실 전능자이시라 그가 너로 말미암아 기쁨을 이기지 못하시며 너를 잠잠히 사랑하시며 너로 말미암아 즐거이 부르며 기뻐하시리라 하리라

사랑이 많으신 아버지 하나님 범사에 하나님께 감사드립니다. 아버지! 사랑하는 ○○○가 지금 ○○○일로 무척 낙심하고 있습니다. 하나님 아버지! 오직 주에게 피하는 자는 다 기뻐하며 주의 보호로 인하여 영영히 기뻐 외친다고 말씀하시지 않으셨습니까? ○○○가 오직 주님에게만 피하기를 원합니다. 오직 하나님의 도우심만을 바랍니다. 그러할 때 ○○○를 힘들게 하는 모든 문제들과 사람들이 ○○○를 힘들게 하려고 한 길로 들어왔을지라도 ○○○ 앞에서 일곱길로 도망가게 하여주옵소서. 하나님 아버지! 전능하신 아버지께서 ○○○의 쉴 곳이 되어 주옵소서. 아버지의 능력의 팔로 ○○○를 붙들어 주시고 ○○○를 힘들게 하는 모든 상황과 문제들을 쫓아내어 주옵소서. ○○○가 환난 중에 다닐지라도 하나님 아버지께서 ○○○를 소성케 하옵시고 아버지의 능하신 손을 펴사 ○○○의 원수들의 분노를 막으시고 ○○○를 구원하여 주옵소서. 사랑의 아버지 하나님께서 ○○○와 늘 함께 하시사 ○○○이로 인하여 하나님께서 기쁨을 이기지 못하게 하시고 ○○○를 잠잠히 사랑하여 주옵소서.

○○○가 하나님 아버지의 기쁨이 되기를 간절히 소원하며 기도합니다. 모든 말씀 우리를 구원하신 예수 그리스도 이름으로 기도드립니다. 아멘

⑲ 자녀가 자신이 불행하다고 생각하고 느낄 때

| 시편 5편 11절 | 그러나 주께 피하는 모든 사람은 다 기뻐하며 주의 보호로 말미암아 영원히 기뻐 외치고 주의 이름을 사랑하는 자들은 주를 즐거워

하리이다

| 시편 16편 11절 | 주께서 생명의 길을 내게 보이시리니 주의 앞에는 충만한 기쁨이 있고 주의 오른쪽에는 영원한 즐거움이 있나이다

| 시편 33편 21절 | 우리 마음이 그를 즐거워함이여 우리가 그의 성호를 의지하였기 때문이로다

| 시편 68편 3절 | 의인은 기뻐하여 하나님 앞에서 뛰놀며 기뻐하고 즐거워할지어다

| 시편 126편 5~6절 | 눈물을 흘리며 씨를 뿌리는 자는 기쁨으로 거두리로다 울며 씨를 뿌리러 나가는 자는 반드시 기쁨으로 그 (곡식) 단을 가지고 돌아오리로다

| 시편 147편 3절 | 상심한 자들을 고치시며 그들의 상처를 싸매시는도다

| 잠언 16장 20절 | 삼가 말씀에 주의하는 자는 좋은 것을 얻나니 여호와를 의지하는 자는 복이 있느니라

전능하신 만군의 여호와 하나님 오늘도 기도할 수 있는 은혜를 베풀어 주심에 감사하나이다. 사랑이 많으신 아버지 요즘 ○○○의 안색이 좋지 않습니다. 여러 문제들로 인해 그의 표정이 어둡고 행복해 보이지 않습니다. ○○○는 자신 스스로가 불행하다고 생각하는 것처럼 보입니다. 하나님 아버지! 어떻게 하면 좋을까요?

오직 주님께 피하는 자는 다 기뻐하며 주의 보호로 인하여 영영히 기뻐 외친다고 주님 말씀하셨습니다. 사랑하는 ○○○가 오직 주님께 이 모든 문제들을 들고 아뢸 수 있는 은혜를 허락하여 주옵소서. 그래서 주님께 위로 받고 새로운 용기와 꿈을 얻게 하여 주옵소서. 주님께서 생명의 길을 ○○○에게 보여주시옵소서.

주님 앞에는 기쁨이 충만하고 주님의 우편에는 영원한 즐거움이 있습니다. 사랑하는 ○○○도 주님의 기쁨과 즐거움에 동참하고 그것을 누리는 기쁨을 허락하여 주옵소서. 하나님 아버지 ○○○가 하나님을 의지하여 마음의 불행을 떨쳐내게 하여 주옵소서. ○○○가 하나님 앞에서 뛰놀며 기뻐하고 즐거워하게 하여 주옵소서.

사랑하는 아버지! 아버지께서는 상심한 자를 고치시며 그들의 상처를 싸매주신다고 약속하셨습니다. 사랑하는 ○○○의 모든 마음의 불행과 상처들을 이 시간 싸매어 주시고 회복시켜 주시옵소서. ○○○가 삼가 하나님의 말씀을 주의하여 읽게 하시고 오직 하나님을 의지하여 복을 받게 하여 주옵소서.

○○○의 마음의 불행은 오직 주님만이 위로하시고 해결하실 수 있음을 고백하나이다. 여호와 하나님 부디 긍휼과 사랑을 베풀어 주시사 ○○○의 모든 마음의 불행을 기쁨으로 변하게 하여 주옵소서. 이 모든 간구를 우리를 구원하신 예수 그리스도 이름으로 간절히 기도드립니다. 아멘

❷⓿ 자녀에게 슬픔이 찾아왔을 때

| 시편 34편 18절 |여호와는 마음이 상한 자를 가까이 하시고 충심으로 통회하는 자를 구원하시는도다

| 시편 51편 17절 | 하나님께서 (구하시는) 제사는 상한 심령이라 하나님이여 상하고 통회하는 마음을 주께서 멸시하지 아니하시리이다

| 시편 147편 3절 | 상심한 자들을 고치시며 그들의 상처를 싸매시는도다

| 이사야 49장 13절 | 하늘이여 노래하라 땅이여 기뻐하라 산들이여 즐거이 노래하라 여호와께서 그의 백성을 위로하셨은즉 그의 고난 당한 자를 긍휼히 여기실 것임이라

| 이사야 51장 12절 | 이르시되 너희를 위로하는 자는 나 곧 나이니라 너는 어떠한 자이기에 죽을 사람을 두려워하며 풀 같이 될 사람의 아들을 두려워하느냐

| 이사야 61장 1~3절 | 주 여호와의 영이 내게 내리셨으니 이는 여호와께서 내게 기름을 부으사 가난한 자에게 아름다운 소식을 전하게 하심이라 나를 보내사 마음이 상한 자를 고치며 포로된 자에게 자유를, 갇힌 자에게 놓임을 선포하며 여호와의 은혜의 해와 우리 하나님의 보복의 날을 선포하여 모든 슬픈 자를 위로하되 무릇 시온에서 슬퍼하는 자에게 화관

을 주어 그 재를 대신하며 기쁨의 기름으로 그 슬픔을 대신하며 찬송의 옷으로 그 근심을 대신하시고 그들이 의의 나무 곧 여호와께서 심으신 그 영광을 나타낼 자라 일컬음을 받게 하려 하심이라

| 이사야 66장 2절 | 나 여호와가 말하노라 내 손이 이 모든 것을 지었으므로 그들이 생겼느니라 무릇 (마음이) 가난하고 심령에 통회하며 내 말을 듣고 떠는 자 그 사람은 내가 돌보려니와

| 마태복음 5장 4절 | 애통하는 자는 복이 있나니 그들이 위로를 받을 것임이요

| 고린도후서 1장 3~4절 | 찬송하리로다 그는 우리 주 예수 그리스도의 하나님이시요 자비의 아버지시요 모든 위로의 하나님이시며 우리의 모든 환난 중에서 우리를 위로하사 우리로 하여금 하나님께 받는 위로로써 모든 환난 중에 있는 자들을 능히 위로하게 하시는 이시로다

| 데살로니가후서 2장 16~17절 | 우리 주 예수 그리스도와 우리를 사랑하시고 영원한 위로와 좋은 소망을 은혜로 주신 하나님 우리 아버지께서 너희 마음을 위로하시고 모든 선한 일과 말에 굳건하게 하시기를 (원하노라)

　사랑이 많으신 전능하신 나의 아버지 하나님 주님의 은혜와 사랑에 늘 감사하며 주님을 찬송합니다. 할렐루야! 할렐루야! 할렐루야! 전능하신 하나님 아버지 아버지께서는 마음이 상한 자를 홀로 두지 않으시고 가까이 다가가십니다. 그 마음의 중심에 회개하는 자를 하나님은 구원하십니다.

　하나님 아버지 사랑하는 ○○○가 지금 몹시 슬퍼하고 있습니다. 그 아들을(딸을) 홀로 두지 마시고 하나님 아버지께서 그의 마음을 위로하여 주십시오. 하나님께서 구하시는 예배는 상한 심령이십니다. 하나님께서시여, 당신은 상하고 회개하는 마음을 결코 멸시치 않으십니다. 상심한 자를 고치시며 저희 상처를 싸매시는 아버지 하나님 사랑하는 ○○○의 슬픔도 고쳐 주시옵소서. 하나님 아버지 애통하는 ○○○에게 위로를 허락하시사 주님 안에서 참 평안과 위로를 얻게 하옵소서.

하나님을 찬송합니다. 하나님은 우리 주 예수 그리스도의 하나님이
시요 자비의 아버지시요 모든 위로의 하나님이시며 우리의 모든 환난
과 슬픔 중에서 우리를 위로하사 우리로 하여금 하나님께 받는 위로
로써 모든 환난 중에 있는 자들을 능히 위로하게 하시는 분이십니다.
아버지 ㅇㅇㅇ의 모든 마음의 슬픔을 주님께서 어루만져 주시고 위로
하여 주옵소서. 그래서 ㅇㅇㅇ가 영원한 소망을 오직 하나님께만 두게
하옵소서. 슬픔에서 어서 속히 회복되어 모든 선한 일과 말에 주님의
자녀답게 잘 쓰임 받도록 하게 하옵소서. 주님의 기도 들으심과 선하
심과 인자하심을 영원히 찬송합니다. 모든 말씀 우리를 구원하신 예
수 그리스도 이름으로 기도드립니다. 아멘

㉑ 자녀가 실패를 경험했을 때

| 시편 37편 23~24절 | 여호와께서 사람의 걸음을 정하시고 그의 길을 기뻐
하시나니 그는 넘어지나 (아주) 엎드러지지 아니함은 여호와께서 그의 손
으로 붙드심이로다

| 로마서 8장 31~32절 | 그런즉 이 일에 대하여 우리가 무슨 말 하리요 만일
하나님이 우리를 위하시면 누가 우리를 대적하리요 자기 아들을 아끼지
아니하시고 우리 모든 사람을 위하여 내주신 이가 어찌 그 아들과 함께
모든 것을 우리에게 주시지 아니하겠느냐

사랑의 주님 오늘도 우리에게 복된 하루를 주시고 주님께 기도할
수 있는 은혜 주심에 감사합니다. 여호와 하나님께서는 사람의 걸음
을 정하시고 그 길을 기뻐하십니다. 하나님의 자녀들이 때로는 실패
할지라도 아주 엎드려지고 포기하지 않는 것은 하나님께서 손으로 붙
드시기 때문입니다.

하나님 아버지 사랑하는 ㅇㅇㅇ가 지금 여러 가지 실패들로 인해 무
척 괴로워하고 있습니다. 하나님 아버지 사랑하는 ㅇㅇㅇ를 주님의 의
로운 손으로 붙들어 주십시오. 하나님만이 그의 마음을 붙잡아 주시

고 실패를 통해 그를 정금과 같이 단련시키실 수 있습니다. 하나님 아버지! 당신께서 ○○○를 위하시면 누가 ○○○를 대적하겠습니까? 당신의 아들을 아끼지 아니하시고 ○○○를 구원하기 위해 내어 주신 아버지께서 어찌 그 아들과 함께 모든 것을 ○○○에게 은사로 주지 아니하시겠습니까? 저는 믿습니다. 아버지의 신실하심과 도우심을.

부디 ○○○의 마음을 붙잡아 주셔서 실패로 인해 괴로워하는 ○○○의 마음에 새로운 기쁨과 희망을 허락하여 주옵소서. 부족한 저의 기도를 들어주신 하나님 아버지를 찬양합니다. 모든 말씀 우리를 구원하신 예수 그리스도 이름으로 기도드립니다. 아멘

㉒ 우울한 마음에서 벗어나도록 돕고자 할 때

| 시편 38편 21~22절 | 여호와여 나를 버리지 마소서 나의 하나님이여 나를 멀리하지 마소서 속히 나를 도우소서 주 나의 구원이시여

| 잠언 3장 5~6절 | 너는 마음을 다하여 여호와를 신뢰하고 네 명철을 의지하지 말라 너는 범사에 그를 인정하라 그리하면 네 길을 지도하시리라

| 잠언 18장 14절 | 사람의 심령은 그의 병을 능히 이기려니와 심령이 상하면 그것을 누가 일으키겠느냐

| 이사야 53장 4~5절 | 그는 실로 우리의 질고를 지고 우리의 슬픔을 당하였거늘 우리는 생각하기를 그는 징벌을 받아 하나님께 맞으며 고난을 당한다 하였노라 그가 찔림은 우리의 허물 때문이요 그가 상함은 우리의 죄악 때문이라 그가 징계를 받으므로 우리는 평화를 누리고 그가 채찍에 맞으므로 우리는 나음을 받았도다

| 고린도후서 4장 8~9절 | 우리가 사방으로 우겨쌈을 당하여도 싸이지 아니하며 답답한 일을 당하여도 낙심하지 아니하며 박해를 받아도 버린 바 되지 아니하며 거꾸러뜨림을 당하여도 망하지 아니하고

| 갈라디아서 2장 20절 | 내가 그리스도와 함께 십자가에 못 박혔나니 그런즉 이제는 내가 사는 것이 아니요 오직 내 안에 그리스도께서 사시는 것이라 이제 내가 육체 가운데 사는 것은 나를 사랑하사 나를 위하여 자기 자신을 버리신 하나님의 아들을 믿는 믿음 안에서 사는 것이라

은혜가 풍성하신 나의 아버지 하나님이시여 주님의 깊으신 은혜로 매일매일 저의 삶에 참 평안이 넘칩니다. 은혜 주신 하나님 아버지를 영원히 찬송합니다. 할렐루야! 할렐루야! 할렐루야! 아버지 당신이 사랑하시는 ○○○가 지금 무척 마음이 우울해져 있습니다. 그의 표정이 어둡고 그의 마음에서 기쁨이 사라져 가고 있습니다. 하나님 아버지 ○○○를 버리지 마시고 ○○○를 멀리 하지 마옵소서. 속히 ○○○를 도와주소서. 오직 아버지만이 ○○○의 구원이십니다.

사랑이 많으신 아버지 ○○○가 마음을 다하여 여호와 하나님만을 의지하게 하소서. ○○○가 자신의 명철을 의지하지 말게 하소서. ○○○가 범사에 아버지를 인정하게 하소서. 오직 하나님께서 ○○○의 앞길을 지도하여 주옵소서. 그래서 지금 우울함에서 벗어날 수 있도록 주님께서 선하게 인도하여 주옵소서.

하나님 아버지 사람의 심령이 상하면 누가 그것을 회복시킬 수 있겠습니까? 오직 하나님만이 그것을 치료하고 회복시킬 수 있음을 고백합니다. 우리가 사방으로 우겨쌈을 당하여도 싸이지 아니하며 답답한 일을 당하여도 낙심하지 아니하며 핍박을 받아도 버린 바 되지 아니하며 거꾸러뜨림을 당하여도 망하지 아니함을 고백합니다. ○○○의 우울한 마음을 주님께서 기쁨으로 채워주십시오.

오직 주님만이 그에게 세상이 알지 못하는 평안함과 기쁨을 주실 수 있습니다. 사람은 할 수 없으나 하나님은 하실 수 있음을 고백합니다. 주님 역사하여 주십시오. 주님 책임져 주십시오. 주님께 모든 것 맡기오며 모든 말씀 예수 그리스도 이름으로 기도드립니다. 아멘

㉓ 언어 생활에 대한 기도
| 시편 101편 5절 | 자기의 이웃을 은근히 헐뜯는 자를 내가 멸할 것이요 눈이 높고 마음이 교만한 자를 내가 용납하지 아니하리로다
| 시편 141편 3절 | 여호와여 내 입에 파수꾼을 세우시고 내 입술의 문을 지키

소서

| 마태복음 12장 36~37절 | 내가 너희에게 이르노니 사람이 무슨 무익한 말을 하든지 심판 날에 이에 대하여 심문을 받으리니 네 말로 의롭다 함을 받고 네 말로 정죄함을 받으리라

| 에베소서 4장 29절 | 무릇 더러운 말은 너희 입 밖에도 내지 말고 오직 덕을 세우는 데 소용되는 대로 선한 말을 하여 듣는 자들에게 은혜를 끼치게 하라

사랑이 많으신 아버지 하나님 오늘도 기도할 수 있는 은혜 주심에 감사드립니다. 사랑하는 ○○○가 학교에서, 집에서, 어디를 가든지 무릇 더러운 말은 입 밖에도 내지 말게 하옵소서. 오직 덕을 세우는 데 소용되는 대로 선한 말을 하여 듣는 사람에게 은혜를 끼치게 하옵소서. 하나님 아버지 청소년들의 언어 생활이 거칠어지고 있습니다. 하나님께서는 사람이 무슨 무익한 말을 하든지 심판 날에 이에 대하여 심판을 받고 정죄함을 받으리라고 하셨습니다. 사랑하는 ○○○의 입술에 파수꾼을 세우시고 ○○○의 입술의 문을 지켜 주옵소서. 오직 하나님의 영광을 나타내고 하나님을 기쁘시게 하는 귀한 언어들로 ○○○의 입 안을 채워 주시길 간곡히 소원합니다. ○○○의 말을 듣고 수많은 사람들이 새로운 희망과 기쁨과 위로를 얻는 축복의 도구로 사용하여 주시옵소서. 모든 말씀 우리를 구원하신 예수 그리스도 이름으로 기도드립니다. 아멘

㉔ 생각이 너무 혼란할 때

| 잠언 3장 5~6절 | 너는 마음을 다하여 여호와를 신뢰하고 네 명철을 의지하지 말라 너는 범사에 그를 인정하라 그리하면 네 길을 지도하시리라

| 고린도전서 14장 33절 | 하나님은 무질서의 하나님이 아니시요 오직 화평의 하나님이시니라

| 야고보서 3장 16~17절 | 시기와 다툼이 있는 곳에는 혼란과 모든 악한 일이 있음이라 오직 위로부터 난 지혜는 첫째 성결하고 다음에 화평하고 관용

하고 양순하며 긍휼과 선한 열매가 가득하고 편견과 거짓이 없나니

사랑과 은혜가 풍성하신 하나님 아버지 당신의 이름이 세세무궁토록 존귀합니다. 오늘도 아버지께 기도할 수 있는 귀한 은혜 주심에 감사드립니다. 하나님 아버지 요즘 ○○○의 생각이 복잡하고 혼란한 것 같습니다. 공부해야 할 시간에도 다른 생각이 많고 잡념이 많이 떠오르는 것 같습니다. 예배 드릴 때도 졸거나 집중하지 않는 때가 많은 것 같습니다. 하나님 아버지 사랑하는 ○○○의 마음속 질서를 새롭게 바로잡아 주십시오.

하나님은 어지러움의 하나님이 아니시요 오직 화평의 하나님이십니다. ○○○의 마음 속에 있는 모든 혼란함을 거두어 가시고 하나님의 화평이 넘치게 하옵소서. ○○○의 마음 속에 오직 하나님의 지혜를 풍성히 내려 주옵소서. 하나님의 지혜는 성결하고 화평하고 관용하고 양순하며 긍휼과 선한 열매가 가득하고 편벽과 거짓이 없습니다.

하나님께서 지혜를 주셔서 ○○○의 마음속에 있는 모든 혼돈스러움과 복잡함을 제하여 주옵소서. 은혜가 풍성하신 하나님 저의 기도에 속히 응답하여 주옵소서. 간절히 주님의 은혜를 사모하나이다. 모든 말씀 우리를 구원하신 예수 그리스도 이름으로 기도드립니다. 아멘

㉕ 기도의 중요성을 깨닫게 하소서

| 역대상 16장 11절 | 여호와와 그의 능력을 구할지어다 항상 그의 얼굴을 찾을지어다

| 마태복음 7장 7절 | 구하라 그리하면 너희에게 주실 것이요 찾으라 그리하면 찾아낼 것이요 문 을 두드리라 그리하면 너희에게 열릴 것이니

| 야고보서 5장 13절 | 너희 중에 고난 당하는 자가 있느냐 그는 기도할 것이요 즐거워하는 자가 있느냐 그는 찬송할지니라

| 역대하 7장 14절 | 내 이름으로 일컫는 내 백성이 그들의 악한 길에서 떠나 스스로 낮추고 기도하여 내 얼굴을 찾으면 내가 하늘에서 듣고 그들의 죄

를 사하고 그들의 땅을 고칠지라

| 예레미야 29장 13절 | 너희가 온 마음으로 나를 구하면 나를 찾을 것이요 나를 만나리라

| 시편 50편 15절 | 환난 날에 나를 부르라 내가 너를 건지리니 네가 나를 영화롭게 하리로다

| 예레미야 33장 3절 | 너는 내게 부르짖으라 내가 네게 응답하겠고 네가 알지 못하는 크고 은밀한 일을 네게 보이리라

| 요한일서 5장 14절 | 그를 향하여 우리가 가진 바 담대함이 이것이니 그의 뜻대로 무엇을 구하면 들으심이라

| 로마서 8장 32절 | 자기 아들을 아끼지 아니하시고 우리 모든 사람을 위하여 내주신 이가 어찌 그 아들과 함께 모든 것을 우리에게 주시지 아니하겠느냐

　사랑이 많으신 아버지 하나님 아버지의 은혜와 사랑은 한이 없으십니다. 오늘도 당신을 아버지라 부를 수 있고 담대하게 기도할 수 있게 해주심에 감사드립니다. 하나님 아버지 사랑하는 ○○○가 아직 기도가 무척 어리고 약합니다. 그가 하나님과 더 깊은 영적 교제를 하기를 간절히 소원합니다. ○○○가 항상 하나님의 능력을 구하게 하옵소서. ○○○가 항상 기도를 통해 당신께 나아가게 하옵소서. ○○○가 전심으로 당신을 찾고 찾아 당신을 만나게 하옵소서. ○○○가 골방에 들어가 문을 닫고 은밀한 중에 계신 아버지께 기도하게 하옵소서. 그래서 살아계신 하나님을 기도를 통해 전인격적으로 만날 수 있게 하옵소서. 어려움과 시련을 만날 때에 ○○○가 하나님을 부르게 하옵소서. 그리고 그의 기도를 들으시고 ○○○를 건져주옵소서. ○○○가 부르짖고 또 부르짖어 아버지께 기도할 때 하나님이시여 그에게 그가 알지 못하는 크고 비밀한 일을 보여주옵소서. 사랑이 많으신 아버지 하나님 ○○○의 기도의 문을 활짝 열어 주소서. 그래서 기도를 통해 하나님으로부터 공급되는 신령한 것들을 가지고 이 세상에서 하나님

의 자녀답게 빛과 소금으로 능히 살게 하여 주옵소서. 모든 말씀 우리를 구원하신 예수 그리스도 이름으로 기도드립니다. 아멘

㉖ 구원의 확신이 없거나 흔들릴 때

| 요한복음 3장 16절 | 하나님이 세상을 이처럼 사랑하사 독생자를 주셨으니 이는 그를 믿는 자마다 멸망하지 않고 영생을 얻게 하려 하심이라

| 요한복음 5장 24절 | 내가 진실로 진실로 너희에게 이르노니 내 말을 듣고 또 나 보내신 이를 믿는 자는 영생을 얻었고 심판에 이르지 아니하나니 사망에서 생명으로 옮겼느니라

| 로마서 8장 38~39절 | 내가 확신하노니 사망이나 생명이나 천사들이나 권세자들이나 현재 일이나 장래 일이나 능력이나 높음이나 깊음이나 다른 어떤 피조물이라도 우리를 우리 주 그리스도 예수 안에 있는 하나님의 사랑에서 끊을 수 없으리라

| 고린도후서 6장 17절 | 그러므로 너희는 그들 중에서 나와서 따로 있고 부정한 것을 만지지 말라 내가 너희를 영접하여

| 에베소서 2장 8~9절 | 너희는 그 은혜에 의하여 믿음으로 말미암아 구원을 받았으니 이것은 너희에게서 (난 것이) 아니요 하나님의 선물이라 행위에서 (난 것이) 아니니 이는 누구든지 자랑하지 못하게 함이라

| 요한일서 5장 12~13절 | 아들이 있는 자에게는 생명이 있고 하나님의 아들이 없는 자에게는 생명이 없느니라 내가 하나님의 아들의 이름을 믿는 너희에게 이것을 쓰는 것은 너희로 하여금 너희에게 영생이 있음을 알게 하려 함이라

할렐루야! 할렐루야! 할렐루야! 찬양과 영광을 받기에 합당하신 전능하신 아버지 하나님 오늘도 복된 날을 허락하시고 아버지께 기도할 수 있는 특권 주심에 감사드립니다. 하나님 아버지 사랑하는 ○○○가 요즘 구원의 확신이 흔들리는 모습을 보게 됩니다. 세상의 인본주의 교육과 문화가 끊임없이 ○○○에게 모든 종교에 구원이 있는 것처럼 속삭이고 있습니다. 종교다원주의가 판을 치는 요즘 ○○○ 역시 그 영향을 받아 구원의 확신이 조금씩 흔들리고 있는 것처럼 보입니다.

하나님 아버지께서는 세상을 너무나 사랑하셔서 독생자 예수 그리스도를 주셨습니다. 이는 믿는 자마다 멸망치 않고 영생을 얻게 하기 위함입니다. 사랑의 주님 ○○○가 이 복음의 진리를 확고히 붙잡게 하여 주옵소서. 세상의 거짓된 가르침과 문화에 물들지 않게 그의 영혼을 보호하여 주옵소서. 예수를 믿어야만 참 구원이 있다는 진리에서 벗어나지 않도록 ○○○의 믿음을 지켜 보호하여 주옵소서. 오직 그리스도 안에 있어야 새로운 피조물이 될 수 있음을 ○○○가 견고히 붙잡게 하여 주옵소서. 그 어떤 것들도 ○○○의 구원을 빼앗아 갈 수 없고 ○○○에 대한 하나님의 사랑을 끊을 수 없음을 ○○○가 분명히 깨달아 알게 하여 주옵소서. ○○○가 오직 믿음으로 말미암아 구원을 얻었고 자신의 행위에서 구원을 이룰 수 없음을 철저하게 깨닫게 하여 주옵소서. 사랑이 많으신 주님 ○○○가 구원에 대한 확신을 가지고 천국 가는 그날까지 이 진리를 붙들고 하나님의 귀한 사명 감당하며 살게 하옵소서. 모든 말씀 우리를 구원하신 예수 그리스도 이름으로 간절히 기도드립니다. 아멘

㉗ 육신의 정욕과 안목의 정욕과 이생의 자랑에서 벗어나게 하소서

| 빌립보서 2장 12~16절 | 그러므로 나의 사랑하는 자들아 너희가 나 있을 때뿐 아니라 더욱 지금 나 없을 때에도 항상 복종하여 두렵고 떨림으로 너희 구원을 이루라 너희 안에서 행하시는 이는 하나님이시니 자기의 기쁘신 뜻을 위하여 너희에게 소원을 두고 행하게 하시나니 모든 일을 원망과 시비가 없이 하라 이는 너희가 흠이 없고 순전하여 어그러지고 거스르는 세대 가운데서 하나님의 흠 없는 자녀로 세상에서 그들 가운데 빛들로 나타내며 생명의 말씀을 밝혀 나의 달음질이 헛되지 아니하고 수고도 헛되지 아니함으로 그리스도의 날에 내가 자랑할 것이 있게 하려 함이라

| 빌립보서 3장 7~11절 | 그러나 무엇이든지 내게 유익하던 것을 내가 그리스도를 위하여 다 해로 여길뿐더러 또한 모든 것을 해로 여김은 내 주 그리스도 예수를 아는 지식이 가장 고상하기 때문이라 내가 그를 위하여 모든

것을 잃어버리고 배설물로 여김은 그리스도를 얻고 그 안에서 발견되려 함이니 내가 가진 의는 율법에서 난 것이 아니요 오직 그리스도를 믿음으로 말미암은 것이니 곧 믿음으로 하나님께로부터 난 의라 내가 그리스도와 그 부활의 권능과 그 고난에 참여함을 알고자 하여 그의 죽으심을 본받아 어떻게 해서든지 죽은 자 가운데서 부활에 이르려 하노니

| 골로새서 3장 1~2절/ 17절 | 그러므로 너희가 그리스도와 함께 다시 살리심을 받았으면 위의 것을 찾으라 거기는 그리스도께서 하나님 우편에 앉아 계시느니라 위의 것을 생각하고 땅의 것을 생각하지 말라 또 무엇을 하든지 말에나 일에나 다 주 예수의 이름으로 하고 그를 힘입어 하나님 아버지께 감사하라

| 야고보서 1장 27절 | 하나님 아버지 앞에서 정결하고 더러움이 없는 경건은 곧 고아와 과부를 그 환난중에 돌보고 또 자기를 지켜 세속에 물들지 아니하는 그것이니라

| 요한일서 2장 15~17절 | 이 세상이나 세상에 있는 것들을 사랑하지 말라 누구든지 세상을 사랑하면 아버지의 사랑이 그 안에 있지 아니하니 이는 세상에 있는 모든 것이 육신의 정욕과 안목의 정욕과 이생의 자랑이니 다 아버지께로부터 온 것이 아니요 세상으로부터 온 것이라 이 세상도, 그 정욕도 지나가되 오직 하나님의 뜻을 행하는 자는 영원히 거하느니라

아버지! 나의 아버지! 당신을 아버지라 부르게 해주신 그 크신 사랑에 늘 감사드립니다. 제 생명을 드려도 당신의 큰 사랑과 은혜를 다 갚을 수 없습니다. 나의 주님이시여! 항상 주님의 은혜에 감사하면서도 아버지의 자녀답게 살지 못하는 저의 연약함을 용서하여 주옵소서. 사랑이 많으신 아버지 세상은 끊임없이 인간의 욕심을 자극하고 인간의 허영을 부추기고 있습니다. 하나님의 자녀이지만 세상 사람들과 똑같은 인본주의 가치관을 가지고 살 때가 너무 많습니다. 이 세상의 중심은 하나님께서신데 인간은 끊임없이 또 다른 바벨탑을 쌓으며 세상의 중심은 인간임을 외치고 있습니다.

아버지! ○○○가 세상에 속한 것을 사랑치 말게 하옵소서. 누구든

지 세상을 사랑하면 아버지의 사랑이 그 속에 없습니다. 세상의 모든 것이 육신의 정욕과 안목의 정욕과 이생의 자랑에서 비롯된 것이기 때문입니다. 이 세상도 그 정욕도 지나가지만 오직 하나님 아버지의 뜻을 행하는 이는 영원히 거한다는 진리를 사랑하는 ○○○가 늘 명심하게 하여 주옵소서.

○○○가 이 세상에서 예수 그리스도를 아는 지식이 가장 고상함을 깨닫게 하여 주옵소서. ○○○가 이 세상 가운데 살지만 인본주의에 물들지 않고 하나님의 자녀로서 흠 없고 순전하게 살도록 그의 삶을 인도하여 주옵소서. 이 세상의 모든 욕심의 끝은 죄악이고 죄악의 끝은 사망이라는 것을 ○○○가 분명히 깨달아 세상의 더러운 욕심으로부터 자신의 영혼을 지킬 수 있도록 그에게 은혜 베풀어 주옵소서. ○○○가 세상에 의해 변하는 것이 아니라 세상을 오히려 하나님의 은혜와 방법으로 변화시키는 살아 있는 주님의 일꾼이 되게 하여 주옵소서. 부족한 기도를 외면하지 않으시고 늘 응답하시는 하나님 아버지를 찬양합니다. 모든 말씀 우리를 구원하신 예수 그리스도 이름으로 기도드립니다. 아멘

2) 자녀의 학교생활에 맞춘 기도

❶ 새 학년에 올라가 1학기를 시작할 때

| 빌립보서 4장 6~7절 | 아무 것도 염려하지 말고 다만 모든 일에 기도와 간구로, 너희 구할 것을 감사함으로 하나님께 아뢰라 그리하면 모든 지각에 뛰어난 하나님의 평강이 그리스도 예수 안에서 너희 마음과 생각을 지키시리라

사랑이 많으신 아버지 하나님 오늘도 아버지의 한없는 사랑과 은혜에 감사하며 하나님을 찬양합니다. 할렐루야! 할렐루야! 할렐루야!

오늘은 사랑하는 ○○○가 새로운 학년에 올라가 1학기를 시작하는 날입니다. 새 학년 새 학기에 대한 많은 기대도 있지만 한편으로 걱정도 많습니다. ○○○가 새로운 환경에 잘 적응하며 좋은 친구들을 사귈 수 있을지 염려됩니다.

하나님 아버지 아무 것도 염려하지 말고 오직 기도와 간구로 너희 구할 것을 감사함으로 기도하라고 말씀하신 것처럼 저도 기도합니다. ○○○의 새 학년 새 학기를 온전히 주님께 맡기고 드립니다. 이 기간을 통해 하나님께서 예비하신 풍성한 은혜와 축복을 다 받아 누리게 하옵소서. 하나님께서 주신 귀한 시간 비옥하게 가꾸게 하소서. 그리하여 21세기 하나님의 마음을 시원케 하는 신앙과 실력과 인격이 겸비된 일꾼으로 자라나게 하옵소서.

하나님 아버지 새 학년 새 학기 시작입니다. 하나님과 동행하는 새 학기가 되게 하여 주옵소서. 하나님께서 예비한 좋은 친구들과 아름다운 우정을 쌓게 하여 주옵소서. ○○○가 먼저 좋은 친구가 되어 친구들에게 다가갈 수 있도록 축복하시고 인도하옵소서. 훌륭하신 담임 선생님을 만나게 하옵시며 그분으로부터 좋은 가르침을 받도록 좋은 만남과 배움을 주님께서 허락하여 주옵소서. 새 학년 새 학기의 건강도 주님께서 책임져 주옵소서. 그리하여 건강으로 인해 시간을 낭비하는 일이 없도록 주님 책임져 주시고 보호하여 주옵소서. 주님의 깊으신 은혜만을 찬송합니다. 우리를 구원하신 예수 그리스도 이름으로 기도드립니다. 아멘

❷ 아침에 일어났을 때

| 이사야 42장 10절 | 항해하는 자들과 바다 가운데의 만물과 섬들과 거기에 사는 사람들아 여호와께 새 노래로 노래하며 땅 끝에서부터 찬송하라
| 시편 98편 1절 | 새 노래로 여호와께 찬송하라 그는 기이한 일을 행하사 그의 오른손과 거룩한 팔로 자기를 위하여 구원을 베푸셨음이로다

| 시편 96편 1절 | 새 노래로 여호와께 노래하라 온 땅이여 여호와께 노래할지어다

사랑이 많으신 아버지 하나님 오늘도 저에게 기도할 수 있는 호흡과 시간을 주신 데 감사합니다. 하나님을 찬양합니다. 나를 위해 몸 바쳐 피 흘려 생명을 주신 예수님을 찬양합니다. 나를 위해 독생자를 아낌없이 허락해주신 하나님을 찬양합니다. 당신의 그 큰 사랑을 생각할 때마다 당신의 뜻대로 살지 못하는 저의 연약함에 용서를 구하게 됩니다. 주여 항상 진실케 당신 앞에서 살게 하소서. 오늘도 새 아침을 주신 하나님을 찬양합니다.

사랑하는 자녀 ○○○가 매일 아침 눈을 뜰 때마다 하나님을 찬양하기를 원합니다. ○○○가 새 아침을 주신 하나님을 찬양하며 새로운 시간을 선물로 주신 하나님을 깊이 찬양하게 하옵소서. 새로운 하루의 소중함을 ○○○가 깨달아 알게 하소서. 이 시간은 다시 돌아올 수 없는 귀한 시간임을 ○○○가 깨닫게 하여 주옵소서. 하나님께서 주신 귀한 오늘이라는 시간을 늘 아끼며 소중하게 여기는 ○○○가 되게 하소서.

새 아침이 밝았습니다. 오늘 하루도 주님께서 ○○○에게 필요한 은혜와 평안과 축복을 허락하소서. 하나님과 함께 등교하게 하소서. 하나님과 함께 수업시간에 공부하게 하소서. 하나님과 함께 쉬는 시간을 보내게 하소서. 하나님과 함께 점심시간을 보내게 하소서. 하나님과 함께 하교하게 하소서. 오늘 하루라는 귀한 시간을 하나님과 늘 동행하는 데에 온 힘을 기울이며 주어진 시간을 비옥하게 가꾸게 하소서.

하나님 아버지! 새 아침 먼저 주님을 찬양할 수 있도록 ○○○의 입을 열어 찬양케 하소서. 만물이 소생하는 아침에 아버지 하나님과 먼저 교제케 하여 주옵소서. 하나님 아버지의 깊으신 은혜만을 찬양하며 그 크신 사랑을 노래하게 하소서. 오늘도 ○○○의 모든 삶을 주님

께 맡깁니다. ○○○의 길을 인도하시며 오늘 범사 위에 하나님의 인
자하심이 풍성하게 하소서. ○○○를 구원하신 예수 그리스도 이름으
로 간절히 기도드립니다. 아멘

❸ 잠자리에 들 때

| 시편 119편 5절~11절 | 내 길을 굳게 정하사 주의 율례를 지키게 하소서. 내
가 주의 모든 계명에 주의할 때에는 부끄럽지 아니하리이다 내가 주의 의
로운 판단을 배울 때에는 정직한 마음으로 주께 감사하리이다 내가 주의
율례들을 지키오리니 나를 아주 버리지 마옵소서 청년이 무엇으로 그의
행실을 깨끗하게 하리이까 주의 말씀만 지킬 따름이니이다 내가 전심으
로 주를 찾았사오니 주의 계명에서 떠나지 말게 하소서 내가 주께 범죄하
지 아니하려 하여 주의 말씀을 내 마음에 두었나이다

| 시편 127편 2절 | 너희가 일찍이 일어나고 늦게 누우며 수고의 떡을 먹음
이 헛되도다 그러므로 여호와께서 그의 사랑하시는 자에게는 잠을 주시
는도다

아버지! 오늘도 큰 은혜와 사랑을 넘치게 주신 하나님 당신의 사랑
에 머리 숙여 감사드립니다. 하나님을 찬양합니다. 하나님 사랑합니
다. 부족한 저의 사랑을 주여 받아주소서. 할렐루야! 할렐루야! 할렐
루야! 오늘 하루도 ○○○와 동행하시며 ○○○를 인도하신 하나님께
감사와 찬양을 영원히 돌립니다. 하나님 오늘 하루 ○○○가 살면서
하나님 보시기에 합당하지 않게 잘못한 행동들이 있다면 주여 아버지
의 긍휼하심과 사랑으로 그를 용서하여 주옵소서. 그가 자기 전에 자
기 죄를 하나님 앞에서 자복하고 회개하게 하소서. 회개의 마음과 영
을 ○○○에게 허락하여 회개의 기쁨을 누리게 하소서.

오늘 ○○○에게 베풀어 주신 그 은혜가 끝이 없습니다. 당신의 은
혜와 사랑은 날마다 아침마다 저녁마다 새롭습니다. ○○○가 오늘 살
면서 입으로, 행동으로, 생각으로 하나님 자녀답게 행하지 못했던 것
들이 있다면 예수 그리스도의 보혈의 피로 모두 용서하여 주옵소서.

그가 자신의 삶을 반성케 하여 주옵소서. 오늘 하루 자신의 삶을 돌아보며 하나님의 말씀에 비추어 자신의 행실을 깨끗케 하여 주옵소서. 아버지 ○○○가 무엇으로 자신의 행실과 생각을 깨끗하게 하겠습니까? 오직 주의 말씀으로 할 수 있습니다. ○○○가 자기 전에 늘 하나님의 말씀으로 자신을 돌아보는 축복을 허락하옵소서.

찬송 받으실 아버지 하나님 ○○○가 이제 잠자리에 듭니다. 오늘 하루 지친 몸과 마음을 아버지께서 주시는 단잠을 통해 회복시켜 주옵소서. 아버지께서는 사랑하는 자녀에게 단잠을 주신다고 약속하셨습니다. ○○○에게도 주님께서 약속하신 단잠을 허락하여 주옵소서. 잠자는 동안에도 주님께서 보호하여 지켜주옵소서. 그래서 악한 영이 손끝 하나 건드리지 못하게 하옵소서. 주의 성령의 보호하심 속에서 편안한 단잠 자도록 축복하소서. 내일 아침 일어나야 할 시간에 주님께서 깨워 주셔서 기분 좋게 가뿐하게 일어나 하나님 아버지께 먼저 찬양하며 말씀 보게 하소서.

주님 오늘도 ○○○를 영육간에 축복하시고 보호하신 그 은혜 진심으로 감사드립니다. 모든 말씀 우리를 구원하신 예수 그리스도 이름으로 기도드립니다. 아멘

❹ 여름방학을 했을 때
| 시편 90편 12절 | 우리에게 우리 날 계수함을 가르치사 지혜로운 마음을 얻게 하소서

사랑이 많으신 주님 주님의 깊으신 은혜만을 찬양합니다. 주는 그리스도시요 살아계신 하나님의 아들이십니다. 오늘도 주님께 기도드릴 수 있는 시간과 호흡을 주신 데 감사드립니다. 주님 이제 곧 여름방학이 시작됩니다. 시간이 빠르게 지나갑니다. 사랑하는 ○○○를 한 학기 동안 지켜 보호해 주시고 여름방학을 맞이하게 하신 주님 은혜에 감사드립니다. 이번 여름방학을 통해 ○○○가 더욱 더 신앙과 실

력을 겸비하도록 주여 인도하여 주소서. 여름방학이라는 귀한 시간을 주님을 위해 비옥하게 가꾸게 하소서. 갑자기 많아진 시간을 지혜롭게 계획을 세워 그것을 잘 실천할 수 있도록 주님께서 지혜와 지식을 더하여 주옵소서. 세워진 여름방학 계획을 계획 세운 것에만 만족하지 않고 그것을 실천할 수 있도록 마음을 붙잡아 주옵소서. 컴퓨터 게임과 텔레비전과 인터넷에 빠져 귀한 여름방학을 의미 없이 보내지 않게 해주십시오. 시간을 지혜롭게 사용하여 건강관리와 독서에도 시간을 잘 배정할 수 있게 하옵소서. 하나님 무더운 여름방학 건강을 지켜 보호해 주옵소서. 여름 수련회를 통해 하나님의 깊은 은혜를 경험하게 하시고 살아 계신 하나님을 만나게 하여 주옵소서.

부족한 과목들이 있습니다. 이번 여름방학을 통해 자신의 부족한 부분들을 잘 보완할 수 있도록 공부할 마음을 허락하여 주옵소서. 지혜롭게 계획을 세워 하나님께서 주신 여름방학을 하나님과 동행하며 기쁘고 알차게 보내게 하옵소서. 여름방학 때 물놀이를 갔을 때도 그와 함께 하사 사고로부터 안전하게 지켜 보호하여 주옵소서. 여름방학 동안 외적인 신체 성장뿐만 아니라 그의 신앙과 인격이 더욱 깊어지게 하소서.

사랑하는 ○○○의 이번 여름방학을 모두 하나님께 맡기고 하나님께 드립니다. 하나님께서 하나하나 구체적으로 선하게 인도하시사 사랑하는 ○○○를 하나님의 준비된 일꾼으로 준비시켜 주옵소서. 주님께 감사드립니다. 모든 말씀 우리 구주 예수 그리스도 이름으로 기도드립니다. 아멘

❺ 2학기를 맞이했을 때
| 잠언 16장 9절 | 사람이 마음으로 자기의 길을 계획할지라도 그의 걸음을 인도하시는 이는 여호와시니라

사랑이 많으신 아버지 오늘도 기도할 수 있는 큰 은혜를 베풀어 주

신 하나님을 찬양합니다. 아버지 이제 곧 사랑하는 ○○○가 2학기를 시작합니다. 여름방학 내내 하나님께서 지켜 보호해 주시고 건강하게 2학기를 맞이하게 해주신 하나님을 찬양합니다.

아버지 한 가지 안타까운 것은 ○○○가 여름방학 동안 생각만큼 공부를 많이 하지 못했습니다. 그래서 2학기를 시작하는 ○○○의 마음이 많이 무겁습니다. 남들만큼 방학을 알차게 보내지 못했다는 생각에 2학기를 어떻게 시작할지 걱정하고 있습니다. 하나님 아버지 ○○○가 여름방학이라는 소중한 하나님의 시간을 더 알차게 보내지 못한 것을 용서하여 주십시오. 그가 하나님께서 주신 소중한 시간을 더욱 아끼고 귀하게 여기는 마음을 갖도록 허락하여 주옵소서. ○○○의 마음에 2학기에 대한 두려움을 떨치게 하여 주옵소서. 그가 정직하게 여름방학 기간 성실하지 못한 것을 하나님 앞에서 인정하고 회개한 후 다시금 뜻을 정해 2학기를 시작하게 하여 주옵소서. 이러한 시행착오를 통해 ○○○가 더욱 더 하나님의 준비된 일꾼으로 성장하게 도와주소서.

2학기를 온전히 하나님께 드립니다. 하나님께서 2학기 내내 ○○○와 동행하시고 그의 어깨를 하나님의 능하신 오른손으로 붙들어 주옵소서. 그래서 ○○○가 살아 계신 하나님의 은혜를 찬양하며 임마누엘의 하나님을 고백하게 하소서. 주님의 깊으신 은혜가 날마다 새롭습니다. 부족한 저의 기도에 응답해주실 줄 믿고 감사드립니다. 모든 말씀 우리를 구원하신 예수 그리스도 이름으로 기도드립니다. 아멘

❻ 중간고사(기말고사, 각종 경시대회, 대학입시 등) 한 달 전

| 잠언 19장 15절 | 게으름이 사람으로 깊이 잠들게 하나니 태만한 사람은 주릴 것이니라

| 잠언 28장 10절 | 정직한 자를 악한 길로 유인하는 자는 스스로 자기 함정에 빠져도 성실한 자는 복을 받느니라

사랑과 은혜가 풍성하신 하나님 아버지 오늘도 복된 하루 주시고 주님께 찬양과 기도할 수 있는 호흡을 주신 것에 감사드립니다. 이제 ○○○의 중간고사(기말고사)가 한 달 정도 남았습니다. 하나님 지금부터 시험을 대비하여 다니엘 학습 실천법에 나온 대로 30일 시험 시스템으로 들어가려고 합니다. 15일 간은 집중적으로 국, 영, 수를 공부하여 시험 준비를 하려고 합니다. 10일 간은 암기과목을 체계적으로 정리하며 시험 준비를 하려고 합니다. 나머지 5일 간은 부족한 과목들을 다시 한 번 정리하며 시험을 준비하려고 합니다.

하나님 아버지 사랑하는 ○○○가 이 한 달간 시험 준비를 할 때 지치지 말게 하여 주옵소서. 그에게 필요한 하나님의 평안과 지혜와 새 힘을 공급하여 주옵소서. ○○○가 공부하는 목적이 단순히 자기 자신만을 위해서는 하는 공부가 아니라 오직 하나님의 마음을 시원케 하는 준비된 일꾼이 되기 위해 공부하도록 그의 마음을 변화시켜 주옵소서. 한 달 간 시험을 준비하면서 하나님을 더욱 의지하게 하옵소서. 시험 준비로 힘들고 지칠 때마다 세상의 방식으로 스트레스를 풀며 순간의 쾌락을 따르지 말게 하옵소서. 대신 어렵고 괴로울 때마다 더욱 더 힘써 하나님을 의지하며 하나님께 부르짖는 ○○○가 되게 하소서.

이 한 달 간의 준비기간을 통해 ○○○가 더욱 준비된 주님의 일꾼이 되도록 연단시켜 주옵소서. 시험의 중압감에 짓눌리기보다 하나님께서 주신 소중한 기회임을 자각하고 그가 처한 상황에서 할 수 있는 최선을 다하게 하옵소서. 미리 겁먹고 시험을 포기하거나 좌절하지 않도록 ○○○의 마음을 붙들어 주옵소서. 이 한 달 간의 시험준비 기간을 통해 그가 신앙과 실력면에서 더욱 성숙한 하나님의 자녀가 될 수 있도록 주님 축복하옵소서. 이 모든 말씀 우리를 구원하신 예수 그리스도 이름으로 기도드립니다. 아멘

❼ 중간고사(기말고사, 각종 경시대회, 대학입시 등) **일주일 전**

| 시편 50장 15절 | 환난 날에 나를 부르라 내가 너를 건지리니 네가 나를 영화롭게 하리로다

| 시편 121장 7절 | 여호와께서 너를 지켜 모든 환난을 면하게 하시며 또 네 영혼을 지키시리로다

사랑이 많으신 아버지 하나님 감사합니다. 오늘도 기도할 수 있는 호흡과 건강을 주심에 감사드립니다. 하나님 이제 ○○○의 시험도 일주일 밖에 남지 않았습니다. 그런데 요즘 ○○○가 시험이 다가올수록 더 열심히 해야 함에도 불구하고 오히려 시험에 대한 중압감으로 집중하지 못한 채 불안해 하며 시간을 흘려보내고 있습니다.

하나님 어떻게 하면 좋겠습니까? 옆에서 보는 제 마음이 힘들고 괴롭습니다. 아버지 하나님 제발 도와주십시오. ○○○가 어서 빨리 마음을 다잡고 하나님께서 주신 평안과 지혜를 가지고 남은 시간을 아껴 다시금 공부에 집중할 수 있도록 도와주옵소서. 지금도 늦지 않았음을 주여 깨닫게 하여 주옵소서. 남은 기간이라도 정직하게 최선을 다해 준비할 수 있는 축복을 허락하여 주옵소서. 주님이 도와주시지 않으면 누가 도울 수 있겠습니까? 아버지만이 ○○○를 도울 수 있습니다. 하나님 아버지 제발 저의 기도를 외면하지 마시고 당신의 자녀인 ○○○를 속히 돌아보옵소서. 남은 일주일 동안 공부할 때 하나님께서 새 힘과 평안을 허락하시사 하나님께서 주시는 평안함을 가지고 끝까지 마무리 잘 할 수 있도록 도와주옵소서.

매일매일 사탄이 ○○○가 공부하고자 할 때 마음에 불안과 초조와 좌절감을 주고 있습니다. 이러한 사단의 영적 공격으로부터 주여 보호하여 주옵소서. 주님의 의로운 오른팔로 ○○○를 붙잡아 주시고 ○○○가 좌로나 우로나 치우치지 말고 하나님과 한 팀이 되어 남은 일주일을 최선을 다해 준비하며 마무리 할 수 있도록 아버지 은혜를 베풀어 주옵소서. 오직 하나님만이 살아 계신 참 하나님이시요 죽을 영

혼을 살리는 전능하신 하나님께서십니다. 부디 ○○○의 남은 일주일 동안 하나님의 강권적인 도우심과 공부에 대한 새로운 동기부여를 통해 ○○○가 새롭게 거듭나서 더욱 더 공부에 정진할 수 있도록 축복하여 주옵소서. ○○○의 모든 공부가 자신의 욕심만을 채우는 공부가 되지 말게 하시고 오직 하나님 아버지의 마음을 시원케 하는 준비된 일꾼이 되고자 하는 과정으로 그를 준비시켜 주시고 동기부여시켜 주시옵소서. 모든 말씀 우리를 구원하신 예수 그리스도 이름으로 간절히 기도드립니다. 아멘

❽ 중간고사(기말고사, 각종 경시대회, 대학입시 등) 하루 전

| 빌립보서 4장 6~7절 | 아무 것도 염려하지 말고 다만 모든 일에 기도와 간구로, 너희 구할 것을 감사함으로 하나님께 아뢰라 그리하면 모든 지각에 뛰어난 하나님의 평강이 그리스도 예수 안에서 너희 마음과 생각을 지키시리라

할렐루야! 사랑이 많으신 아버지 하나님 오늘도 아버지께 기도할 수 있는 은혜를 주신 것에 감사드립니다. 하나님 이제 내일부터 ○○○가 시험(중간고사/기말고사/각종 경시대회/대학입시 등)을 보게 됩니다. 하나님 그동안 준비해 온 것을 이제 내일 평가받게 됩니다. 하나님 아버지 ○○○의 마음에 하나님의 평안과 기쁨을 주십시오. 그래서 오늘 시험 마무리 잘 하고 내일 최선을 다해 시험에 임하게 하옵소서. 시험 보는 내내 하나님께서 시간시간마다 함께 하셔서 ○○○의 마음과 몸이 지치지 않도록 주여 축복하옵소서.

하나님 아버지 ○○○가 시험을 볼 수 있는 기회를 주신 것에 진심으로 감사드립니다. 이번 시험을 통해 ○○○가 더욱 성장할 수 있도록 축복하옵소서. 그가 이번 시험을 통해 자신의 나태함과 게으름을 반성하게 하여 주옵소서. 눈물로 씨를 뿌린 자는 기쁨으로 거둘 것이라는 주님의 말씀처럼 ○○○가 정직하게 최선을 다하는 진리를 깨닫

게 하소서. ○○○가 하나님께서 주신 귀한 시험이라는 기회를 맞아 정직함과 성실함으로 끝까지 최선을 다할 수 있도록 아버지 도와주옵소서. 한 과목을 실수했다고 해서 다음 과목에까지 마음이 쓰여 행여 실수하는 일이 없도록 철저하게 ○○○의 마음을 붙잡아 주소서.

내일 시험의 처음시간부터 마치는 시간까지 주님께 모두 맡깁니다. 주님의 귀한 자녀이오니 주님께서 책임져 주시고 선하게 그의 앞길을 인도하여 주옵소서. 모든 말씀 우리를 구원하신 예수 그리스도 이름으로 기도드립니다. 아멘

⑨ 겨울방학을 맞이했을 때

| 시편 90장 12절 | 우리에게 우리 날 계수함을 가르치사 지혜로운 마음을 얻게 하소서

사랑이 많으신 아버지 하나님 감사합니다. 오늘도 주님의 은혜 가운데 복된 날을 주신 것에 감사합니다. 올 한 해도 주님의 은혜 가운데 ○○○가 2학기를 잘 마칠 수 있게 해주신 것에 감사드립니다. 사랑하는 ○○○가 이제 곧 겨울방학을 맞이합니다. 올 한 해 돌아보면 하나님께서 ○○○에게 베풀어 주신 은혜가 한이 없습니다. 하나님 진심으로 감사드립니다. 이제 긴 겨울방학을 맞이합니다. 하나님 ○○○가 어떻게 하면 이 시간들을 비옥하게 잘 가꿀 수 있는지에 대하여 지혜와 지식을 허락하여 주옵소서.

| 야고보서 1장 5절 | 너희 중에 누구든지 지혜가 부족하거든 모든 사람에게 후히 주시고 꾸짖지 아니하시는 하나님께 구하라 그리하면 주시리라

아버지께서 약속하셨습니다. ○○○가 겨울방학 동안 하나님께서 주신 귀한 시간들을 잘 보낼 수 있도록 필요한 지혜를 허락하여 주옵소서. 이번 겨울방학을 통해 부족한 주요과목들을 보완해야 합니다. 다니엘 아침형 학습법을 잘 활용하여 이번 겨울방학에 다니엘 아침형

학생으로 거듭날 수 있도록 아버지 축복하여 주옵소서. 30일 동안 총 7단계를 거쳐 다니엘 아침형 학생으로 거듭나기를 소원합니다. 차근차근 한 단계씩 실천할 수 있도록 ○○○의 마음을 붙잡아 주옵소서. 그래서 내년부터는 다니엘 아침형 학습 습관을 몸에 잘 익혀서 새로운 학기를 잘 시작할 수 있도록 축복하여 주옵소서. 특별히 수학 공부가 많이 부족합니다. 다니엘 아침형 학습법에 따라 아침에 수학을 집중적으로 공부하고자 합니다.

사랑하는 ○○○가 매일매일 아침을 깨울 수 있도록 그의 마음을 이끌어 주시고 아버지께서 직접 깨워 주옵소서. 그가 하나님께서 주신 지혜와 평안을 가지고 아침에 수학 문제들을 풀 때 놀라운 집중력을 허락하여 주시고 수학에 대한 흥미를 갖도록 은혜 베풀어 주옵소서.

겨울방학 계획표를 이제 세우고자 합니다. ○○○에게 하나님께서 주신 시간을 소중히 여기는 마음을 주시사 시간시간 알차게 실천 가능한 계획을 세우도록 도와주옵소서. 이번 겨울방학을 통하여 ○○○가 더욱 신앙과 실력이 향상될 수 있도록 좋은 훈련시간이 되게 하여 주옵소서. 올 한 해도 주님께서 ○○○를 보호하시고 은혜 가운데 공부를 마칠 수 있게 해주신 하나님을 찬양합니다. 모든 말씀 우리를 구원하신 예수 그리스도 이름으로 기도드립니다. 아멘

⑩ 점심시간에

| 요한복음 14장 27절 | 평안을 너희에게 끼치노니 곧 나의 평안을 너희에게 주노라 내가 너희에게 주는 것은 세상이 주는 것과 같지 아니하니라 너희는 마음에 근심하지도 말고 두려워하지도 말라

| 다니엘 10장 19절 | 이르되 큰 은총을 받은 사람이여 두려워하지 말라 평안하라 강건하라 강건하라 그가 이같이 내게 말하매 내가 곧 힘이 나서 이르되 내 주께서 나를 강건하게 하셨사오니 말씀하옵소서

사랑이 많으신 아버지 하나님 당신의 은혜와 사랑이 날마다 새롭습

니다. 오늘도 기도할 수 있는 마음과 환경을 허락하신 것에 감사드립니다. 아버지 하나님 사랑하는 ○○○가 오전 수업을 은혜 가운데 잘 마치게 해주신 것에 감사드립니다. 하나님 아버지 이제 점심을 먹고자 합니다. 하나님께서 허락하신 귀한 음식을 감사함으로 ○○○가 먹게 하소서. 이 음식 먹고 더욱 힘을 내서 오후 수업에도 최선을 다해 하나님께서 주신 귀한 시간 비옥하게 가꾸게 하소서. 하나님 아버지 사랑하는 ○○○가 먹은 점심이 잘 소화되게 하여 주소서. 점심을 잘 먹고 오후 수업을 위해 잘 쉴 수 있게 하여 주옵소서. 짬을 내어 공부할 수 있다면 본인이 계획한 공부 잘 할 수 있도록 건강 지켜 주옵소서.

귀한 점심을 먹게 하신 하나님을 찬양합니다. 점심을 먹는 중에 친구들과 아름다운 교제가 있게 하옵소서. ○○○가 말하는 한 마디 한 마디가 친구들에게 힘이 되게 하여 주옵소서. 매일매일 점심식사 시간을 통해 친구들에게 하나님을 자연스럽게 전파하는 ○○○가 되게 하여 주옵소서. 오늘도 귀한 점심을 허락하신 하나님께 진심으로 감사드립니다. 모든 말씀 우리를 구원하신 예수 그리스도 이름으로 기도드립니다. 아멘

⑪ 주일을 맞이했을 때

| 레위기 19장 30절 | 내 안식일을 지키고 내 성소를 귀히 여기라 나는 여호와이니라

| 레위기 26장 2~7절 | 너희는 내 안식일을 지키며 내 성소를 경외하라 나는 여호와이니라 너희가 내 규례와 계명을 준행하면 내가 너희에게 철따라 비를 주리니 땅은 그 산물을 내고 밭의 나무는 열매를 맺으리라 너희의 타작은 포도 딸 때까지 미치며 너희의 포도 따는 것은 파종할 때까지 미치리니 너희가 음식을 배불리 먹고 너희의 땅에 안전하게 거주하리라 내가 그 땅에 평화를 줄 것인즉 너희가 누울 때 너희를 두렵게 할 자가 없을 것이며 내가 사나운 짐승을 그 땅에서 제할 것이요 칼이 너희의 땅에 두루 행하지 아니할 것이며 너희의 원수들을 쫓으리니 그들이 너희 앞에서

칼에 엎드러질 것이라

사랑이 많으신 나의 아버지 하나님 범사에 감사하며 당신을 찬양합니다. 오늘도 복된 주일을 맞게 해주신 것에 감사드립니다. 하나님 아버지 사랑하는 ○○○가 오늘 주일을 은혜 가운데 잘 보내게 해주옵소서. ○○○를 위해 몸 바쳐 피 흘려 생명을 주신 예수 그리스도의 은혜를 생각하며 그 은혜에 감사하여 드리는 진정한 예배가 되게 하여 주옵소서. 형식적으로 드리는 예배가 되지 말게 하여 주시고 신령과 진정으로 드리는 예배가 되게 하여 주옵소서. ○○○가 드리는 예배를 하나님 아버지께서 기쁘게 받아주시고 ○○○와 예배를 통해 인격적인 교제를 나누어 주옵소서. 오늘 주일 예배를 통해 살아 계신 하나님을 ○○○가 만나서 성숙한 그리스도인의 분량에 이르기까지 그를 성장시켜 주옵소서. 주일 예배를 온전히 드림으로써 하나님께서 예비하신 풍성한 은혜와 축복을 받게 하옵소서. 받은 축복을 많은 사람들에게 나누어 주는 축복의 통로로 사용하여 주옵소서.

매주 드리는 주일 예배가 형식적인 예배가 되지 말게 하옵시고 예배 시작하기 전에 미리 예배당에 가서 기도로 예배를 준비하게 하옵소서. 하나님 아버지 ○○○가 어려서부터 하나님께 예배드리는 기쁨이 얼마나 큰 것인지 깨닫게 하여 주옵소서. 한 주간 세상에서 공부하며 살면서 지치고 힘든 몸과 마음을 주일 예배를 통해 깨끗이 회복시켜 주옵시고 일주일 간 지은 모든 죄악을 예배를 통해 깨끗이 사하여 주옵소서. 사랑하는 아버지 ○○○가 예배 후에 교회 친구들과 아름다운 성도의 교제가 있게 하옵소서. ○○○가 예배 후에 집에 돌아와서 텔레비전과 오락과 인터넷으로 시간을 허비하지 말게 하소서. 주일을 하나님께서 기뻐하시는 대로 비옥하게 잘 보낼 수 있도록 ○○○의 마음을 인도하여 주옵소서. 우리에게 늘 새로운 은혜를 날마다 주시는 하나님을 영원히 찬양합니다. 우리를 구원하신 예수 그리스도 이름으

로 간절히 기도드립니다. 아멘

⑫ 월요일이 되었을 때

| 에베소서 1장 19절 | 그의 힘의 위력으로 역사하심을 따라 믿는 우리에게 베푸신 능력의 지극히 크심이 어떠한 것을 너희로 알게 하시기를 (구하노라)
| 에베소서 3장 16~21절 | 그의 영광의 풍성함을 따라 그의 성령으로 말미암아 너희 속사람을 능력으로 강건하게 하시오며 믿음으로 말미암아 그리스도께서 너희 마음에 계시게 하시옵고 너희가 사랑 가운데서 뿌리가 박히고 터가 굳어져서 능히 모든 성도와 함께 지식에 넘치는 그리스도의 사랑을 알고 그 너비와 길이와 높이와 깊이가 어떠함을 깨달아 하나님의 모든 충만하신 것으로 너희에게 충만하게 하시기를 (구하노라) 우리 가운데서 역사하시는 능력대로 우리가 구하거나 생각하는 모든 것에 더 넘치도록 능히 하실 이에게 교회 안에서와 그리스도 예수 안에서 영광이 대대로 영원무궁하기를 원하노라 아멘
| 빌립보서 4장 13절 | 내게 능력 주시는 자 안에서 내가 모든 것을 할 수 있느니라

사랑이 충만하신 아버지 하나님 오늘도 새로운 하루를 허락하시고 이렇게 기도할 수 있는 마음과 환경을 주신 놀라운 주님의 은혜를 찬양하며 감사합니다. 복된 주일을 은혜 가운데 잘 보내게 하시고 새로운 한 주를 시작하게 하신 하나님께 영광과 찬양을 드립니다. 사랑하는 ○○○가 새로운 일주일을 시작하려고 합니다. ○○○의 이번 일주일도 주님께 온전히 맡깁니다. 오늘이 그 첫날 월요일입니다. ○○○가 월요일 기운차게 시작할 수 있도록 새 힘과 새 마음을 허락하여 주옵소서. 주일날 받은 큰 은혜를 기억하며 하나님께서 주신 새 힘과 새 능력을 가지고 오늘을 살게 하여 주옵소서.

행여 ○○○가 월요일날 적응하는 것이 지치고 피곤할까 두렵습니다. 하나님 아버지 ○○○의 마음을 단단히 동여매어 주시고 게으름과 나태함에 타협하지 않도록 선한 열정과 열심을 허락하옵소서. 오늘 수업을 들을 때 매 수업마다 소홀히 여기지 말게 하시고 하나님께서 주신 귀한 수업의 기회를 최선을 다해 비옥하게 가꾸게 하여 주옵소서.

　○○○의 이번 일주일도 온전히 주님께 맡깁니다. ○○○의 일주일 간의 삶이 하나님께 산제사가 될 수 있도록 온전히 드립니다. 주여 받아주시고 축복하여 주옵소서. 모든 말씀 우리를 구원하신 예수 그리스도 이름으로 기도드립니다. 아멘

⓵⓷ 토요일이 되었을 때

| 신명기 4장 9절 | 오직 너는 스스로 삼가며 네 마음을 힘써 지키라 그리하여 네가 눈으로 본 그 일을 잊어버리지 말라 네가 생존하는 날 동안에 그 일들이 네 마음에서 떠나지 않도록 조심하라 너는 그 일들을 네 아들들과 네 손자들에게 알게 하라

| 호세아 6장 3절 | 그러므로 우리가 여호와를 알자 힘써 여호와를 알자 그의 나타나심은 새벽 빛 같이 어김없나니 비와 같이, 땅을 적시는 늦은 비와 같이 우리에게 임하시리라 하니라

| 베드로 후서 1장 10~11절 | 그러므로 형제들아 더욱 힘써 너희 부르심과 택하심을 굳게 하라 너희가 이것을 행한즉 언제든지 실족하지 아니하리라 이같이 하면 우리 주 곧 구주 예수 그리스도의 영원한 나라에 들어감을 넉넉히 너희에게 주시리라

　전능하신 나의 아버지 하나님 주님의 깊으신 은혜만을 찬양합니다. 할렐루야! 할렐루야! 할렐루야! 아버지 하나님 오늘도 기도할 수 있는 큰 축복 주심을 감사하며 찬양합니다. 아버지 고맙습니다. 진심으로 감사드립니다. 오늘은 주말의 시작인 토요일입니다. 사랑하는 ○○○가 토요일이라는 하나님께서 주신 귀한 시간을 특별히 잘 사용하길 간절히 기도드립니다. ○○○가 토요일을 이용하여 부족한 과목을 보완하는 데에 시간을 잘 사용하게 하여 주옵소서. ○○○가 토요일날 텔레비전과 오락과 인터넷에 빠져 그냥 시간을 허비하지 않게 하옵소서. 신앙과 실력이 겸비된 주님의 일꾼이 되기 위해 토요일날 자신의

부족한 실력을 보완하게 하옵소서. 그리고 기도와 말씀에 더욱 더 힘써 신앙훈련도 게을리 하지 않도록 주여 축복하옵소서.

많은 학생들은 토요일을 느슨하게 보내는 경우가 많습니다. 하지만 ○○○는 하나님께서 그의 마음을 붙잡아 주셔서 토요일에도 긴장을 늦추지 말고 주님께 영광 돌리는 준비된 일꾼이 되기 위해 최선을 다해 시간을 보낼 수 있도록 주님 그를 붙잡아 주옵소서. 특별히 토요일에는 많은 유혹들이 있습니다. 그러한 여러 유혹들에 마음이 빼앗기지 않게 하시고 오직 말씀과 기도로 하나님과 교제한 후 하나님으로부터 능력과 지혜와 평안함을 받아 아버지의 영광을 위해 최선을 다해 눈물로 씨를 뿌리게 하여 주옵소서. 그래서 세상 사람들보다 보다 더 준비되어 하나님의 영광을 세상에 돌리는 축복의 통로가 되게 하여 주옵소서.

사랑하는 ○○○가 준비된 만큼 대한민국과 세계가 축복받을 줄로 믿습니다. ○○○를 사용하여 주옵소서. ○○○가 하나님의 선한 영향력을 미치고 세상의 소금과 같은 귀한 주님의 사명을 감당할 수 있도록 아버지 축복하여 주옵소서. 그것을 위해 토요일날 헛되이 보내지 말고 거룩한 복음의 열정을 가지고 오늘 하루 주를 위해 공부하게 하여 주옵소서. 주님께 온전히 ○○○의 토요일을 드립니다. 주님께서 온전히 사용하셔서 준비시키시고 그에게 예비된 풍성한 은혜와 축복을 내려 주옵소서. 아버지 홀로 영광 받으옵소서. 모든 말씀 우리를 구원하신 예수 그리스도 이름으로 기도드립니다. 아멘

⓮ 공휴일이 되었을 때
| 고린도전서 10장 31절 | 그런즉 너희가 먹든지 마시든지 무엇을 하든지 다 하나님의 영광을 위하여 하라

은혜가 풍성하신 하나님 아버지 오늘도 기도할 수 있는 새 은혜를 주시는 아버지를 온 맘 다해 찬양합니다. 할렐루야! 할렐루야! 할렐

루야! 아버지의 사랑과 은혜로 하나님께서 우리 가정에 주신 귀한 선물 ○○○가 무럭무럭 잘 자라고 있습니다. ○○○가 하나님의 마음을 시원케 하는 준비된 일꾼으로 자라나길 간절히 원합니다. 21세기 다니엘을 꿈꾸며 그런 자녀로 양육하기를 간절히 소원합니다. 아버지 ○○○를 아버지의 귀한 일꾼으로 양육하기 위하여 저에게 필요한 지혜와 지식을 허락하여 주옵소서. ○○○를 신본주의 방식으로 신앙과 학업을 교육시키기를 원합니다. 세상의 방식을 따라 그대로 양육하는 것이 하니라 오직 하나님의 방식을 따르기를 원합니다.

오늘은 ○○○가 학교를 가지 않는 공휴일입니다. 대부분의 학생들이 공휴일날 늦잠을 자고 시간을 게으르게 보내는 경우가 많습니다. ○○○가 아침에 평소에 일어나는 것처럼 일어나게 하여 주옵소서. 다니엘 아침형 학습법에 나온 대로 아침을 깨우는 ○○○가 되게 하여 주옵소서. 평소 학교에 가는 것처럼 집에서도 부족한 과목 위주로 공부하길 원합니다. 텔레비전과 오락과 인터넷의 유혹으로부터 ○○○를 보호하여 주시고 그의 마음을 지켜 주옵소서. 오늘 하루를 공휴일이라고 해서 마음이 느슨해지지 말게 하시고 평소 학교에 가는 날처럼 매 시간 최선을 다해 집중하여 학업 실력을 쌓게 하여 주옵소서.

오늘 공부를 하면서 다른 날보다 시간이 많기에 여유 있는 시간에 평소 보고자 했던 좋은 책들을 읽을 수 있는 축복도 허락하여 주옵소서. 그래서 통합형 논술 구술을 준비하는 데 부족함이 없도록 미리미리 독서에 힘쓰게 하여 주옵소서. 공부하다가 지치고 힘들 때 하나님께서 ○○○의 마음을 위로하시고 어루만져 주십시오.

○○○가 왜 남들보다 더 열심히 준비해야 하는지 그의 마음속에 성령 하나님께서 선명한 동기 부여하여 주옵소서. 왜 남들이 놀 때 ○○○가 참고 더욱 더 실력을 쌓아야 하는지 확고부동한 동기 부여를 하나님께서 시켜주옵소서. 그래서 공휴일인 오늘 공부하면서 지칠 때마

다 하나님께서 함께하여 주셔서 그를 준비시켜 주옵소서.

　○○○의 모든 공부와 실력향상을 통해 오직 하나님만 영광 받아 주옵소서. ○○○가 자신만을 위해 공부하는 이기적인 엘리트가 되지 말게 하여 주옵소서. 먹든지 마시든지 무엇을 하든지 오직 하나님의 영광을 위해 공부하는 ○○○가 되게 하여 주옵소서. ○○○의 오늘 공휴일도 아버지께 온전히 드려지길 원합니다. 하나님 아버지 받아주시고 아버지의 기쁨이 되는 ○○○가 되길 간절히 기도드립니다. 모든 말씀 우리를 구원하신 예수 그리스도 이름으로 기도드립니다. 아멘

⓯ 생일이 되었을 때

| 잠언 16장 3절 | 너의 행사를 여호와께 맡기라 그리하면 네가 경영하는 것이 이루어지리라

| 베드로후서 1장 5~9절 | 그러므로 너희가 더욱 힘써 너희 믿음에 덕을, 덕에 지식을, 지식에 절제를, 절제에 인내를, 인내에 경건을, 경건에 형제 우애를, 형제 우애에 사랑을 더하라 이런 것이 너희에게 있어 흡족한즉 너희로 우리 주 예수 그리스도를 알기에 게으르지 않고 열매 없는 자가 되지 않게 하려니와 이런 것이 없는 자는 맹인이라 멀리 보지 못하고 그의 옛 죄가 깨끗하게 된 것을 잊었느니라

　사랑이 많으신 좋으신 아버지 하나님 오늘도 새로운 하루를 저에게 허락하시고 기도로 하루를 시작할 수 있게 하신 하나님의 은혜를 찬양합니다. 하나님의 감당 못할 은혜가 아침마다 새롭습니다. 아버지 늘 머리 숙여 감사드립니다. 특별히 오늘은 하나님께서 우리 가정에 허락하신 귀한 선물 ○○○의 ○○번째 생일날입니다. 지난 일 년 간도 하나님께서 말할 수 없는 사랑과 은혜로 ○○○를 주야로 지켜주시고 그를 자라게 하신 데 감사드립니다.

　아버지 하나님 감사합니다. ○○○가 건강하게 생일을 맞게 해주셔서 감사드립니다. 앞으로의 1년도 아버지께 온전히 맡깁니다. 부모의

욕심대로 ○○○를 키우기보다 하나님의 뜻대로 ○○○를 키우기로 다시 한번 조용히 결심하고 다짐합니다. 하나님 저의 부족한 결심 단단히 붙잡아 주옵소서. 세상의 인본주의 방식이 효과적으로 보일 수도 있으나 하나님과 한 팀이 되어 세상을 이기는 신본주의 방식을 따르겠습니다.

아버지 하나님 저를 붙잡아 주시고 저를 이끌어 주옵소서. 앞으로 1년도 ○○○를 기도와 말씀으로 양육하겠습니다. ○○○가 방황하고 힘들어 할 때 무릎 꿇고 기도하며 하나님 방식으로 그를 권면하며 사랑하겠습니다. 하나님 아버지 연약한 저의 결심 붙잡아 주옵소서. 제가 먼저 철저하게 하나님의 방식을 따르기를 원합니다. 저는 기도하지 않고 말씀 보지 않으면서 ○○○에게 강요하지 않기를 원합니다. 아버지 저의 연약함을 아시오니 아버지 붙들어 주옵소서. ○○○가 내년 생일을 맞이할 때까지 ○○○의 신앙과 인격과 학업 실력이 성장하게 하여 주옵소서.

○○○가 하루하루 성장하면서 하나님의 사랑과 이웃들의 사랑을 듬뿍 받으며 건강하게 자라게 하옵소서. 어려운 친구들에게 힘이 되며 하나님의 말씀을 알지 못해 죽어가는 수많은 친구들에게 복음을 전하는 통로가 되게 하여 주옵소서. ○○○가 키가 자랄수록 더욱 더 하나님을 아는 지식이 풍성해지도록 아버지 은혜 베풀어 주옵소서.

오직 하나님만이 ○○○의 앞길을 인도하실 수 있습니다. ○○○의 일 년 간의 범사를 모두 하나님께 맡깁니다. 인간이 그 걸음을 계획할지라도 그것을 인도하시는 분은 하나님께서심을 고백합니다. ○○○의 일 년 간의 모든 범사 위에 하나님께서 간섭하여 주시고 인도하여 주시고 함께하여 주셔서 임마누엘의 축복을 매일매일 풍성히 받는 ○○○가 되게 하여 주시옵소서. 다시 한번 ○○○가 건강하게 생일을 맞이하게 하신 하나님께 찬송과 영광을 돌립니다. 모든 말씀 우리를 구

원하신 예수 그리스도 이름으로 기도드립니다. 아멘

⓰ 학교 수학여행 또는 소풍을 갈 때

| 신명기 31장 8절 | 그리하면 여호와 그가 네 앞에서 가시며 너와 함께 하사 너를 떠나지 아니하시며 버리지 아니하시리니 너는 두려워하지 말라 놀라지 말라

은혜와 사랑이 한없는 아버지 하나님 감사합니다. 아버지의 뜻이 하늘에서 이루어진 것처럼 땅에서도 온전히 이루어지길 기도합니다. 아버지 오늘도 기도할 수 있는 특권을 허락하심에 감사드립니다. 기도를 통해 제 영혼을 소생시키시고 아버지의 뜻을 깨닫게 하여 주시니 그 은혜가 끝이 없습니다.

아버지 오늘은 사랑하는 ○○○가 수학여행(수련회, 소풍, 사생대회 등)을 가는 날입니다. 수학여행 기간 내내 하나님께서 늘 함께해 주셔서 아무런 사고 없이 은혜 가운데 수학여행을 마치게 하여 주옵소서. 수학여행을 통해 친구들과 깊은 우정을 쌓게 하시고 하나님께서 창조하신 대자연 속에서 하나님의 전지전능하심을 찬양케 하소서. 하나님께서 수학여행 가고 오는 모든 길에 차 사고 일어나지 않도록 운전하시는 분을 붙잡아 주옵소서. 이번 수학여행을 통해 ○○○가 그동안 공부하면서 지친 몸과 마음을 잘 쉬며 재충전하여 돌아올 수 있도록 아버지 큰 은혜 허락하여 주옵소서. 수학여행 기간 내내 ○○○가 짬짬이 하나님 말씀을 묵상하게 하시고 묵상한 말씀을 가지고 기도하도록 인도하소서. 행여 기도와 말씀 묵상을 쉬는 죄를 범하지 않도록 아버지 그에게 은혜 베풀어 주옵소서. 수학여행 내내 하나님께서 함께하셔서 어느 곳에 가든지 아버지께서 ○○○를 지켜 보호하여 주옵소서. 아버지의 끝없는 사랑에 영원무궁토록 찬송과 존귀를 드립니다. 모든 말씀 우리를 구원하신 예수 그리스도 이름으로 기도합니다. 아멘

❶❼ 운동회를 할 때

| 잠언 4장 20~22절 | 내 아들아 내 말에 주의하며 내가 말하는 것에 네 귀를 기울이라 그것을 네 눈에서 떠나게 하지 말며 네 마음 속에 지키라 그것은 얻는 자에게 생명이 되며 그의 온 육체의 건강이 됨이니라
| 히브리서 12장 1~5절 | 이러므로 우리에게 구름 같이 둘러싼 허다한 증인들이 있으니 모든 무거운 것과 얽매이기 쉬운 죄를 벗어 버리고 인내로써 우리 앞에 당한 경주를 하며 믿음의 주요 또 온전하게 하시는 이인 예수를 바라보자 그는 그 앞에 있는 기쁨을 위하여 십자가를 참으사 부끄러움을 개의치 아니하시더니 하나님 보좌 우편에 앉으셨느니라 너희가 피곤하여 낙심하지 않기 위하여 죄인들이 이같이 자기에게 거역한 일을 참으신 이를 생각하라 너희가 죄와 싸우되 아직 피흘리기까지는 대항하지 아니하고 또 아들들에게 권하는 것 같이 너희에게 권면하신 말씀도 잊었도다 일렀으되 내 아들아 주의 징계하심을 경히 여기지 말며 그에게 꾸지람을 받을 때에 낙심하지 말라

한없는 사랑과 은혜로 매일매일 채워주시는 사랑이 많으신 아버지 감사합니다. 하나님의 사랑이 너무나 고맙고 감사합니다. 매일매일 찬양을 해도 부족합니다. 온몸과 마음을 바쳐도 그 사랑을 갚을 길이 없습니다. 하나님 아버지 오늘도 복된 하루를 허락하여 주셔서 감사합니다. 아버지께 기도할 수 있는 은혜 주시고 하나님을 아버지라 부를 수 있게 해주신 그 사랑 감사드립니다. 아버지 하나님 오늘은 사랑하는 ○○○가 운동회하는 날입니다. 오늘 운동회를 온전히 하나님께 드립니다. 하나님 아버지 ○○○가 운동회를 하면서 사고나 부상을 당하지 않도록 특별히 보호하여 주옵소서. 친구들과 즐겁게 운동을 하며 오늘 하루를 은혜 가운데 마치게 하여 주옵소서. 그동안 학업으로 인해 지친 몸과 마음을 운동회를 통해 쉼을 얻게 하소서. 기쁘고 즐거운 운동회가 되게 하여 주옵소서.

○○○가 참여하는 종목들이 있습니다. ○○○가 참여하는 경기마다 하나님께서 함께해 주셔서 건강하고 즐겁게 경기에 임하게 하여 주옵

소서. 지나친 승부욕으로 친구들과 자신에게 해를 입히지 않도록 그의 마음을 붙잡아 주옵소서. 정직하고 공정한 마음으로 경기에 임하게 하옵소서. 지나친 욕심으로 반칙을 하거나 상대편 선수들에게 욕설을 하지 않게 하소서. 오직 페어 플레이 정신을 가지고 그리스도인답게 하나님 보시기에 정직하게 최선을 다하여 경기에 임하게 하여 주옵소서. 경기 결과에 깨끗하게 승복하게 하여 주시고 자신의 부족함을 인정하게 하여 주옵소서. 하나님께서 주신 귀한 육체를 아름답고 건강하게 가꾸게 하시고 잘 관리하게 하소서. 하나님께서 주신 귀한 몸을 소중히 여기게 하옵소서. 그래서 하나님께서 쓰실 때 몸이 아파서 열심히 일하지 못하는 상황이 생기지 않도록 미리미리 건강관리에 힘쓰게 하여 주옵소서.

오늘 운동회의 처음과 시작을 모두 하나님께 맡깁니다. 하나님 홀로 영광 받아주옵소서. 모든 말씀 우리를 구원하신 예수 그리스도 이름으로 기도드립니다. 아멘